RELATOS DE LA ABUELA

Compilación De Relatos Cortos

PAZ LÓPEZ

Relatos De La Abuela

Compilación de Relatos Cortos

Copyright © 2019 por Marcela Paz López

Primera Edición: Agosto 2019

ISBN 978-0-578-22520-3

ISBN 978-1-64669-382-5

©Publicado por Marcela Paz López, Estados Unidos.

©Diseño de portada y dibujos a lápiz; Marcela Paz López, Estados Unidos.

©Trabajo de corrección ortográfica y de estilo; Ana Izábal Ochoa, México, anaizabalochoa30@gmail.com

Estados Unidos MMXIX

DEDICATORIA

Desde que era muy niña hacía historias en mi mente, jugaba con muñecas y me encantaba hacer casitas en donde podía preparar "comiditas" y crear ambientes que eran el lugar perfecto para escapar de realidades, las que a veces eran un poco más fuertes de lo que podía enfrentar. Un día, no sé cuándo exactamente, ocurrió el primer evento, el que vino a cambiar mi realidad. Ya no solo era fantasía en mis juegos de niña, sino que ahora la fantasía tomaba parte en mi vida real. Cosas increíbles ocurrían, pero nadie me creía.

Con el tiempo comprendí que la vida era mucho más compleja de lo que yo hubiese podido comprender en esos años, no obstante, la vida también me estaba dando la oportunidad de presenciar hechos que otras personas no podían ver o experimentar. De esta forma, aprendí que en la vida hay más de lo que uno puede ver con los ojos, que también está lo que se siente dentro de uno mismo y que todos, a pesar de ser muy parecidos, en realidad somos muy diferentes. No todo lo que parece malo, lo es, pues a veces la forma en como las cosas se presentan es la más difícil de comprender.

Quisiera dedicarles estas historias cortas a todas aquellas personas que tienen sus propias historias, vivencias y experiencias, quienes como yo, las atesoran como parte de sus vidas y que han aprendido a rescatar las buenas enseñanzas de estos sucesos. Hoy, cuando recuerdo eventos y situaciones que han trascendido a través de los años, pienso en lo afortunada que he sido al poder ver y experimentar este tipo de hechos, aunque en el proceso haya atravesado tiempos difíciles, al final, lo que cuenta es que aprendes y comprendes aún más la esencia de la vida.

Muchas veces el miedo es lo que nos detiene de dar un paso más adelante y así descubrir un poco más de nuestro propio sendero. No dejes que la vida se vaya de tus manos sin antes vivirla.

Paz López

ÍNDICE

LAS LUCES DANZANTES

Capítulo 1

Otra vez me desperté con esas palpitaciones que desencadenaban en puntadas irritantes en la parte de atrás de mi cabeza. El dolor me desveló y decidí levantarme. Me puse la bata y abrí la puerta cuidadosamente para no despertar a los demás, después de todo, solo yo tenía ese horrible dolor que amenazaba con reventarme la cabeza.

Bajé las escaleras con mucho cuidado para no hacer ruido, pero a pesar de mi intento por evitarlo, esta crujía como si estuviera sintiendo dolor en cada uno de sus peldaños. Lo lógico era pensar que por ser de noche todo estaría a oscuras, pero mis ojos se habían adaptado bastante rápido y la visión era perfecta. Me llamó la atención que la luz de impacto de la casa del vecino se encendía muy a menudo, por lo que la curiosidad hizo que me preguntara que qué la hacía encenderse. Una luz de impacto está supuesta a activarse solo cuando algo, o alguien, cortara los rayos invisibles que emiten los sensores ¿correcto?

Crucé con prisa el comedor y llegué a la sala pequeña donde usualmente mirábamos televisión y desde ahí, el espacio se abre hacia la cocina, la que es mucho más grande que una cocina común. Me sorprendí al ver la claridad que provenía desde afuera. Los ventanales en la cocina dejaban pasar el brillo de la noche transformándolo en algo así como un manto plateado. Todo tenía un brillo especial.

Pensé que tal vez un vaso de agua podría refrescar mi estómago y aliviar la presión horrible que sentía en mi cabeza. No podía imaginarme qué me había hecho mal como para darme tamaño dolor de cabeza. Me paré frente al lavaplatos mientras echaba a correr el agua fría para tomar un par pastillas y así aliviar ese dolor que me estaba torturando, en ese momento vi algo que nunca antes había visto. Mi cocina tenía unas ventanas bastante grandes, las que daban al patio de atrás, además del ventanal que nos permitía la entrada o salida a la parte de atrás de la casa.

El patio de atrás era grande y denso, y por supuesto muy oscuro, pero no esa noche. Con prontitud fijé la vista al centro del patio de atrás y pensé: "¿Qué diablos es lo que produce tanta claridad? ¿Será posible que sean luciérnagas?", pero era muy tarde como para que aún estuviesen dando vueltas por ahí. Claro, esa fue la primera impresión que tuve, ¿qué otra cosa podría haber sido aquello que brillaba en medio del patio de atrás a esas horas de la noche? Seguro que eran luciérnagas, pero igual había algo que me molestaba, que no calzaba con lo que veía, pero no estaba muy segura de qué era.

Caminé hacia el ventanal más grande, el que se abría a la terraza. Me paré a la orilla de este y ahí con mejor vista, fijé mis ojos en aquello que brillaba en medio del césped. Recordé que la semana pasada había habido luna llena, lo que hacía imposible que hubiera luna esa noche, así es que el brillo que resplandecía en el centro del patio no podía ser luz de luna. Esto era más denso y no era un reflejo de alguna luz que viniese desde arriba. Mirando con detención, observé que estas luces se movían con bastante suavidad, casi de manera artística, parecía que danzaban, y ahí comprendí que era imposible que fuesen luciérnagas.

No era posible, simplemente porque eran más grandes que luciérnagas, y su brillo era diferente. Estas o estos insectos (aun pensando que fueran insectos) brillaban con mucha intensidad y de manera constante, no como luciérnagas, cuyo brillo o luminosidad sube y baja de modo intermitente. Estos en cambio, mantenían su luminosidad de forma constante y en la oscuridad del patio se vislumbraba fácilmente el resplandor incluso desde lejos. Pronto comprendí que en efecto no eran luciérnagas, sino algo mucho más interesante y casi increíble.

Estaban moviéndose de forma coordinada, dando la apariencia como si danzaran, por su oscilación circular y en definitiva eran más grandes que una luciérnaga. Me dio la impresión de que en realidad pudiesen ser insectos, pero deberían ser algo más grande que las típicas luciérnagas. La verdad es que aún estaba a una distancia considerable como para estar segura de lo que estaba observando. Mis ojos no dejaban de mirar aquel espectáculo, mientras mi mente corría muy rápido tratando de pensar qué era en realidad aquello que estaba presenciando.

Por un minuto se cruzaron pensamientos en mi cabeza, un poco descabellados diría mi madre, pero sí, ¿cómo no pensar en algo así cuando estás viendo algo que no puedes explicar? También existía la posibilidad de que aún estuviera durmiendo y que solo fuera parte de uno de mis extraordinarios sueños o viajes astrales, lo que me llevó a buscar la forma de comprobar que en realidad estaba despierta y cerciorarme de que lo que estaba viendo era real.

Me devolví hasta el lavaplatos y dejé el vaso dentro y luego caminé de vuelta al ventanal y de paso vi la hora en el reloj del microondas, este mostraba las dos y media de la madrugada. Sentí la urgencia de querer salir, pero temía que la puerta hiciera mucho ruido y que alguien despertara, eso sin contar con que se activara el foco de la luz de impacto de la casa del vecino, ya que este daba directo a mi patio.

Hice mi primer intento quitando el pestillo de seguridad y abriendo solo un poquito la puerta de corrediza. Todo iba bien así que continué con delicadeza hasta que pude abrir un espacio suficiente para poder pasar y salir a la terraza. Cuando quise cerrar la puerta atrapé a mi gata que sigilosamente estaba tratando de escurrirse por entre mis pies y yo no me había dado cuenta. "Qué raro", pensé.

No había escuchado la campanita que cuelga de su collar. ¿Sería que sí estaba soñando? Después recordé que mi hija había hecho un comentario el día anterior acerca de quitarle el collar a la gata porque la desvelaba por las noches cuando a esta le daba por curiosear en el papelero de su pieza mientras ella dormía. Al fin logré dejar a la gata adentro y yo salir.

Caminé hasta la baranda de la terraza, lo que me permitió acercarme un poco más, y desde ahí fijé la vista hacia las luces en mitad del patio. Aún estaban ahí, aunque los movimientos ya no eran tan coordinados y más bien no tenían una dirección determinada. Después de unos minutos, tal vez fueron segundos, no lo sé, no creo que muchos, vi cómo estas luces, pequeñas esferas, se iban retirando del campo y volaban en dirección del árbol grande.

En la yarda de atrás hay un árbol muy grande, es de la familia de los sauces, pero no es un sauce llorón, de esos típicos que uno piensa cuando dice sauce, pero era grande, frondoso y hermoso. Pensé para mí, que tal vez las luces se habían percatado de mi presencia y que por eso se iban, así que me mantuve quieta y por suerte la luz del lado pronto se apagó. Me di cuenta de que no eran luciérnagas, en realidad eran más grandes, muy similar a una mariposa y nuevamente pensé que no sabía o conocía ningún tipo de mariposa que brillara con esa intensidad, aunque claro, sí era posible, después de todo, yo no lo sabía todo.

Dirigí la vista hacia el árbol y vi como la luz que provenía de ellas daba un hermoso brillo a todo del sauce. Fue ahí cuando se me ocurrió que podían ser mariposas de la noche. Sé que hay de muchos tipos y bueno, tal vez pertenecían a algún grupo específico, después de todo, ¿por qué no podían ser mariposas de la noche?, ¿no?

Ya no quedaba ninguna en medio del patio, todas se habían arrimado al árbol y se me ocurrió la idea de que quizás si me acercaba un poco más, sería posible verlas más de cerca. Bajé las escaleras y con un poco de dificultad llegué hasta el césped. Tuve que atravesar el estacionamiento, el cual estaba cubierto de piedra pequeña, ¡y yo sin zapatillas!

Ya una vez sobre el pasto húmedo, pude caminar con mayor facilidad. Uno a uno di los pasos sin dejar de mirar hacia el árbol, no quería llegar hasta él y perderlas de vista. Caminé por el costado, por donde estaban los pinos, para no causar disturbio, mientras mantenía la vista en el sauce, donde parecía estar toda la acción. Daba dos pasos y me detenía, tratando de no alertarlas de que yo me estaba acercando.

El aire se sentía tibio, era verano, aunque por las noches refrescaba bastante, esa noche el calor continuaba sin declinar. Llegué hasta donde estaba un viejo columpio, el que ya casi ni se movía por lo oxidado y destartalado, pero aún servía para que los pájaros se posaran en él. En ese momento, lo único que quería era ver más de cerca aquellas luces, así es me apoyé en el viejo columpio y desde ahí continué observando.

Fue casi de inmediato que vi a la primera luz moverse. Pareciera que hubiese salido a observar los alrededores y rápidamente volvió al grupo. Mientras volaba en ese pequeño reconocimiento del terreno, por decirlo así, esta pasó muy cerca de donde yo estaba y la pude ver con más claridad. Por poco y pierdo la compostura al ver que esa pequeña luz que sobrevoló arriba de mi cabeza, lucía como una mariposa, pero mucho más interesante. Tenía como un cuerpo muy delgado casi transparente prendido a las alas, las que eran de manera significante más grande que el cuerpo, y se podían apreciar unas extremidades casi como las de un ser humano, pero claro, uno muy pequeño.

Me quedé en shock, no atiné a nada, ni a moverme creo. Luego de un par de segundo cuando volví a respirar dirigí la vista al sauce otra vez, en ese momento vi a las otras que se estaban moviendo, lento, pero lo estaban haciendo. Seguido a eso, un grupo más grande se desprendió del árbol y volvió al centro del patio y comenzaron a hacer movimientos circulares nuevamente. Poco a poco con más destreza, el movimiento circular se fue estirando, y fue como si se dejaran llevar por la suave brisa y podría haber jurado que llevaban una melodía por cómo se movían.

Sentí cuando una brisa menos suave se acercó y provocó un revuelo entre todas las luces, haciendo que estas volaran rápidamente en dirección del sauce y en un abrir y cerrar de ojos todas las luces se apagaron. Me mantuve en la misma posición hasta que acepté la idea de que ya no volverían a iluminarse. Hice el esfuerzo y fijé mis ojos en el árbol. Quería verles, aunque fuera a oscuras, pero no vi nada, ni siquiera algo que pudiese parecerse, todo se quedó quieto, como inmóvil.

Pensé en quedarme un rato más, pero la verdad es que me entró la incomodidad de que ya todo estaba a oscuras. El resplandor casi dorado que estaba en el sauce hacía que todo el patio se viera iluminado, en cambio ahora la oscuridad había regresado. Decidí que lo mejor era regresarme a la casa y así mismo lo hice. Cuando abrí la puerta de corredera y entré a la cocina miré otra vez el reloj del microondas, el cual indicaba las tres y cinco minutos. Había pasado un poco más de media hora. Esto me indicaba que no me había estado imaginando nada, todo había ocurrido, pero no pude hacerme a la idea de subir las escaleras al segundo piso para ir a mi cuarto, eso de seguro despertaría a medio mundo, porque la escalera crujiría como de costumbre.

Capítulo 2

La luz del sol llegó y yo desperté toda adolorida por haber dormido en el sillón de la sala. Mi esposo bajó y me encontró sentada en el sillón y preguntó:

— Buenos días. ¿Qué ha pasado que has dormido aquí? — dijo él mientras besaba mi frente.

— Es que anoche tenía un horrible dolor de cabezas y bajé a tomar agua y un par de tabletas, no sabía qué más hacer. — Contesté sin pensarlo dos veces.

— ¿Pero por qué no volviste al cuarto? Me hubieras despertado.

— No pensé que me dormiría acá, solo quise descansar por un rato y debo haberme quedado dormida. Ni siquiera encendí la televisión.

— ¿Y cómo te sientes ahora? — preguntó un tanto preocupado.

— Creo que se me ha pasado. Hace tiempo que no lo sentía tan fuerte.

— Tal vez sería buena idea hacer una cita con el doctor, ¿no lo crees? — dijo él.

Aún no había tenido el tiempo necesario para pensar y recapitular todo lo que había acontecido la noche anterior. Me paré para dirigirme al baño, necesitaba refrescarme la cara antes de empezar a preparar el desayuno. Eran las seis de la mañana y el sol estaba brillando, dejando esa sensación especial que tienen los días en verano, en donde todo se ve fresco y colorido desde tempranas horas del día.

No pude dejar de estar un poco ida, aunque me daba cuenta de que estaba retraída cuando mi hija o mi esposo hacían alguna pregunta y yo me tardaba en responder. Simplemente lo atribuí a que aún no me sentía bien del todo, pero la verdad es que pensaba en lo que había visto la noche anterior. Todo parecía increíble y quería ya estar a solas para sentarme a escribir hasta los más mínimos detalles previniendo de esa forma que los fuera a olvidar. Pero estaba lejos de poder hacerlo, sino todo lo contrario, era domingo y lo más probable era que saliéramos los tres a dar algunas vueltas por ahí. Mi hija estaba de vacaciones y mi esposo descansando del trabajo, así que mi deseo de estar a solas no tenía futuro.

El día estuvo muy caliente, la temperatura alcanzó los noventa grados y por la tarde nos cayó un aguacero que Dios solo sabe lo fuerte que fue. Parecía que nos íbamos a inundar, la lluvia caía de una manera increíble, mucho más copiosa que otras de la estación. Aunque era una tormenta de verano, muy comunes en el área donde vivía, esta tormenta en especial parecía un tanto diferente. Como a eso de las nueve de la noche ya la tormenta había salido al atlántico y solo nos quedaba esperar a que el agua comenzara a reabsorberse en la tierra. Esa noche fui la última en subir; la hora se me había pasado mirando un programa de televisión y esperando por la última carga de ropa que estaba en la secadora.

Como de costumbre, saqué a mi perrita al baño antes de irme a dormir y cuando estaba afuera, caminé al patio de atrás, claro que no me esperaba ver algo, era aún temprano y de seguro andaba gente en los alrededores, pero no obstante la hora, me llevé una gran sorpresa al ver que algo brillaba cerca del sauce. Me acerqué con cautela tratando de no hacer ruido, pero mi perrita no pensaba igual. Ella comenzó a tirar de la correa tan fuerte como podía y yo apenas podía sostenerla. Dos segundos más tardes ya estaba gritándole desesperada. Ella era aún muy joven y salir era siempre una aventura. No nos tomó mucho tiempo llegar al árbol y a pesar de todo el ruido que causamos, aquello que brillaba, seguía en el sauce.

Esta vez estaba muy cerca, solo a unos pies de distancia, y la vi. Parecía una mariposa bastante más grande que las comunes, como una *Monarca,* me atrevería a decir que de unas cuatro pulgadas de alto o más. Brillaba de manera constante y aunque el brillo no era tan esplendoroso como la noche anterior, de igual modo llamaba mi atención.

Me di vueltas a mirar hacia la casa y a los alrededores, para ver si divisaba otras personas o al menos luz en otras casas, pero nada. Parecía que yo era la única interesada en ver lo que ahí brillaba. Por un instante pensé en una de mis locuras y me dije a mí misma: "¿Y si esto lo estuviera viendo solo yo?", pero rápidamente mi cerebro contestó que no había razón alguna para estar alucinando este tipo de cosas. Ni siquiera estaba bajo la influencia de algún tipo de medicina o alcohol, que podrían haber influenciado mi mente creativa.

Mi cachorra comenzó a olfatear en la base del árbol y quería subirse de alguna forma al tronco, pero no la dejé. La mantuve con la correa corta y restringida para evitar que subiera. Ella estaba percibiendo el aroma de algo, pero no se veía aludida por eso brillante que estaba un poco más arriba. De pronto entre mi tironeo para mantener a mi perrita abajo me di cuenta de que esta pequeña criatura o insecto, aún no tenía un nombre definido porque no sabía lo que era, se había movido con mucha suavidad. Ahora estaba más arriba y observé un parpadeo y luego la luminosidad se esfumó.

En esa ocasión yo cargaba mi teléfono celular, así que lo saqué de mi bolsillo y encendí la luz que este trae. Iluminé desde donde yo estaba hasta lo más alto de la copa del árbol. No había nada en el tronco, absolutamente nada. Inspeccioné las ramas en los otros lados, pero no puede ver nada extraño. El rompecabezas seguía en mi mente, por lo que di media vuelta y caminé a la casa; era obvio que no tenía nada más que hacer ahí. Ya una vez dentro de la casa, miré por el ventanal de la cocina y observé que la luz brillante había vuelto. Ahora había varias más, posadas en la parte de arriba del árbol. ¿Sería que se habían asustado por la presencia de mi perrita?

Mi esposo se había devuelto a la cocina en busca de un vaso de agua y cuando me vio entrar me preguntó casi de inmediato qué estaba haciendo en el patio si ya era de noche. Claro estuvo que me pilló de sorpresa que él estuviera allí y mucho más que me comenzara a hacer preguntas de por qué había ido para el fondo del patio. Me le quedé mirando y le dije:

— ¿Qué tiene de raro? Siempre paseo a Bleu antes de subir — respondí tratando de evadir más preguntas.

— Nada, solo que como está muy mojado aún, y por ahí siempre se inunda. — Agregó mi esposo y sin perder tiempo se fue con su vaso de agua, y mientras se alejaba me dijo;

— ¿Vienes luego?

— Sí — respondí.

Apagué todas las luces de la casa y subí. Mientras me preparaba para meterme a la cama, pensaba en que esas luces estaban nuevamente afuera y la intriga me estaba matando, tenía que buscar la forma de verles. Me fui a la pieza de mi hija, bueno, está desocupada ya que ella no vive en casa desde que se casó, pero aún me refiero a ella como su habitación. Este tipo de cosas son un poco difíciles de cambiar, al menos para mí. No encendí la luz, quería mirar por la ventana hacia el patio, considerando que esa habitación es la única que daba directo al patio de atrás.

En efecto, ahí estaban los insectos o luces o lo que fueran, estaban aún posadas en el tronco del árbol. Sin embargo, no había tantas como las hubo la noche anterior, de eso no me quedaba duda, ya que la iluminación que producían no era ni comparada a lo que había presenciado antes. Pensé en correr a pedirle a mi esposo que viniese a mirar por la ventana, pero sabía muy bien lo que él me diría. Él tuvo muchas experiencias de cosas muy raras cuando niño, Es por eso que las cosas raras o inexplicables no despertaban en él tanta curiosidad como lo hacían en mí. Así que miré un par de segundo más y me fui a la cama.

Mi esposo ya estaba como quien dice profundamente dormido, los primeros ronquidos comenzaban a hacer sonidos y decidí apagar la televisión, tal vez eso pudiera ayudarme a dormirme más rápido.

Gracias a Dios, dormí plácidamente y no desperté en toda la noche ni sufrí dolor de cabeza. Me sentía bien, era lunes y comenzaba otra semana y durante los días de semana todo es más tranquilo, ya que solo yo estaba en casa y aunque siempre había trabajo en la oficina, no era abrumador y me daba tiempo para atender mis otras cosas, las que siempre eran muchas.

Recuerdo que lo primero que hice fue anotar detalles de lo que me había ocurrido, luego, (esto me ocurre muy a menudo), recuerdo que al repetir esto de las luces una y otra vez, terminé en el internet haciendo una búsqueda exhaustiva de todo lo que tuviera relación a insectos luminosos además de las luciérnagas, y sí encontré información, pero no solo encontré información sobre insectos luminosos, los que no coincidían para nada con lo que había vista, sino que también encontré notas de blogs en donde personas compartían experiencias con lo que ellos llamaban *Hadas*.

Estaba muy sorprendida, aunque siempre ha sido de mi interés todo aquello que es incomprensible a nuestra conciencia humana, esto sobrepasaba el nivel de lo que me pudiera imaginar, ya verán por qué. Leí y leí, y comprendí por donde iba mi rumbo. Había encontrado algo que se parecía a los eventos que yo ya había vivido sin saberlo, o más bien, sin comprenderlo aún, parecía que de alguna forma yo había estado ligada a este tipo de evento desde hacía tiempo, casi como quien dice, desde que nací.

Resulta ser que muchas personas han tenido experiencias con luces brillantes y han documentado el hecho con fotografías e historias que respaldan la creencia de que estas luces brillantes son nada menos que hadas reales. Sí, así como lo leen, seres pequeñitos que provienen de otros planos, conocidos como los seres elementales, en conjunto con los duendes y otros seres como ellos. Dentro de todo lo que leí aprendí que estos seres no son vistos por todos, solo por algunos, más bien, ellos elijen a quienes les ven.

También descubrí que normalmente la conexión está hecha desde siempre, aunque hayas pasado toda tu vida sin alcanzar ese punto mágico de equilibrio en donde tu ser pudiera ver a estas criaturas, ellas estarían cerca de ti cuidándote y acompañándote a lo largo de tu vida porque así fue previsto desde antes de que nacieras. La creencia para algunos, hablaba de que cada ser humano tiene su propia hada, otras personas describen esto como que solo algunas personas están relacionadas con este plano y otros dicen que cualquiera que lo quisiera, podría intentar hacer contacto con ellas.

En ese momento sentí que parte de todo aquello que había leído, tenía sentido, pero para comprender qué parte era la que tenía sentido, tendría que pasar más tiempo para comprenderlo mejor, o al menos, para darme cuenta que sí había una relación ya establecida. Lo que sí era posible, era que yo no me hubiera dado cuenta aún de tal relación.

Capítulo 3

Los días transcurrieron sin mayores eventos y las luces no habían vuelto a verse en el patio de atrás, aunque esto no quiere decir que yo haya dejado de buscar información sobre esto. Me encontré con un blog en línea, que me llamó mucho la atención. Este blog mostraba fotografías en donde aparecían pequeñas siluetas completamente iluminadas y muy brillantes. Las fotografías mostraban árboles, agua y flores, todas estaban tomadas en el exterior, en medio de la naturaleza.

La persona que había escrito el blog hacía énfasis en que los "elementales" (así se refería ella a estas pequeñas criaturas) eran seres de paz, armonía y equilibrio, y que pertenecían al mundo de la naturaleza, pero que a pesar de que entran a las casas, no vivían en ellas, sino en los jardines, árboles, lagos y bosques.

La verdad es que después de ver tantas fotografías con estas figuras que parecían mariposas luminiscentes, comencé a pensar que, en efecto, las luces que había visto en mi patio se parecían a las de las fotografías. La única diferencia era que yo había visto a una de ellas lo bastante cerca como para ver que tenía extremidades.

Era como una persona diminuta, por decir algo que les pueda dar una imagen en sus mentes. Asumiendo que el brillo que yo vi en ellas, se plasmara en fotografías como color solido blanco brillante, tenía sentido, pues todo lo que tiene luz, refleja más luz en fotografías cuando accionas el flash.

Puedo imaginar lo que se estarán preguntando y la respuesta es sí. Comencé a sacar fotografías para ver si encontraba algunas similares a las que había encontrado en el internet, pero no fue así de fácil, claro que no. Tenía mi cámara digital, una del año marca Sony, moderna y rápida que había sido un regalo de Navidad. A mí me encantaba tomar fotos de la naturaleza, ya fueran flores, el cielo, el mar o los árboles, así que yo ya estaba desde hacía algún tiempo muy envuelta con lo de la naturaleza, pero no lo había comprendido del todo.

Por días tomé fotos afuera, en los alrededores de la casa, pero sin resultado alguno. Con flash, sin flash, antes de oscurecer, cuando ya estaba oscuro, en fin, no obstante el resultado era el mismo, nada anormal en las fotografías. Ya estaba desanimándome cuando una tarde, en otro blog leí algo que me dejó pensando. Ahí decía que las hadas siempre están cerca de ti, pero que en instancias que se dejan ver solo es por razones específicas. La autora del blog mencionaba que las hadas por lo general previenen tragedias y te protegen de cosas malas, lo mismo que de malas energías. Me puse a pensar en el caso de que fuesen hadas ¿cuál podría ser la razón para ellas hacerse visibles ante mí? ¿Por qué querrían que yo les viera?

La curiosidad la tenía muy viva y no podía olvidarme de la experiencia aquella. Estábamos a pocos días de un día festivo y los preparativos para celebrar en familia me sacaron un poco de estas preocupaciones, por lo que me mantuve lejos del internet y usé mi tiempo en otras cosas. Era pleno verano y los días estaban muy bonitos; sol desde temprano, desayuno en la terraza y lo que más me gustaba, ¡jardinear! Esta actividad era una de mis favoritas, el estar en contacto con la naturaleza me había ayudado a balancear mis cambios de humor dándome más tranquilidad y paz interior.

El año anterior a ese, mi esposo había convertido un área vacía que rodeaba a un gran olmo en un jardín especialmente para mí. Ahí había un árbol bastante grande, viejo, pero fuerte, y yo había estado pidiendo por ese jardín por un buen tiempo, y finalmente se dio. Yo tenía mi propia idea de lo que quería plantar y de cómo lo quería decorar. No siempre estamos de acuerdo ya que él ve las cosas de un modo diferente a como las veo yo, pero él siempre respetó eso y recuerdo que, aunque trató de influenciarme en cómo o dónde plantar las flores, no fue muy persistente dejándome al final a mi tomar las decisiones sobre mi jardín.

Ese era el segundo año de vida de mi jardín y se veía mucho mejor que el primero. Las plantas perennes habían regresado más lindas y fuertes y yo había comprado más flores de temporada, pero aún quedaba mucho espacio libre para ir incorporando más especies, el que iría poco a poco ocupando con el correr de los años.

Aquel día, mis hijas vendrían a casa y comeríamos todos juntos, y pasaríamos la tarde en familia. Como era habitual, yo ya tenía todo listo y no tenía necesidad de salir de compras con excepción de la visita típica al criadero de plantas, cosa que siempre hacemos en el verano y cuando mi esposo está en casa. Pero ese día fue algo diferente, al menos así lo vi yo. Llegamos al jardín y desde la entrada comencé a ver pequeños adornos para el jardín, ¿pero qué clase de adornos? ¡Casas para Hadas!

Tenían una gran variedad de artículos para crear jardines, casas y entorno para hadas, lo cual me pareció muy curioso después de haber estado por varias semanas leyendo y buscando información sobre un tema que no mucho conocía. Claro que eso podía haber sido solo coincidencia, pero como ya lo deben saber, yo no creo en las coincidencias.

No dije nada, aunque no voy a negar que sí me mostré muy interesada en algunas decoraciones que estaban muy lindas. Mi esposo continuaba diciéndome que me llevara algunas y al final, decidí comprar una fuente de agua. Pensé se vería muy bien en medio de las plantas en mi jardín y además sería de increíble beneficio para la variedad de pájaros que tenemos en el patio de atrás.

¿Será que está de moda este año todo lo que se refiere a hadas? Pensé. Ya una vez en casa me fui derecho al jardín y comencé a plantar unas flores nuevas que habíamos traído del criadero y también instalé la fuente de agua cerca de donde teníamos los comederos para pájaros. Fue imposible no pensar en esto de las hadas y recordar lo que había visto aquella noche. De rodillas ahí, plantando flores, volteaba la cabeza para mirar el árbol donde las había visto. Tal vez en busca de alguna señal que me indicara que había sido cierto o algo, lo que fuese, pero no había nada extraño, solo lo de costumbre: cardinales rojos, pájaros azules, algunos tordos y cuervos aparte de los típicos gorriones.

La tarde transcurrió de maravilla, reímos y disfrutamos mucho y como en todas las reuniones, la conversación nunca faltó. La mayor de mis hijas había traído algo para hacer burbujas de jabón, pero no pequeñas, sino todo lo contrario, grandísimas y que se formaban con una varilla para ayudarse a desplegarlas en el aire. Mientras veía cómo se divertían en el aparte de atrás haciendo burbujas, también observaba las esferas transparentes brillando con la luz del sol.

Una a una, iban subiendo y se perdían entre el follaje circundante; otras simplemente explotaban en el aire cuando alcanzaban una altura superior a los diez pies. Era ese brillo especial que se producía entre el ambiente y el jabón que me dejaba pensando en los destellos de aquella noche.

Todos se marcharon cuando el sol se ocultó, como cada día en que nos reunimos, luego queda esa sensación de vacío al ver que se van, sobre todo mi esposo que es al que más le costó acostumbrarse a la idea de que nuestras hijas estaban creciendo. Después de organizar algunas cosas en la cocina decidí sentarme y relajarme un rato antes de subir a dormir y tomé la cámara para revisar las fotografías de esa tarde.

No era sorpresa ver que había tomados tantas, siempre lo hacía, era una fanática de las fotos y aunque la era digital llegó y facilitó la actividad, de igual manera siento que cuando se tenían que mandar a revelar los rollos de película era mejor. Se tomaban bastantes fotografías (no en exceso) y se imprimían y guardaban en un álbum.

Qué sorpresa fue cuando al comenzar a revisar algunas de las fotos, me encontré con algo extra, así que sin perder tiempo tomé la cámara y me fui a mi estudio, ahí saqué la tarjeta de memoria y la inserté en el lector del computador. Necesitaba ver con más claridad lo que había captado la fotografía. En todas las que estaban con luz de día no había nada extraño, pero en aquellas en que la luz era menos, había muchas machas, las que algunas personas llaman *orbes*, describiéndolas como un fenómeno, el cual está claramente en discrepancia entre los profesionales de la fotografía y los aficionados. La declaración de algunos dice que estas manchas son producto de partículas de polvo, otros, que se trata de humedad, mientras los que creen algo completamente diferente lo asocian con seres espirituales, seres de luz.

Tenía varias fotografías en que la presencia de estas manchas era obvia, círculos blancos semitransparentes muy bien definidos y algunas, bueno en otras el círculo era casi blanco sólido. Estaban posicionadas sobre la cabeza de mis hijas, o cerca de ellas. Esta fue la primera vez que presté real atención a esto, estaba segura de que había escuchado el término y había visto fotografías así en algunas redes sociales, pero no le había prestado atención porque no se había dado la ocasión, creo. Revisé todas las fotografías que tomé esa tarde y por lo menos unas ocho de ellas tenían una o más de estas anomalías.

Sin dejar de pensar en todo lo que había estado ocurriendo de un tiempo para acá, me pregunté si esta era la primera vez que aparecían círculos de este tipo o si ya había ocurrido antes. Como no lo recordaba, me paré de mi asiento y fui a donde tengo muchos álbumes de fotos de años atrás para revisar algunos. La mayor parte de ellos no tenían nada extraño, pero sí había algunas fotografías de la casa anterior que me dejaron impactada.

Unas en particular, que no solo mostraban círculos, u *orbes*, sino lo mismo que había visto en las fotografías que estaban en el blog de la mujer que hablaba de las hadas. "¡Impactante!", pensé. ¿Cómo puede ser que tuviera esas fotografías y que nunca hubiera hecho un comentario acerca de las anomalías? Bueno, ahí es cuando cae esa información que decía que solo verás cuando quieran que veas, va lo mismo para todo creo, o sea, que para todo hay un tiempo en la vida.

Estas fotos de las que hablo, eran de un incidente que ocurrió años antes mientras residíamos en otra ciudad. En esa oportunidad hubo una tormenta bastante agresiva y con muchos rayos y relámpagos. Uno de estos rayos cayó y le dio a uno de los árboles de la propiedad del vecino, provocando la caída de uno gigante en dirección de mi casa. El árbol cayó justo sobre el techo de mi habitación. Ese día yo estaba haciendo unas cosas en el computador, sentada en un escritorio pequeño al costado de la ventana, ya era de noche y tenía las cortinas cerradas.

La tormenta rugía afuera y cuando vino el rayo la pieza se iluminó por completo y luego lo más escalofriantes fue que yo vi acercarse la oscuridad. Es difícil explicarlo con palabras, pero fue como si lo hubiera visto venir, literalmente, vi la sombra del árbol que se aproximaba inundado la habitación con una densa oscuridad y luego un estruendoso y horrible golpe. A los pocos segundos se cortó la luz, dejando todo en penumbras.

El árbol del vecino se había caído sobre el techo de mi casa. El silencio inerte que ocurre después de cosas así solo duró un corto tiempo, luego el sonido reapareció. Mi esposo gritando desde abajo para ver si yo respondía, las alarmas de los vehículos se habían activado y sonaban, al igual que los vehículos en las casas de los vecinos.

Después de unos instantes pude responderle a mi esposo y lo vi llegar a buscarme, yo aún permanecía inmóvil sentada en aquella silla. No podía moverme. Él me tomó la mano y así salí de la habitación, para cuando bajé al primer piso ya se podía escuchar a los bomberos que anunciaban su llegada con las sirenas. De pronto en medio de la oscuridad vimos como un par de linternas se acercaban para constatar que estábamos bien.

Al salir, aún todo estaba mojado y aunque la tormenta había disminuido su intensidad, seguía lloviendo. Pero no quedaba de otra, había que salir de la propiedad mientras ellos revisaban los daños. Aún se me hacía difícil comprender lo que había ocurrido, pero parada desde afuera, en la esquina del estacionamiento de nuestra casa, pude ver que el árbol cayó directamente sobre el lugar en donde yo estaba. Gracias a mi camioneta que estaba estacionada se pudo contrarrestar el impacto, aguantando la mayor parte del peso del tronco del árbol.

Estas fotos a las que me refiero fueron tomadas esa noche para mandarlas a la aseguradora de la casa, después de todo, no era la primera vez que un rayo nos afectaba. Pero a pesar de que yo había revisado las fotos muchas veces, nunca vi nada raro en ellas, ni siquiera me llamó la atención alguna de las anomalías presentes, las que de verdad ameritan como mínimo una pregunta.

El reporte de la compañía de seguros decía que la copa del árbol se había quebrado justo a la altura donde comienza el techo de la casa y que, en conjunto con el vehículo, habían sostenido el peso del impacto previniendo que este rompiera y destrozara el segundo piso.

En una de las fotos se ve una de estas formas, como una mariposa sólida brillando justo sobre mi ventana, la que estaba cubierta por el árbol cuando cayó. No recuerdo más del incidente aquel, lo único que recuerdo es que por mucho tiempo se habló de la tremenda suerte que tuvimos de que el árbol no entrara con todo y destruyera el segundo piso, el cual acabábamos de renovar.

Capítulo 4

Se hacía tarde así que dejé el álbum abierto encima del escritorio y las otras fotografías en el computador para continuar al día siguiente. Mientras subía a mi cuarto, se me ocurrió la idea de que le mostraría las fotos de ese incidente a mi esposo para ver qué recordaba o si algo le llamaba la atención en ellas. Debo haberme quedado dormida de inmediato, porque no recuerdo ni siquiera haber apagado la televisión, la cual siempre quedaba encendida hasta cuando me iba a dormir.

El lunes por la mañana, en la primera oportunidad que tuve de hacer conversación con mi esposo le pregunté:

— ¿Te acuerdas del rayo que botó el árbol en la otra casa?

— Claro, cómo no me voy a recordar si por poco y me deja viudo. — Sonrió.

— Pero aún sigo viva ja ja, pero ya en serio. ¿Te acuerdas que tomé fotos para la aseguradora? — pregunté.

— Sí, ¿a qué viene la pregunta hoy?

— Es que anoche estaba revisando uno de los álbumes y me crucé con estas fotos. — Comenté insegura de seguir con la conversación.

25

— ¿Y a qué viene el comentario? — dijo mi esposo mirándome a los ojos.

— Nada. Simplemente que me pareció extraño ver anomalías en las fotos.

— ¿De qué hablas? ¿Anomalías? ¿Qué clase de anomalías? — preguntó él con un tono de mayor curiosidad.

— Bueno, anomalías, esas manchas redondas que a veces aparecen en las fotos. — dije sin darle mayor importancia, pero mi esposo ya me conocía y me pidió de inmediato que le aclarara a qué me refería.

— OK, ¿de qué estás hablando? ¡Explícate!

El desayuno se hizo corto y traté de explicarle que solo se trataba de un comentario sin importancia, pero él no me creyó y antes de irse me dijo que cuando volviera en la tarde hablaríamos.

En un momento dado pensé que todo aquello se me estaba saliendo de las manos y que tal vez debía dejarlo de lado. Ese día traté de olvidar el asunto, pero fue imposible, era como si el universo confabulara y me mostrara mil cosas relacionadas a las hadas y ahora a los *orbes*, puesto que comencé a encontrar muchas más fotografías con anomalías en ellas y desde hacía muchos años antes.

Lo más curioso de todo esto fue el darme cuenta de que muchas de las fotografías tomadas en la casa que estábamos en aquel tiempo, tenían *orbes* en ellas. Incluso había algunas que tenían muchos *orbes* en la misma foto. Lo más difícil de comprender para mí era ver que, aún y con la prueba en las manos, no entendía cómo el ver esas fotografías no había levantado algún tipo de curiosidad en mí antes.

Mi esposo llegó esa tarde, pero se le olvidó por completo preguntarme sobre lo de la mañana y yo decidí dejarlo así, después de todo creo que no era el momento. La semana avanzó y yo continué con mis cosas y la vida con las suyas, y cuando creí que todo estaba en paz, mientras estábamos sentados mirando una película la pregunta salió.

— Estaba pensando en eso de las manchas que dices que encontraste en las fotos de cuando se cayó el árbol — dijo él.

— Mmm… ¿sí? ¿Qué pasa con eso? — respondí con timidez.

— El nombre de esas manchas es *orbes* — respondió.

— ¿Cómo dices? — No podía ni hablar de lo impactada que estaba al escuchar que él ya sabía del tema. — ¿Y tú cómo sabes eso? — Agregué.

— Porque recuerdo haber notado esas manchas mucho antes y cuando le mostré una foto a otra persona, esta me dijo que esas manchas eran llamadas *orbes*.

— ¿Y no me lo contaste?

— ¿Para qué? Tú te envuelves demasiado en estas cosas.

— ¿Qué quieres decir con "*demasiado*", exactamente? — Pregunté un poco molesta.

— Nada malo, solo que es cierto, después habrías visto muchos más de estos *orbes* y no habrías parado de buscar qué diablos eran.

— ¿Y es eso malo? ¿Acaso no es mejor aprender?

— Sí, yo no digo que sea malo aprender, pero tú sabes lo que pienso, que es mejor dejar las cosas en paz. ¿Para qué buscarle las cinco patas al gato? — Respondió él.

— Entonces has sabido todo este tiempo sobre esto y yo he estado ciega, porque no solo hay *orbes* en las fotos de la otra casa, en esta también. Si tú sabes de esto, ¿me podrías decir qué son o por qué aparecen en las fotos?

— Según dicen, son energías que están cerca de ti, pero por lo que me han dicho, nada malo, así que no te preocupes demasiado. — Mi esposo se paró y salió y yo no tuve ganas de seguir preguntándole más cosas, porque era obvio que él pensaba que yo me envolvía demasiado en esas cosas que nos ocurrían y que no tenían explicación racional. Pero yo me pregunto, ¿será que yo exageraba mi curiosidad? ¿O mi esposo prefería hacer de la vista gorda para no envolverse en cosas difíciles de comprender?

Creo que sabía la respuesta, ya que él no era miedoso, pero prefería no saber en realidad. Desde niño había vivido experiencias que dejaron una huella en él, solo para crecer y comprender que esas experiencias no les ocurrían a todos, sino a muy pocas personas, por lo que omitir interés era muy buena postura ante situaciones en la que lo racional se quedaba corto.

En cambio, mi persona siempre había estado hambrienta por aprender y comprender todo aquello que no tiene explicación racional, tal vez a modo de entender la verdadera realidad de nuestra existencia. Desde ese día creo que las cosas cambiaron, comencé a ver estas manchas en muchas fotos y busqué información por todas partes, pero era difícil encontrar algo en lo que se pudiese confiar, ya que todo lo que está en los medios, está de alguna forma manipulado para hacerte dudar, y al tener duda ya no estás seguro. La inseguridad crea desbalance y es ahí donde perdemos la confianza en lo que realmente sentimos dentro de nuestro ser, lo que al fin de cuentas sería lo más verdadero.

El tiempo transcurrió y no temo decir que sentía un poco de preocupación por este comentario que mi esposo había hecho, eso de que yo me envolvía demasiado, por lo que ahora estaba mucho más consiente de no prestarle demasiada atención a este tipo de cosas, pero no puedo negarles y mucho menos dejar de contarles que se hacía cada día más difícil. Yo seguía encontrando fotografías con *orbes* y mi curiosidad por saber sobre el tema crecía indiscutiblemente.

El verano se marchó y dio paso al otoño, que se hizo presente sin tardanza ese año. Las hojas anaranjadas y rojas caían de los árboles y las tardes se volvían frías y grises. Mientras la vida continuaba poniéndome evidencia frente a mis ojos para que yo la viera. Continué esperando cada noche a que las luces volvieran, era algo dentro de mí que no me dejaba tranquila, quería volver a verlas, saber que no solo fue un suceso de una vez, lo que con facilidad pudiese ser descartado por los demás. Quería en el fondo que todo aquello fuese real y no cosas de mi imaginación, pero no las había vuelto a ver, en cambio, ahora veía estos dichosos *orbes* por todas partes.

Una tarde en que estábamos todos reunidos en casa, actividad que era muy común en el correr de esos años, algo pasó. No recuerdo si festejábamos algo en especial o si solo era un encuentro como muchos otros, la cosa es que siempre acostumbraba a tomar muchas fotografías y especialmente después de que cambié a digital, ya no había límites exactos. Recuerdo con claridad que había tomado unas cuantas fotos y mi hija tomó la cámara para revisar una toma específica que yo había hecho de ella y su novio. Pero para su sorpresa y la mía, y muy pronto la de todos en casa, ella notó que en la foto había unos cuantos orbes, a lo que ella se refirió como "manchas blancas". Mi esposo se acercó a la mesa para mirar la fotografía y de inmediato hizo el comentario:

— No cariño, esas manchas son orbes.

Todos lo miraron y la discusión del tema surgió. Lo más interesante de la amena discusión fue escuchar al novio de mi hija diciendo que esas manchas siempre salían en sus fotos. Para él no era nada raro ya que las había visto desde hacía mucho, pero no tenía idea del porqué, lo único que podía decir era que una persona en el pasado le había dicho que esas manchas eran los espíritus de sus familiares que siempre estaban cerca de él.

Este comentario me impulsó a querer ratificar lo que él estaba contando, así que me lancé a tomar más fotografías y en efecto, las tomas nuevas tenían aún más orbes que las anteriores. Dentro de todo lo que pasó ese día, había algo que no podía dejar de lado, algo importante, algo que resonó en los días por venir, todos estábamos contentos, compartiendo amenamente ese día. ¿Sería que los *orbes* eran partícipes de momentos felices?

Era claro para mí en ese punto que tenía una fascinación sobre el tema, quería saber todo sobre los *orbes*, pero no era fácil buscar la información correcta ya que no creí que la hubiera. La vida continuó dándome sorpresas y abriendo mi mente a nuevas ideas, las cuales se fueron consolidando con seria evidencia, lo que harían que mi vida cambiara de forma radical.

A veces, uno vive experiencias que son increíbles e inquietantes y se transforman en algo equivocado, solo porque no sabemos o no podemos comprenderlo. Yo creía que el haber visto aquellas luces esa noche, había despertado sin lugar a dudas una parte de mí, la que estaba esperando despertar por largo tiempo.

Las cosas comenzaron a cambiar de una forma que todavía hoy día me es difícil comprender. Cosas que ocurrían se solucionaban sin explicación, las situaciones favorables parecían multiplicarse e incluso cuando algo menos favorable ocurría, de alguna forma, parecía tener menos impacto en mi persona. Una noche en particular, meses más tarde de todo lo anterior, mi hija menor y yo estábamos curioseando en el clóset de la sala, el cual tenía muchísimas cosas apiladas dentro y que no había movido en años.

Entre que movíamos viejas películas y videos, la grabadora de video digital cruzó nuestro camino. Mi hija menor estaba aún pequeña por esos años y este tipo de cosas le encantaban, de hecho, ella había sido la que más había utilizado esa videograbadora. Esta había sido un regalo de cumpleaños para mi esposo cuando nuestra hija nació, por allá en el 2002, la cosa fue que cuando ella encontró el bolso con la cámara dentro, la sacó de inmediato y se puso muy contenta. Cuando mi hija era pequeñita, le encantaba usar la cámara para entrevistarnos y hacer videos de los gatos y de la perrita que en ese tiempo teníamos.

Esto puso muy contenta a mi hija y sin perder tiempo, buscó el cargador para poner la cámara de video a cargar. Continuamos con la búsqueda de otras cosas en el clóset y nos encontramos con una caja de zapatos llena con tapes de videos viejos, los que decidimos revisar casi de inmediato. La cámara había cargado y nos tomó un rato el recordar cómo hacerla funcionar, pero la memoria volvió y la echamos a rodar. No es que era un modelo de los más antiguos, sino lo contrario, era el modelo más moderno de ese año, por lo que ofrecía varias opciones para videos. Se podía filmar en directo, por medio del computador o incluso conectarla a la televisión, en fin, la cámara de video grababa muy bien. Volver a ver esos videos nos puso a todos muy contentos.

Reímos y gozamos unas buenas horas, luego mi esposo dijo que se iba a la cama, aunque era temprano, cosa que él hacía de manera cotidiana ya que se levantaba muy temprano. Al final, esa noche nos quedamos mi hija pequeña y yo en la sala, estaba embargada por momentos de felicidad. Ver a mis hijas más pequeñas, riendo y haciendo locuras, era un mundo de emoción y memorias que inundaban mi corazón de algo muy hermoso. Debajo de los tapes grabados, encontramos uno que estaba nuevo, cerrado aún, y sin pensarlo dos veces mi hija empezó a pedir: "mami por favor, por favor". Ella quería que la dejara usarlo y le dije que sí, pero solo un rato corto, ya que había escuela al día siguiente. Pusimos el tape nuevo dentro y la grabadora se activó.

Mi pequeña se paró del sillón y comenzó a grabar por los alrededores. En una de esas, ella se puso a seguir a la gata que corrió a la cocina. Ahí estaba medianamente oscuro y encendió la luz de la cámara para buscarla. Todo estaba normal y ella estaba muy entretenida, hasta que tuve que decirle que se nos había hecho tarde y que ya era tiempo de irnos a la cama. Ella apagó la cámara y la dejó cargando. Ninguna de las dos vimos el video que se había grabado esa noche, pero al día siguiente, sería una gran sorpresa la que me llevaría.

Capítulo 5

El día comenzó como de costumbre, desayuno, la escuela, luego algunas cosas en la oficina y claro, revisé el correo electrónico. Ya para ese momento eran las diez de la mañana. Recuerdo que tenía una cita con un cliente a eso de las doce del mediodía, así que me apresuré a terminar lo que tenía que hacer en casa para poder irme a la cita.

Todo transcurrió normal, pero cuando ya a eso de las tres de la tarde venía viajando de vuelta a casa por una autopista que es solo para vehículos pequeños, me refiero a que los camiones grandes no transitan por ahí, pero por alguna razón ese día había uno que viajaba en la autopista e iba justo a mi lado. Apenas me pasó, vi como toda la parte donde va el área de cargo estaba recubierto con un distintivo logo que envolvía gran parte de la carrocería. Lo que me pareció extraño, totalmente fuera de lo ordinario, fue el diseño de la imagen que recubría ese gran camión. Era una compañía de componentes eléctricos y el diseño mostraba el estilo *bokeh*, lo que se asemeja a muchos *orbes* de luz, mostrando muchos colores vívidos, pero entre todos prevalecía el más blanco y brillante y el eslogan decía "pura luz-pura vida". Es difícil describir la sensación que tuve en ese preciso momento, pero una cosa puedo decir con claridad: lo primero que se me vino a la mente fue la videograbadora que mi hija había usado la noche anterior.

Aún estaba a unos veinte minutos de viaje para llegar a la casa y aunque no me apresuré ni nada por el estilo, sabía desde ya qué era lo primero que haría al llegar. Por alguna razón no podía dejar de pensar en la grabadora, me había nacido una urgencia por ver la grabación que mi hija había hecho. No sabía en ese momento si vería algo en aquella grabación o cual era la urgencia por verla.

Justo antes de entrar a mi casa el teléfono sonó, era mi hija avisándome de que no me olvidara de ir por ella y en efecto, ya lo había olvidado. Entré apurada a la casa y no tardé en salir nuevamente camino a la escuela. Recogí a mi hija y nos fuimos a hacer algunas compras para la cena, nada especial, pero como de costumbre después de un fin de semana, el lunes es el día de compras. Una vez en casa, me puse a preparar la cena y el apuro por revisar la grabación del día anterior se había desaparecido.

Después de la cena, mi esposo y yo nos sentamos en la salita a tomar el café y mi hija daba aún vueltas por la casa cuando de pronto, y sin previo aviso, exclamó una y otra vez "mamá, mamá", por lo que no me quedó otra opción que apresurarme a ver qué le pasaba.

— ¿Qué es lo que pasa? — pregunté con curiosidad.

— Tienes que ver esto — dijo ella apuntando a la imagen que se veía en la pantalla chiquita que tenía la grabadora. Ella había comenzado a revisar la grabación de la noche anterior y había encontrado algo que no esperaba y mucho menos yo. Corrió la grabación y me dijo que observara con detención, cosa que hice. Al principio no entendí lo que estaba observando, pero a los pocos segundos comencé a ver que algo se movía pasando de lado a lado en la grabación que mi hija había hecho.

Parecían como círculos semi-transparentes que flotaban con una dirección definida. Poco a poco la imagen fue más clara y con cierta rapidez recordé el camión con aquel logo. Aquella imagen que había visto en la autopista y lo que mis ojos observaban en ese momento, se parecían muchísimo. Inevitablemente mi hija me preguntó qué eran aquellas luces. Podía ver la expresión en su carita, como queriendo que yo le diera una respuesta que la dejara satisfecha, pero no lo sabía, es más, no tenía ni idea de qué era eso que flotaba o volaba en la grabación.

No me pude quedar sin repetir muchas veces la misma acción, retrocedía y volvía a mirar la cinta una y otra vez. Trataba de comprender qué era lo que se movía. Podía ver con claridad como aparecían a través de la pared y se perdían en el aire yendo en dirección opuesta. A todo esto, mi hija, que era la que estaba grabando, no las vio en el momento que hizo la grabación, de haber sido así, hubiera dicho algo en ese preciso instante.

Noté que entre los *orbes* que cruzaban de lado a lado, había algunas que emitían una luz intermitente, o sea, de cada dos o tres segundos su brillo se intensificaba, lo que las hacía parecer diferente y casi como si fueran de otro color, ya que destellaban reflejos entre verdosos y azulados. Me parecía increíble aquel espectáculo, pero aun así no podía comprender la naturaleza del evento. El ver estos *orbes* esa tarde en casa fue solo el comienzo de un viaje de conocimiento y enriquecimiento que abrió mi mente a nuevas ideas.

Seguido a lo que pasó esa tarde, mi hija quiso seguir grabando cada día y cada día vimos *orbes* en las grabaciones, sin poder aún explicar qué o por qué, los días avanzaron. Dediqué mucho tiempo a buscar información, en blogs donde se comentaba el tema había siempre opiniones encontradas, las personas no terminaban de ponerse de acuerdo si eran efectos de luz, o simplemente partículas de polvo en el aire. Otros aseguraban que era partículas de humedad en el ambiente y así, también encontré a otras personas que creían que estos *orbes* eran algo como espíritus en movimiento.

Aprendí de algunos expertos en la materia, gente con vastos estudios en física y astrofísica, así como también algunos otros autores que habían tocado el tema de la composición del ser humano incluyendo la terminología de alma, como algo real. Seguí a un doctor en física, quien consideraba a estos *orbes* como entidades con inteligencia. Aseguraba que después de una serie de estudios, que él desarrolló con la ayuda de una compañía de película fotográfica muy conocida, descubrió que estos *orbes* eran algún tipo de plasma o algo parecido y que podrían ser seres interdimensionales, que se podían ver gracias a los filtros que las lentes de las cámaras fotográficas tenían.

Todo hasta ahí iba bien, pronto supe del libro que él escribió, el cual adquirí sin pensarlo dos veces. El libro trajo mucha tranquilidad a mi estado, leer que un científico decía que sí eran reales, me ayudaba mucho a calmar esa ansiedad que tenía dentro de mí. Una tarde la conversación se dio con mi hija mayor y le planteé lo que pensaba con respecto a estas manchas en las fotos, cosa que ella no desechó en ese momento, pero sí trato de comprobarlo. Se paró y sacó su cámara para sacar algunas fotos, pero ese día no se observó nada.

Había algo dentro de mí que me decía que no debía conversarlo con otras personas porque no lo entenderían. El caso es que traté y la verdad, nunca obtuve una buena respuesta, sino todo lo contrario. Habíamos comprado más de estas cintas para grabar, las que ya no eran comunes en el mercado, pero aún las vendían en paquetes de tres y se nos iban con cierta rapidez ya que dejábamos la grabadora encendida y grabando durante parte de la noche, hasta que la cinta se acabara.

Una de esas noches la grabadora registró lo que nunca hubiera podido creer si no lo hubiera visto yo misma. El reloj en la filmación indicaba cerca de la una de la madrugada y lo primero que vimos fue nieve por unos segundos, por si no lo entienden, me refiero a interferencia en la grabación, y luego se arregló. Seguido a esto se veía una serie de *orbes* de luz que entraban por la parte superior de la ventana y se movían en sentido diagonal. Se vieron varios, todos con diferentes direcciones incluyendo a uno que su luz pestañaba intermitentemente, así como uno de esos en la primera grabación.

Lo más increíble de esa grabación fue ver a uno de estos *orbes* o luz, o como quieras llamarles, uno que pasó después del que parpadeaba. Era como una mariposa de alas casi transparentes que brillaban y se movían con calculada suavidad. Después de reaccionar de la impresión, vino mi propia interpretación de lo que veía. Casi de forma instantánea lo asocié con un hada y seguido a esto, mi mente casi estalló. Era igual a las luces que había visto aquella noche en el patio de atrás, las luces danzantes.

Miré ese tape ciento de veces, deseaba que la vista fuera mejor, quería ver cada uno de los detalles, pero después de todo era una cámara común y corriente y la calidad de la filmación no era la mejor. Aun considerando que la cámara era vieja en cuanto a años y no de estado, era una película decente, podías ver con claridad que algo inexplicable, entraba por la ventana, traspasaba las cortinas y seguía en dirección diagonal yendo hacia abajo. Increíble, era lo que mejor podía describir aquello que vimos, digo vimos porque se lo mostramos a mi esposo quien ni siquiera se sorprendió demasiado, según él, estamos siempre rodeados de otros seres, quienes, repito, según él, nos cuidan y protegen.

Desde ese día, ya no podía decir que no tenía pruebas, porque las tenía. Pero después de aquello mi discreción con respecto al tema creció mucho más. Espero poder explicarlo de la mejor forma. No digo que no pueda hablar de lo que sucedió, o qué es lo que creo que vi, sino que lo pienso mucho antes de decir algo y sobre todo a quién.

Creo que de verdad existe un vínculo, a estos seres no les ves por verlos, sino que entran a ser parte de tu vida en un momento determinado, incluso por razones que uno no puede entender o comprender, pero nada es coincidencia, creo yo.

Por más de dos años tomé fotografías y las luces seguían apareciendo en ellas. A veces esperaba a que fuera bien noche para salir al patio y esperar a que aparecieran, pero nunca más las vi, así como esa noche. Aprendí mucho de las personas que ya habían hecho un enlace con estos seres, que más que nada están a tu lado solo para protegerte y abrir tu camino cuando este está bloqueado. De igual forma llegué a comprender la gran suerte que tenía al estar en compañía de estos seres que, por quién sabe qué razón, querían protegerme a mí y a mi familia, cosa que aprendí a agradecer mucho más.

Meses más tarde, para fines de octubre, ocurrió algo que me hizo aceptar del todo que estos seres eran reales. Como cada noche, tomaba fotografías y solo dejaba aquellas con buena calidad de imagen, siempre buscando la mejor muestra de un orbe de luz. Esa noche anunciaron en televisión que se estaba formando un huracán, pero como esto ocurre cada año en la temporada de huracanes, no era nada fuera de lo normal. Lo que a través de esa semana se volvió una preocupación, fue que la dirección del huracán había cambiado y anunciaban que llegaría hasta la zona donde estábamos nosotros, lo que era muy poco común, pues raramente un huracán sube tan al norte del país.

Cuando ya dieron por hecho que el huracán le pegaría a nuestra ciudad, fue cuando me asaltó la preocupación. Había que preparase, eso era una realidad, pero la gente enloqueció comprando víveres en los supermercados y dejando las estanterías vacías, en fin, era de esperarse, así reacciona la gente en casos de desastre.

Recuerdo que estábamos a unas veinticuatro horas de que el huracán tocara tierra y a mí me dio por sacar fotos por toda la casa, una a una recorrí las habitaciones solo para darme cuenta que no había ni una sola anomalía en las fotos tomadas. No sé con exactitud qué esperaba encontrar en ellas, pero de seguro no aquella completa ausencia.

Capítulo 6

Sé que la situación era delicada ya como estaba, después de todo un huracán era una situación muy seria y no era algo que pudiésemos controlar, porque no dependía de nosotros. Creo que el haber tenido la experiencia de terremotos me ponía en ventaja con otras personas, pero esta era mi primera experiencia con un huracán. Tal vez puede sonar estúpido, pero el no haber encontrado alguna anomalía en las fotografías me hizo sentir algo raro, cómo que hubiera preferido verlas a sentir su ausencia. Ya me estaba acostumbrando a sentirlas en la casa.

El día llegó y las horas de la mañana avanzaron muy rápido. Como a eso de las 11 de la mañana salimos con mi esposo a poner más gasolina en uno de los vehículos, pero fue imposible, pues ya todo había cerrado. Pasamos por la costanera solo por curiosidad. El mar estaba enfurecido, con olas muy altas, como jamás le había visto. El viento fue lo que nos obligó a marcharnos del lugar, se veía a simple vista que era peligroso estar ahí. Aún no declaraban el estado de emergencia por lo que andar en la calle todavía no estaba prohibido.

Llegamos a la casa e hicimos un recuento de las cosas que teníamos y de lo que debíamos tener, pero para ser honesta, mi esposo no creía que el dichoso huracán pudiese ser uno de estos monstruos que son los que usualmente destruyen pueblos costeros. El viento se intensificó con gran rapidez a lo largo del día y como a eso de las cinco de la tarde en todos los canales hablaban de destrucción a gran escala para la costa este del país, azotando a varios estados al mismo tiempo.

Mi hija menor se dedicó a poner cinta adhesiva en los cristales de las ventanas, es algo que se hace para prevenir que, si en caso de que las ventanas se quebraran, los pedazos de cristal no salieran volando y hacer daño a las personas. Mientras ella se entretenía con esa actividad, yo llenaba cubos con agua y también la bañera, típicas reglas de preparación ante un inminente huracán.

Para nosotros todo esto era nuevo, nunca habíamos estado ante una situación de este tipo, con excepción de dos terremotos, como lo dije antes. Aún con luz y servicios en casa, mi esposo bajó un colchón para ponerlo en la salita. Lo situó entre la cocina y la salita de ver televisión, siendo este el mejor lugar de la casa, ya que estaba protegido por paredes estructurales, las que, en caso de lo peor, el viento no podría botar.

Habíamos recolectado leña y los víveres esenciales además de la radio con pilas y linternas. Creo que como a las ocho de la noche perdimos la señal de cable y seguido a eso la electricidad. Y desde ahí todo se puso gris y el ruido que producían las ráfagas de viento, hacían de la escena, un momento de terror. Tenía miedo.

Yo uso lentes, ya casi de uso permanente, debo de sacármelos, pero lo olvido. Esa tarde mis ojos estaban raros, como cuando están cansados y sentía la necesidad de restregármelos a cada rato, incluso me había parecido ver unas pelusillas flotantes, por aquí y por allá, nada grande, como quien ve mosquitos. La cosa que me pareció rara, fue que no podía definir bien qué eran, me dio la impresión que eran mosquitos, pero no estaba segura.

Ya para cuando perdimos la luz, yo me encontraba sentada en uno de los sillones de la salita, justo al lado del colchón en el piso. Y mi esposo se había tirado sobre este, con la radio en las manos tratando de sintonizar alguna emisora para escuchar más información. De pronto, sentada ahí, observé los que parecían ser pequeños mosquitos o algo similar. Estos se acercaban a mí y circulaban a mí alrededor. Literalmente aleteé para que se alejaran a lo que mi esposo exclamó, déjalos en paz, no te están haciendo nada. Por supuesto que le contesté que no quería esos mosquitos cerca. Él me dijo con seriedad "no son mosquitos, son *orbes*". Me quedé helada y temí hacer la pregunta: "¿Cómo que *orbes*?". Sabía que estaba viendo algo pequeño, de color más bien oscuro, pero esto no se parecía en nada a lo que yo podía considerar un orbe, o un hada. No, definitivamente no.

No podía quedarme así, tuve que preguntarle cómo era que él sabía eso y me respondió con claridad y sin mayor problema, *"te lo he dicho siempre, ¡nos cuidan!"*. Estaba sin palabras. Me sentí como que quería seguir haciendo preguntas, pero preferí callar. A los pocos minutos mi hija se acercó y me dijo que ella también los veía y que no tenía que temerles porque eran buenos, fue ahí cuando repliqué preguntando por qué no tenían luz y por qué parecían como mosquitos insignificantes. La respuesta que mi hija me dio fue increíble, ella que aún era tan pequeña, parecía entender mejor que yo. Ella dijo, "mamá, porque usan magia y ahora no brillan porque no están felices".

El viento comenzó a soplar con mucha intensidad, como a eso de las once de la noche. Parecía soltar un rugido que te dejaba pensando que perderías el techo de la casa en cualquier minuto. En la radio hablaban de que faltaba poco para que el huracán tocara tierra y entonces yo pensaba en cómo se iba a sentir cuando eso ocurriese, era horrible.

Cuando venían las ráfagas de viento, se sentía como si la casa se levantara de sus cimientos y el viento se metiera por debajo de la casa y soplara hacia arriba. Entre el sonido que este hacía y la sensación de inseguridad, avanzaron las horas. Yo no podía ni pensar en dormir. Caminaba de un lado para el otro y mi esposo no nos dejaba acercarnos a las ventanas, insistiendo en que los cristales podían estallar.

En un momento dado, él apagó la radio y mi hija se acostó a su lado; luego los dos se durmieron. Yo no podía, tenía un nudo en la garganta y otro en el estómago. El miedo era mucho más pesado que mis ganas de dormir. No imaginaba a nadie que pudiera dormir habiendo la posibilidad de perder el techo de su casa en cualquier momento. Pero era obvio que yo estaba equivocada, porque mi esposo y mi hija lo estaban haciendo sin problemas.

Creo que eran pasadas las doce y media cuando el viento declinó y me llamó la atención porque el ruido horrible también disminuyó. Me paré y caminé hacia la cocina, me detuve justo enfrente de la puerta de corredera mirando hacia el patio. El viento aún era muy fuerte y los arboles allá atrás parecían doblarse casi como si fueran de goma. Se doblaban para tocar la tierra y luego saltaban con brusquedad en dirección opuesta.

Noté que afuera todo estaba de un color ámbar, era muy extraño, nunca había visto algo así. Dejé pasar unos minutos y una sensación muy rara me invadió. El viento se calmó y un silencio absoluto inundó todo. Con la mirada pegada en lo que acontecía afuera, vi cómo aparecieron estas luces en el patio de atrás. Todas dispersas, posadas entre los diversos árboles, pinos y demás vegetación. La luz que emitían era tenue, pero lo suficientemente brillante como para verlas.

Fue aquella sensación que me invadió lo que más me impresionó. Sentí como si ellas quisieran que yo supiera que no se habían marchado, sino todo lo contrario, que estaban ahí, haciéndole frente a lo que estaba ocurriendo. Sin lugar a dudas, podría decir que aquello se sintió como un contacto directo entre mi ser y aquellas luces. Sentí algo muy profundo dentro de mí, lo que me dejó mucha tranquilidad.

De pronto comenzaron a parpadear muy rápido alcanzando un punto de aceleración mayor hasta que ya no se vio ni una luz más. Todas se apagaron a la misma vez. A los pocos segundos el viento retornó más fuerte que nunca junto con ese rugido atormentador que me erizaban los pelos. Volví al lado de mi esposo quien continuaba durmiendo y me recosté a su lado. Después de un par de minutos pude cerrar los ojos y dormir. Despertamos a la mañana siguiente, sin saber muy bien en qué situación estábamos.

Mi esposo se apuró a revisar el sótano para ver si se había inundado, mientras afuera aún llovía, pero la situación ahí estaba bajo control. Luego salió a inspeccionar los alrededores y se encontró con la sorpresa de que no habíamos sufrido daño alguno a pesar de haber escuchado tantos ruidos de cosas estrellándose.

Encendimos la chimenea para preparar algo de comer, porque no había gas ni electricidad y sintonizamos la radio solo para enterarnos de que el huracán había golpeado muy fuerte a nuestro estado, dejando mucha devastación y sufrimiento, y aún quedaba lo peor, esperar a saber si había fatalidades. En primera instancia, mi esposo había dicho que como en muchas ocasiones, todo eso había sido una alarma sin justificación, pero su opinión fue cambiando a través del día con las pocas noticias que podíamos escuchar.

No pasó mucho tiempo cuando la bulla afuera se hizo notar. Salimos a mirar y vimos gente tratando de recoger escombros que se habían apilado en la calle, lo que obstruía el paso de vehículos. Había mucha basura, ramas y restos de quién sabe qué. Después de un par de horas, los vecinos y mi esposo habían logrado despejar bastante la calle, así que hicimos lo mismo que los demás, salir en la camioneta a curiosear.

¡Qué sorpresa nos llevamos! Parecía ser que todos los residentes habían sufrido algún tipo de daño. Vimos muchos árboles caídos bloqueando calles. Los transformadores que habían explotado, aún echaban humo y lo más triste, casas muy dañadas que habían quedado hasta sin techo, y todo esto en las cercanías directas a nuestra casa. Al llegar a la costanera y conducir por ella, bueno en realidad lo poco que pudimos, ya que estaba llena de arena y se dificultaba avanzar, vimos que el agua había hecho inmensos destrozos, dejando imágenes en nuestra mente increíblemente perturbadoras, no solo ese día, sino por el resto de nuestros días.

Si en algún momento había tenido dudas de lo que esas luces en mi jardín significaban, ese día, sin lugar a dudas la respuesta fue muy clara. Fuimos una de las pocas casas a las que no le pasó absolutamente nada. Desde ese día en adelante, las luces danzantes siguieron formando parte de mi vida, dejándose ver en ciertas ocasiones y yo buscándoles cuando necesitaba encontrar la fe que en momentos perdía. Y así la vida continuó enseñándome que lo que se ve con los ojos, no es lo mismo que se puede ver con el alma.

Ojitos de Gatos

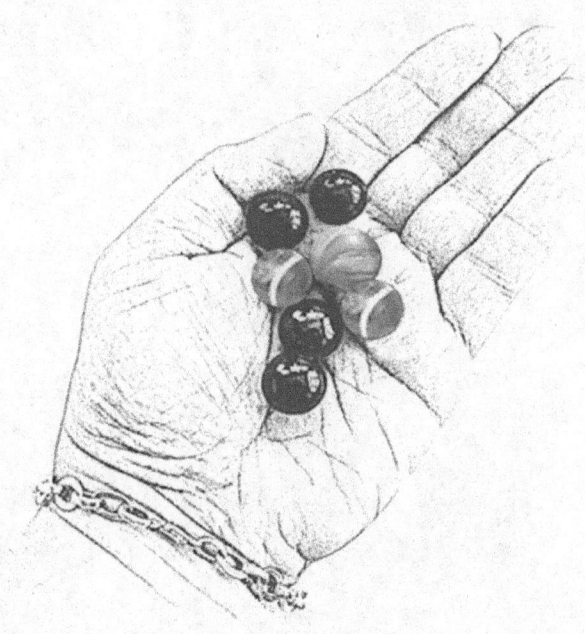

Capítulo 1

Mientras la mudanza estaba en todo su apogeo, Lizet terminaba de revisar el segundo piso de la casa vieja. Tenía que asegurarse que nada se quedaba atrás, pues para ella todo era necesario. La casa nueva no estaba muy lejos, pero sí lo suficiente como para necesitar un camión de mudanza. La casa nueva era un sueño hecho realidad por el cual ella y su esposo habían trabajado muy duro por mucho tiempo.

La casa nueva en realidad no era nueva, sino que era una vivienda construida en los años treinta, en donde todo era diferente, tanto en construcción como en lo referido al espacio, pero era nueva porque era la casa que acababan de comprar y renovar. Tenían muchos planes para seguir haciendo las mejoras que dejarían a la propiedad a la altura de muchas otras casas hermosas en la misma área residencial.

El tiempo había transcurrido rápido, aunque el trámite de la compra de la propiedad y las renovaciones les había tomado meses, finalmente, el momento había llegado y dormirían en la casa nueva por primera ese día. Después de esos meses de estrés y ansiedad, la calma estaba al doblar la esquina. Estaban a punto de comenzar una nueva etapa y se sentían llenos de energía para dar ese paso. Ella sabía que no sería lo más fácil del mundo, pero sería algo que le daría muchas satisfacciones, después de todo, las niñas tendrían su propio dormitorio y habría mucho más espacio, el cual necesitaban con la llegada de su última hija. Sería un buen cambio, decía Lizet.

Todos estaban cansados, pero muy alegres a la vez. La felicidad se sentía en el aire, estaban de buen humor y se sentían contentos de estar en la casa nueva. Esa noche cenaron pizza, cosa que nunca hacían, pero la ocasión ameritaba algo así de divertido e informal. Casi al llegar la medianoche de aquel sábado, se le escuchó decir a Lizet que era hora de irse a la cama ya que al día siguiente habría mucho que hacer. En efecto, la mudanza, aunque muy bien planificada, les había dejado un buen número de cajas esparramadas por toda la casa, así que tendrían que ocupar un buen tiempo desempacando y repartiendo sus pertenencias entre las habitaciones. Todo era parte del proceso normal de un cambio de casa.

Tendrían que haber sido como las dos y media, o cerca de esa hora, cuando el perro de la casa, Lucky, comenzó a ladrar y no paró hasta que despertó a Lizet y a su esposo. Primero bajó su esposo a ver qué era lo que le pasaba, ya que estaba claro que, por ser una casa nueva en un sector mucho más rural que la casa anterior, Lucky podría haber escuchado ruidos provenientes de otros animales en el área, provocando así aquella reacción en él.

Como Lucky no dejó de ladrar y gruñirle al ventanal, Esteban decidió llevárselo al segundo piso, pensando que tal vez estando en compañía de los dos, el perro podría dejar de estar inquieto y volver a dormir. Pero esa no fue la solución, Lucky no quiso quedarse en la habitación y no dejó de mostrarse inquieto. El perro se paseaba de un lado a otro sin detenerse ni por un segundo. Lizet pensó que tal vez lo que a Lucky le pasaba era que necesitaba salir al baño. Así que se puso algo de ropa encima, ya que era invierno y afuera de seguro estaría frío, y sacó a Lucky al patio.

Grande fue la sorpresa que ella se llevó cuando llegaron junto al ventanal. Al querer abrir puerta de corredera para salir al patio de atrás, Lucky comenzó a ladrar más fuerte y con más vigor dejando claro que no quería salir de la casa, sino todo lo contrario. Se echaba para atrás y se mostraba bastante enfurecido, algo que nunca había hecho antes. Lizet al verle tan exaltado, decidió no abrir la puerta de vidrio y soltó la manija casi de inmediato. Se arrimó a la pared y con cierto cuidado comenzó a mover la cortina que cubría parte el vidrio. Luego encendió la luz del patio. Primero la que estaba a la salida y luego la segunda que estaba un poco más hacia el lugar donde estaba la escalera para salir al estacionamiento. La terraza estaba unos cuantos pies sobre el nivel del terreno.

Una vez que Lizet se aseguró de que no había nada extraño afuera, comenzó a hablarle a Lucky para mostrarle que todo estaba bien. Cuando el perro se calmó un poco, ella abrió la puerta y en ese preciso instante, Lucky salió y pegó su nariz entre las tablas del piso de la terraza. Él olía algo, pero Lizet no sabía qué era. Lo vio irse hasta las escaleras y ahí se detuvo, luego comenzó a ladrar nuevamente y de súbito el perro corrió hacia el interior de la casa como si hubiera visto al mismo diablo. Lizet al ver esto, reaccionó de forma instantánea cerrando la puerta tras de ella. Miró a través del vidrio y no vio nada que pudiese indicar la razón de ese comportamiento, pero de lo que sí estaba segura, era de un frío que le había recorrido la espalda de arriba abajo dejándole una mala sensación, pero ¿qué era lo que le había ocasionado esa sensación? No lo tenía claro.

El reloj en el microondas de la cocina marcaba las tres y quince de la madrugada. Sacó un vaso y lo llenó de agua fresca para ver si eso le calmaba aquella extraña sensación. Lucky por fin se había calmado, aunque no del todo, porque seguía mirando por la ventana, pero al menos ya había dejado de ladrar. Lizet le habló a Lucky preguntándole si quería subir con ella al segundo piso, el perro la miró y de inmediato tomó la delantera. Una vez en la habitación, Esteban le preguntó que si todo estaba bien y ella solo respondió "creo que sí" sin hacer mención de la rara reacción de Lucky.

Lizet no se pudo dormir de inmediato, pasó al menos, más de media hora para que pudiera conciliar el sueño otra vez. Estaba concentrada en tratar de escuchar algún ruido que viniera desde afuera, pero solo escuchó algunos autos que pasaban por la carretera adyacente. No podía decir que estaba realmente preocupada por lo que había sucedido, porque no lo estaba, pero tenía que admitir que le quitaba el sueño el no poder comprender qué había ocasionado la reacción de Lucky. Finalmente se durmió tratando de encontrar alguna razón que explicara el comportamiento del perro.

Amaneció. Era domingo por la mañana y todos se habían levantado temprano. Pudiese ser que el mismo cansancio del día anterior les hubiera limitado el sueño, o también podría haber sido el hambre que sentían por haber comido liviano. Esteban se fue con una de sus hijas en busca de algunas cosas para el desayuno, mientras Lizet preparaba el café y arreglaba a su hija más pequeña.

Una vez que todos pudieron sentarse y comenzar a servirse el desayuno, Lizet preguntó si alguien más había escuchado a Lucky ladrar durante la noche, pero las niñas no se habían dado cuenta de nada. Esteban le preguntó que si a qué venía la pregunta y ella respondió que simplemente era curiosidad. Lizet levantó la mirada en busca de Lucky y lo encontró echado en el piso a los pies de la escalera que subía al segundo piso. Notó que no había probado la comida y que estaba un poco triste, como sin ánimo.

— ¿Qué será que tiene Lucky? No ha probado su comida hoy. — Comentó Lizet con tono de preocupación.

— Es que no tiene nada, de qué te preocupas mujer si lo único que puede tener es cansancio por haberse pasado casi dos horas ladrando, eso es todo — agregó Esteban.

— ¿Tú crees que es eso? Puedes ser también que extrañe la casa vieja, ¿no lo crees?

— Claro que es eso, tú sabes cómo son los animales, peor que nosotros. Ellos se aferran a las cosas y a los lugares, y Lucky no ha estado en otros sitios desde que era muy joven. Ya no te preocupes más — dijo Esteban, cerrando así la conversación.

Algo había en la mirada de Lucky que Lizet no podía comprender, no era solo cansancio lo que ella veía, y le incomodaba no saber con certeza qué era lo que le pasaba.

Capítulo 2

*L*a vista desde la terraza era increíble, entre un bosque denso que se divisaba al fondo y los arboles más pequeños enfrente, se creaba una imagen placentera. Una mezcla de tonos verdes en donde las flores de diversos colores actuaban como focos de atracción. A pesar de que la propiedad no era extremadamente grande, tenían buen espacio, el cual había sido en más de una ocasión motivo de acaloradas discusiones. Lizet veía su jardín un tanto diferente de como Esteban lo veía. Ambos querían hacer cosas que realzaran la belleza del lugar, pero no lograban ponerse de acuerdo.

Muchas veces ella cedía con tal de no entrar en discusiones mayores, y lo mismo le pasaba a Esteban, aunque siempre terminaban sonriendo, lo que significaba que llegaban a un acuerdo. Los días transcurrían sin mayor apuro, ellos en cambio querían que la primavera se dejara ver aunque solo fuese un poquito. Estaban impacientes por hacer renovaciones en los jardines de la casa, pero el invierno parecía no querer irse.

Lucky extrañaba la otra casa. ¿Cómo habían determinado esto? Fácil, Lucky había comenzado a usar el baño dentro de la casa y la respuesta más lógica a este comportamiento era sin lugar a dudas los cambios de hábitat. Lizet decidió que lo más factible sería que lo llevaran afuera por turnos y volver a enseñarle a usar algún punto específico en el patio de atrás como su baño, así como en la casa vieja. Las niñas lo sacaban y él corría y disfrutaba e incluso usaba su nuevo baño, pero apenas se dejaba caer la tarde nadie lograba que él se acercara al patio de atrás. Cuando Esteban escuchó que Lizet se quejaba de este comportamiento, le dijo: "Estás imaginando cosas, conmigo sale y no hay problema" y en efecto, eso era cierto.

Fácil de resolver, pensó ella. Le pediría a Esteban que hiciera las salidas en la tarde y asunto solucionado. Pero el comportamiento de Lucky no cambió. Él siguió orinándose dentro de la casa, cerca del ventanal. Aunque ya no ladraba todas las noches, era muy común que al menos dos o tres noches durante la semana lo hiciera. Como el hecho era más frecuente, las niñas se lo llevaban a su habitación para que no se sintiera solo. Así pasaron los tres primeros meses en la casa nueva y si bien la organización de las cosas estaba bajo control y ya no había cajas por todas partes, el sótano era otra historia.

El sótano era otra planta de la casa, pero aún sin claridad de lo que harían con el espacio, fue imposible evitar que todo lo que no se necesitaba esos momentos terminara en allí. Para ese tiempo Lizet había convencido a Esteban de que el mejor espacio para la oficina seria en la planta baja, ya que ahí habría más espacio sin tener que sacrificar uno de los dormitorios existentes. La idea no era la mejor para Esteban, pero no podía dejar de admitir que, a falta de espacio en las otras dos plantas, el sótano sería lo mejor.

Si había algo que Lizet podía hacer mejor que todos, era encontrar espacio donde no lo había, pero en este caso, no había podido encontrar un lugar para la oficina en el primer piso o en el segundo. Eran fines de marzo cuando un día por la mañana Lizet buscaba algo y como no lo encontró ni el primer piso ni en el segundo, pensó que de seguro estaría en el sótano, así que bajó en busca de lo que necesitaba. Lizet tenía muchas cualidades positivas, pero también pero también tenía unas no tan positivas y una de ellas era que se olvidaba muy rápido de lo que estaba haciendo y se ponía a hacer otras cosas sin terminar lo empezado.

Comenzó buscando entre unas cajas que había apilado cerca de la pieza del lavado y secado, pero rápidamente se desvió a otras áreas del sótano y al comenzar a abrir cajas y más cajas, se dio cuenta de que necesitaba dedicarle tiempo a ese espacio. Ese fue el día en que la oficina en el sótano se estableció ya por completo, de esa forma muchas de las cosas que aún no tenían un lugar, pasaron a tenerlo. Los computadores y la impresora quedaron funcionando ese día, y ya por fin había teléfono y un escritorio en donde trabajar.

Lizet estaba feliz del progreso que habían hecho; las cosas le cundían cuando tenía la fuerza y el ímpetu para hacerlas. Cuando Esteban llegó, se puso muy contento de ver que ya tenían oficina y que tenía nuevamente un lugar donde trabajar en los proyectos de sus clientes. Lizet había escogido el área con más luz, porque a pesar de ser la planta bajo el primer piso, este no estaba completamente bajo el nivel del suelo, solo la mitad, lo que permitía tener ventanas de tamaño normal. Así que la oficina ahora tenía dos escritorios grandes y, además, bastante luz que provenía de dos ventanas que daban al patio de atrás. Esto le permitía a Lizet tener vista al bosque lo que era muy motivador y lo mejor de todo, era que no estaría en un lugar cerrado y oscuro.

Lizet había olvidado por completo lo que había ido a buscar en primera instancia, por lo que ese día terminó y ya no recordó lo que necesitaba, pero estaba muy satisfecha por lo que había podido hacer en términos de progreso. Al día siguiente, durante el desayuno, Esteban le preguntó si terminaría de arreglar las enredaderas que estaban caídas afuera y en ese momento Lizet recordó que había ido al sótano en busca de sus herramientas de jardinería. Tenía una caja con todas sus cosas, pero no podía recordar dónde había quedado, o en dónde la había puesto.

Ese día después del desayuno y de dejar a sus hijas en la escuela, volvió a la casa con la intención de hacer unos trabajos para su esposo. Una vez instalada ya en su computador, volteó hacia el lado opuesto y vio una caja abierta. Se paró de su silla porque le pareció recordar lo que había en ella. En efecto, la caja contenía ciertas cosas que habían encontrado durante la renovación de la casa. Debido a que la renovación había sido muy exhaustiva, el tiempo para mudarse había sido más largo.

Sacó algunas cosas de la caja para dejarlas sobre el escritorio. Había un pedazo de periódico con fecha de 1937 y unas cuantas postales que alguien envió a esa dirección. En el fondo de la caja yacía la bolsa plástica en la que habían puesto las bolitas de cristal o comúnmente llamadas *ojitos de gatos,* que habían recolectado durante el periodo de demolición de los umbrales en el primer piso. Estos habían sido demolidos para poder construir umbrales nuevos y poner puertas más grandes. De hecho, no solo encontrar eso ahí había sido algo muy curioso sino lo que habían encontrado. Les llamó mucho la atención ya que quién se iba a imaginar que encontrarían *ojitos de gatos* debajo de los umbrales, al menos no ellos. Aquello resultaba increíblemente raro y fuera de normal.

Se le hacía difícil comprender la razón que alguien pudiese haber tenido para ponerlos allí, ya que debió haber sido antes de la instalación del subsuelo. Ella pensaba que era imposible haberlo hecho después de la construcción, sencillamente porque tendrían que haber sacado todo para hacerlo. Lizet recordaba exactamente de donde los habían sacado porque Esteban había quedado igual de sorprendido al encontrarlos como a unos tres o cuatro centímetros por debajo del piso. Estaban en algo parecido a un pedazo de papel. Se dieron cuenta después de que en realidad no era papel sino tela, tela vieja y casi desintegrándose en pedacitos.

Fue un momento en que no solo ella, sino todos los que ahí estaban ese día pusieron un signo de interrogación en sus rostros. Había sido Lizet quien abrió la envoltura y descubrió que dentro había bolitas de cristal. Eran cinco, las tomó con su mano y cuando Esteban se acercó a mirarlas exclamó:

— ¡Ojitos de gatos! Wow, ¿qué hacen ahí? Yo tenía unas así de niño — dijo él muy sorprendido al ver las bolitas de cristal.

— Había escuchado que las llamaban así, pero creo que el nombre más común era bolita de cristal, aunque entiendo por qué las llamaban *ojitos de gatos* — dijo Lizet, mientras tomaba una de ellas entre sus dedos y la miraba más de cerca.

Seguido de eso otras dos personas que estaban trabajando en la demolición aquel día se acercaron a mirar, pero con mucha sorpresa para Lizet uno de ellos se negó a tocarlas.

— ¿Es que acaso tienes miedo? Si no es nada más que unos *ojitos de gatos* y están muy lindos — dijo ella.

— No, no es miedo, pero quién sabe por qué o para qué las pusieron ahí — dijo el trabajador y regresó a su lugar sin volver a mirarlas.

El caso fue que nadie sabía que podrían significar los *ojitos de gatos*, suponiendo que tuvieran un significado. De hecho, no solo encontraron esas, también encontraron más debajo de la otra madera, la que formaba el umbral o marco de la puerta y así en todas las otras puertas interiores que el primer piso tenía, que sumaban cuatro. Lizet había recolectado más de treinta *ojitos de gatos*, los que parecían ser muy antiguos. Algunas

de esas bolitas de cristal eran de un blanco solido con colores muy bonitos, azules y verdes y unos amarillos muy intensos, y las demás eran como las tradicionales, transparentes con múltiples colores en el centro.

Lizet se deshizo de los pedazos de tela vieja y conservó los *ojitos de
gatos* poniéndolos en una bolsa plástica. Durante algunos días, preguntó
y buscó información que le indicara por qué o para qué estaban esas bolitas de cristal ahí, pero en realidad no había encontrado nada. Así fue
que pronto pasó de ser algo curioso a algo olvidado y de esta forma había sido como esos *ojitos de gatos* habían terminado en esa caja arrumbada en el sótano.

Capítulo 3

La misma curiosidad que Lizet había expresado meses atrás cuando habían encontrado las bolitas de cristal debajo de los umbrales de las puertas, se presentó de nuevo. Tomó la bolsa entre sus manos y se la llevó junto al computador. Nuevamente inició una búsqueda tratando de saber más sobre el origen de las bolitas de cristal para así descubrir, tal vez, alguna creencia o folclore que pudiera contarle algo más de lo que ya sabía. Pero todo volvía sin respuesta, nada nuevo o nada que pudiese darle alguna indicación sobre el porqué alguien podría haber puesto estas bolitas bajo los umbrales.

Después de un buen rato buscando, las dejó de lado y decidió continuar con lo otro. Aunque le daba curiosidad el hecho de no haber encontrado nada, ella pensaba que el no sentirse mal o incómoda al tenerlas en sus manos, era algo bueno, por lo que debía tener algún propósito positivo. Lizet era muy susceptible a energías *negativas* como ella lo decía, siempre tenía esas sensaciones raras o escalofríos que ocurrían sin explicación, por lo que había aprendido a identificarlas entre buenas y malas energías.

A la hora de la cena Lizet le comentó a Esteban que había encontrado los *ojitos de gatos* en una caja en el sótano, pero que no sabía qué hacer con ellos. Esteban no tenía mucho aprecio por este tipo de cosas y le dijo que los tirara a la basura ya que nadie los usaría. De ninguna manera se los darían a la pequeña en la casa, ya que podría echárselos a la boca y eso sería un riesgo. Las otras dos niñas ya estaban muy grandes como para usarlas y jugar con ellas. Así fue que Lizet las tiró a la basura esa misma noche para que no se le fuera a olvidar.

Esa misma noche, como a las dos y media de la madrugada, Lucky comenzó a ladrar muy eufórico y parecía no tener intención de callarse, puesto que esta vez no le importó que lo llamaran desde los dormitorios o inclusive, que Lizet lo hiciese callar. Nada controlaba a Lucky. Esteban tuvo que venir y prácticamente llevárselo en los brazos hasta el dormitorio en el segundo piso, y desde allá, con la puerta cerrada, él continuaba muy enojado gruñendo por debajo de la puerta.

Lizet esta vez se preocupó, su corazón comenzó a palpitar más rápido y sintió ese frío que le recorrió la espalda, pero con valentía abrió la puerta de vidrio y salió a la terraza, quería ver qué diablos había ahí, aquello a lo que Lucky le ladraba. Pero no vio nada. Dejó las luces encendidas por un buen rato y después de que todo volvió a la tranquilidad, las apagó y subió. Lizet volvió a conciliar el sueño y casi cuando estaba entrando en una fase más profunda, despertó precipitadamente. Algo durante su sueño la había hecho despertar, y aunque el corazón le palpitaba fuertemente, no despertó a Esteban y, después de un rato, trató de volver a conciliar el sueño.

A la mañana siguiente Lizet fue la primera en levantarse y bajó con un poco de apuro. Fue directo al bote de basura, lo abrió y buscó lo que había tirado el día anterior. Los *ojitos de gatos*. Lizet había tenido un sueño extraño, el cual no podía recordar muy bien, solo partes que no decían mucho, excepto por la parte en que alguien le pedía que no los tirara. Y en eso sí que era tajante, sus sueños eran algo sagrado para ella. Lizet siempre había tenido sueños premonitorios y muchos otros tipos de sueños, como mensajes y visitaciones. Por esa razón, Lizet prestaba atención a sus sueños cuando estos le decían algo.

Lizet recogió las bolitas de cristal y las cambió a una bolsa nueva. Luego las puso en el cajón en que guardaba de todo, ese cajón que por más que ella quisiera deshacerse, siempre terminaba quedándose. Las empujó hasta el fondo así, Esteban no las vería. Necesitaba saber qué significado tenía ese sueño y ahora más que nunca, saber si había alguna relación con lo que Lucky estaba sintiendo durante la noche.

En los días venideros el comportamiento de Lucky fue diferente. Él pasaba todo el día cerca de la hija más pequeña, no le dejaba ni a sol ni sombra y cuando la hora de dormir llegaba, él era el primero en subir. Incluso, la cama de Lucky la habían subido al segundo piso ya que abajo no se quedaba solo ni aunque le dejaras un buen filete. Y así como esto, hubo otros cambios, la acción de orinarse dentro de la casa ya había pasado de ser solo en el ventanal, a también hacerlo en la entrada y en la bajada al sótano.

Otra cosa curiosa que Lizet notó fue que Lucky no bajaba al sótano, pero muchas personas decían que ese era un comportamiento normal y común de los perros. Lo que lo hacía raro era pensar que, en la casa vieja, todos pasaban mucho tiempo en el sótano que era donde tenían la sala de mirar televisión, incluyendo a Lucky. No tomó mucho más para que todos estuvieran preocupados y un tanto estresados. Lucky gruñía detrás de la puerta a mitad de la noche, se orinaba dentro de la casa durante el día y Lizet seguía tratando de unir las partes.

Esteban llegó un día del trabajo y le dijo a Lizet que sería bueno que pidiera una consulta con el veterinario para que revisara que todo estaba bien. Esteban había estado preguntando por ahí acerca del comportamiento de su perro y, por lo que le dijo a Lizet, estaba claro que alguien le había dado algún consejo. Lizet se dio cuenta de inmediato y le preguntó:

— ¿Y a quién le has preguntado?

— ¿A qué te refieres? — contestó Esteban.

— A que es obvio que le has preguntado a alguien por lo que le pasa a Lucky ¿o me vas a decir que no? — agregó Lizet acercándose hasta donde Esteban estaba.

— Bueno, no como quien dice preguntando, pero le hice un comentario a Paúl y él ha dicho que algo similar le ocurría a su gato y que era por un problema dental.

Lizet lo miró y no dijo nada más. Claro que ella no pensaba que algo de ese origen estaba pasándole a Lucky, no. No de ese origen, más, especialmente después de su sueño, era imposible que fuese algo así. Pero a pesar de esto, Lizet pidió hora y llevó a Lucky al doctor; no estaba de más asegurarse. El doctor lo único que notó es que Lucky estaba más delgado, cosa que no era tan mala después de todo ya que siempre habían peleado para que no comiera tanto. Lucky era un perro que pesaba más de cien libras.

Lizet volvió a la casa preocupada. Se sentó cerca del ventanal y miraba con un poco de desconcierto hacia el patio de atrás. Lucky vino a sentarse junto a ella y apoyó su cara en su falda. Ella lo miraba y le hablaba con ternura mientras le acariciaba la cabeza, "dime ¿qué es lo que te pasa?", pero Lucky solo la miraba y se dejaba acariciar. Ese perro significaba mucho para ella y para todos en general y ver que algo andaba mal, le partía el alma. El sábado llegó y Lizet no dejaba de pensar y pensar en qué más hacer para resolver aquel problema. Aunque no le decía nada a Esteban, era obvio que él también estaba preocupado. Empacaron algunas cosas y se fueron a la playa para cambiar de ambiente y disfrutar un poco de aire fresco, Lizet estaba segura de que les caería muy bien.

El viaje fue muy placentero, todos disfrutaron el cambio de ambiente. Lucky era nuevamente el perro de siempre. Corrió, saltó y jugó como siempre, nada extraño, hasta el hambre mejoró. A pesar de que solo fueron dos días fuera de la casa, Lizet sintió que la vida volvía a sonreír y pudo dejar de lado esa preocupación que la atormentaba. Ese domingo, cuando volvieron a la casa, Lucky tuvo nuevamente la misma reacción, no quiso bajarse del auto y mucho menos entrar a la casa. Esto terminaba de decirlo todo, estaba claro que había algo que andaba mal.

En los días siguientes Lizet haría sus búsquedas de una manera distinta en el internet. Buscó y leyó muchas cosas que tenían que ver con la presencia de malas energías y rápidamente comprendió que lo que pasaba en su casa estaba relacionado a algún tipo de entidad sin lugar a dudas. Encontró personas que describían situaciones que parecían ser réplicas de las que ellos estaban pasando. Pero lo que más problema le traía a Lizet era pensar que ella no había sentido en ningún momento nada extraño en la casa, o en los alrededores.

Optó por lo más común, poner algunas velas durante algunos días, después de todo ella era católica, aunque no practicante, pero para algo debía contar. Además de algunas fotos de santos que se había traído de la casa vieja, santos que siempre mantenía en la puerta del refrigerador, tal vez, ya solo por costumbre por el pasar del tiempo. En esta ocasión ella sintió que era lo más necesario. Las cosas no cambiaron mucho, tal vez disminuyeron en frecuencia, pero seguían ocurriendo. Ese verano se pasó rápido y Lucky estaba todo el tiempo junto a la pequeña y por las noches dormía en el segundo piso; en eso no había cambio.

Lizet le comentó lo que estaba ocurriendo en su casa a otra persona que ella conocía. Alguien que creía en esto de las energías, porque no todos compartían la misma opinión sobre el tema. Hablar de energías negativas era algo complicado. La cosa fue que esta persona vino a traerle recuerdos de otros tiempos y Lizet hizo memoria de que ya había usado ruda en el pasado para alejar ciertas energías, así que, sin perder tiempo, comenzó a buscar por todas partes a ver dónde podía conseguirla.

Aunque un tanto difícil, al fin la encontró. Compró varias matas de ruda para poner en las entradas y algunas dentro de la casa. Lizet sintió que el efecto preventivo de la ruda estaba dando resultados, ya que al tercer día Lucky dejó de orinarse dentro de la casa. Un par de días más tarde, una de las plantas que había puesto junto al ventanal estaba seca, completamente muerta, de la noche a la mañana.

Capítulo 4

Parecía que las cosas comenzaban a mejorar notablemente. La presencia de las plantas que Lizet continuaba renovando con frecuencia, había ayudado a que todo anduviera mejor. Las noches estaban más tranquilas y Lucky no los despertaba en la madrugada como se había estado haciendo costumbre. Además, Lucky estaba comiendo bien y volvía a ser el maravilloso perro que siempre había sido. Lo único que Lizet no lograba hacer era que saliera a la terraza y que se quedara ahí por un rato. El perro solo se quedaba mientras ella estaba ahí, pero en el momento en que Lizet se moviera, ahí mismo Lucky la seguía o quería entrar a la casa.

Una tarde, sin nada fuera de lo común, pasó algo que volvería a preocupar a Lizet. Estaba afuera de la casa por el costado del estacionamiento, haciendo un poco de limpieza en ese lado del jardín. Junto a ella estaba su hija, quien jugaba con pequeñas piedritas y cositas que había recogido por ahí en los alrededores. Esteban llevaba bastante rato metido debajo del vehículo, tratando de reparar un problema en el motor, pero sin suerte alguna hasta ese momento.

La pequeña jaló el brazo de Lizet y cuando ella volvió la cabeza para ver qué le pasaba a su hija, vio la expresión de susto que la pequeñita tenía en su rostro. La niña apuntaba a la sección que separaba la propiedad de ellos de la del vecino. Un segmento de tierra, más boscoso, cubierto con grandes árboles y arbustos, los que hacían una división natural entre las dos propiedades. Lizet miraba sin saber qué era lo que tenía que ver y al instante de no ver nada fuera de lo normal, le preguntó a su pequeña que era lo que ella había visto. Su hija inocentemente volvió a levantar la mano, apuntó al mismo sitio y balbuceando dijo: "el hombre". Lizet un poco desconcertada buscó con la mirada, pero no vio nada. Se paró y fue directo al área que su hija había apuntado. Miró y buscó, pero ahí no había nada, al menos nada que ella pudiera ver.

Esteban se percató de que Lizet estaba a la orilla del bosque chico, como él se refería a esa sección. Se arrastró un poco hasta que pudo salirse de donde estaba y se paró para ir a su lado. Le preguntó qué era lo que estaba mirando y ella le respondió que la niña le había apuntado hacia ese lugar y él dijo:

— ¿Cómo dices?

— Pues eso, que me estaba apuntando en esta dirección.

— Sí, ya me lo dijiste, pero ¿qué vio? — insistió él muy curioso de saber qué buscaba Lizet en ese lugar.

— Bueno, ella dijo que vio a un hombre, pensé que podría ser el vecino que necesitaba algo, pero no logro ver a nadie.

— ¿Marc? No creo, lo vi salir temprano por la mañana, creo que iba de caza. — dijo Esteban mientras se adentraba entre los matorrales y arbustos del sitio.

— ¿Pero a dónde vas? — preguntó Lizet viéndole cruzar hasta la otra casa.

— Solo voy a revisar, quédate ahí, ya vuelvo. — contestó Esteban mientras seguía en dirección de la parte del bosque más denso, sección que separaba las dos propiedades.

Lizet volvió hasta donde estaba su pequeña y se agachó para quedar a la altura de la niña y le preguntó nuevamente qué era lo que había visto. Hizo énfasis en preguntarle si había sido Marc a quien ella había visto.

— No, era el hombre negro — dijo la pequeña claramente, con la vista pegada en sus cosas.

— A ver, ¿cómo que el hombre negro? — preguntó Lizet con más seriedad, ya que esa era la primera vez que escuchaba acerca de un *hombre negro*, algo que era de preocuparse, sin duda.

— ¿Me estás diciendo que tú has visto a este señor en otras oportunidades? — Lizet interrogaba con seriedad a su hija pequeña.

— Sí, mamá — respondió la niña, pero no dijo nada más.

Lizet no podía creer lo que su hija pequeña le había dicho, pero de la misma forma se le había hecho muy difícil seguir interrogándola sin caer en una posición difícil que pudiese afectar a la niña. Esteban al enterarse de lo que ella había dicho mostró la misma preocupación que Lizet, a los dos les asaltaba la misma interrogante ¿Quién diablo era el dichoso hombre negro?

Durante la cena esa noche, mientras las niñas más grandes conversaban acerca de algo trivial, Esteban trajo a la mesa el tema del *hombre negro*, preguntándoles directamente a sus hijas si ellas habían visto a este hombre en cuestión, pero la conversación se tornó más en algo de bromas con un tono sarcástico miedoso. La realidad era que las niñas más grandes no habían visto nada fuera de lo común y la pequeña, a su corta edad, no podía dar más información de lo que había visto.

La preocupación se plantó en la mente de Lizet otra vez, sin poder evitar pensar en que había un hombre negro que ella no había visto, merodeando por los alrededores de la casa. ¿Cómo era eso posible? ¿Cómo podía su hija haber visto un hombre y ella no? Y lo más importante de todo, quién era y qué quería. Todos terminaron de comer y levantaron los platos de la mesa, el día siguiente era día de trabajo por lo que todos se iban a la cama temprano a pesar de que las niñas aún estaban en vacaciones, los domingos siempre había sido así.

Los platos recogidos y la cocina limpia, y lo único que le quedaba a Lizet era sacar a Lucky al baño, la última salida de la noche. Lizet le puso la correa y se dirigió hacia el ventanal y abrió la puerta. La sorpresa fue instantánea, Lucky, al momento que estaba saliendo de la casa sintió algo, algo que lo obligó a tirarse al piso y gemir. Lizet por unos segundos tironeó de la correa tratando de levantarlo para poder terminar de salir de la casa. Lucky tenía que ir al baño.

Aquella situación, que por un momento Lizet pensó era algo sin importancia, se convirtió a los pocos segundos en algo mucho más serio. Lucky comenzó a gemir y a gemir aferrado al piso y no había forma de que se calmara y ella, aunque trataba, no podía levantarlo del piso. Lizet comenzó a gritarle porque ya estaba perdiendo la paciencia, pero Lucky no reaccionaba. Lizet miraba a sus alrededores en busca de algo que le indicara qué diablos era lo que le molestaba a Lucky, por lo que decidió dejarlo y caminar hacia las escaleras para así seguir revisando.

"¡Dios mío!", exclamó Lizet al divisar una figura oscura parada enfrente de los vehículos en el estacionamiento. Era confusa, no se podía ver con claridad, pero sí se podía apreciar la figura o contorno de alguien. Podría ser un hombre por su porte, pero era como un color oscuro, casi negro, sin distinción de rostro u otras partes del cuerpo. Lizet sintió un escalofrío que le recorrió de pies a cabeza, pero se armó de valor y con la mejor voz que pudo, preguntó en alto qué se le ofrecía. No hubo respuesta.

Lizet insistió diciéndole que, si no le decía qué quería, llamaría a la policía, pero aquella silueta no contestó. No habían pasado ni un par de segundos cuando Lizet lo vio moverse. La oscura figura dio la vuelta y caminó en dirección del bosque, pasando a través del vehículo que estaba ahí estacionado. Lizet estalló en gritos y corrió tan rápido como pudo hacia la puerta, arriba en la terraza.

Lucky entró primero y ella detrás. Estaba tremendamente exaltada, asustada y muy confundida. No podía creer lo que acababa de ver, porque lo había visto, de eso estaba segura. Lizet continuó llamando a Esteban sin control, hasta que él bajo desde el segundo piso.

— ¿Qué es lo que pasa? ¿Estás bien? — preguntó Esteban asustado por los gritos que ella había dado.

— ¡No! No estoy bien. No tienes ideas de lo que acabo de ver afuera. Lizet no podía ni respirar. Ha sido horrible.

— Pero ¿qué es lo que has visto? Cálmate para que pueda entenderte.

— ¿Mamá, estás bien? ¿Qué ha pasado? — preguntaba su hija mayor quien con la conmoción había salido de la habitación, lo mismo que su hermana.

Lizet al darse cuenta de que la conmoción había llamado la atención de todos, decidió sentarse y tomar un par de minutos para pensar como decirles lo que había visto. Era muy posible que Esteban se molestara por su reacción, pero ella no podía quedarse callada, sabía que sería una mala decisión el no hablar. Miró a sus hijas y se fue a abrazarlas, y así del mismo modo, ella se también se calmó y recobró el pulso para explicarles lo que había visto.

— Lucky comenzó a gemir justo a la salida de la puerta y no pude calmarlo o moverlo, así que me aparté para revisar qué diablos le estaba molestando, pero nunca imaginé lo que me encontraría.

— ¿Qué encontraste mamá? — preguntó su hija mayor.

— ¡Ay Dios! Sé que lo vi. Vi a una figura que estaba parada enfrente del auto, inmóvil, en silencio, sentí que me estaba mirando, así que le pregunté qué quería.

— ¿Y qué pasó? ¿Qué dijo? — agregó Esteban.

— Nada. No dijo nada, pero comenzó a moverse de inmediato y no me lo vas a creer, pero sí lo vi y sí ocurrió. Lizet se mantenía repitiendo porque se sentía confundida.

— Pero ya, por favor termina de decir que es lo que hizo, qué ha sido tan trágico. — dijo Esteban muy inquietado con la reacción de su esposa.

— Perdón, perdón, pero yo sé que lo vi, bueno, es que esa figura, que parecía un hombre, ¡caminó a través del auto! Y luego siguió hacia el bosque, no pude ver más porque me vine tan rápido como pude. Sentí una sensación horrible.

Esteban no preguntó nada, solo la observaba con una mirada especial. Sus hijas se acercaron a ella y la abrazaron, aunque no dejaron ver su incredulidad hacia lo que la mamá les contaba, estaba claro para ellas, que lo más lógico fuese que su madre lo hubiese imaginado.

Capítulo 5

Los eventos de aquella noche marcaron con una gran distinción los días venideros. Lizet se volvió mucho más cuidadosa en todo lo que hacía. Estaba atenta a que algo raro pudiera pasar en cualquier momento y quería estar lista para verlo cuando esto ocurriera. Pero el verano terminó y luego vinieron las tardes más frescas del otoño y aún nada. No había vuelto a ver nada en su casa ni en los alrededores. Lucky se comportaba relativamente normal, claro que nunca se acercaba al bosque ni se quedaba solo en la terraza.

Lizet había ido a ver una persona especial que leía los caracoles de mar. Este hombre se lo habían recomendado en una botánica donde ella compraba a menudo algunos inciensos, después de todo, ella siempre había creído que había energías buenas y malas, y la prueba era ella misma, quien fácilmente arrastraba con estas energías. Este hombre quien era un chamán según él mismo decía, había ayudado a muchas otras personas a deshacerse de energías no deseadas en las casas. Cuando Lizet fue a verle, no tenía idea de lo que él le diría, aunque sí esperaba que le diera alguna evidencia de que él podía saber lo que estaba pasando en su casa.

Cerca de una hora duró la visita con el chamán y para cuando Lizet salió de su consulta, estaba más confundida que antes. Apenas había entrado a la consulta cuando el hombre le dijo que ella venía con malas energías y que debía quedarse allí hasta que él las limpiara. Para eso él uso unas aguas y unos cantos y después de eso, la dejó entrar a una segunda habitación en donde comenzó su lectura de los caracoles de mar. Él fue muy claro y le dijo casi a detalle por lo que ella y la familia estaban atravesando, cosa que impresionó a Lizet.

El chamán siguió hablándole de las cosas que ella debía hacer, pero la mente de Lizet estaba en otro lado, no se imaginaba cómo se lo contaría a Esteban. Era obvio que él no creería en todo lo que el chamán le decía. Cuando el chamán le habló de que ella tenía que encontrar y devolver las ofrendas que habían sido entregadas para protección, ella no comprendió cómo iba a encontrar algo sin saber qué buscar. El chamán había sido muy claro cuando le dijo que esta entidad había regresado a la casa en busca de algo y que él no quería alarmarla, pero él lo veía como algo de mucha seriedad. Ella debía encontrar ese algo especial que se había removido y devolverlo a su lugar original. ¿Pero cómo lo encontraría? Esa era la pregunta.

Lizet salió de la consulta con un sabor amargo en su boca. Aunque por ser como ella era, ponía en duda la veracidad de todo lo que el chamán le había dicho. Tenía una lista de cosas por hacer que el chamán había recomendado, entre ellas algunas que ella ya había hecho por sí sola, como las plantas de ruda en los accesos a la casa, la quema de ciertos inciensos purificadores y prender las velas blancas. Todas las demás, en realidad, Lizet no sabía si las haría ya que ella no pensaba de la misma forma. Tenía una posición conflictiva en cuanto a qué creer y cuánto creer cuando se refería a la metafísica y filosofía de la vida. Claro que creía en las energías y en muchas otras cosas más, pero no creía en todo lo que le seguía a este tema.

Cuando Esteban llegó a la casa esa tarde notó que Lizet estaba distraída, así que le preguntó qué le ocurría. Lizet le ocultó lo que de verdad pasaba: la preocupación que le había nacido después de la confirmación del chamán, de que una entidad de mala energía merodeaba la casa. En cambio, decidió decirle que era un dolor de cabeza que no la dejaba tranquila. Esteban rápidamente se ofreció a seguir con la cena para que ella se fuera a recostar un rato y se tomara un par de pastillas para el dolor. Lizet no dijo nada y dejó todo para irse a la habitación, una vez allí se quedó pensando hasta que se durmió.

Lizet no bajó a cenar esa noche, su sueño era profundo, tan profundo que le hizo pasar por alto todo entre las seis de la tarde y las tres de la madrugada hasta que algo que estaba soñando la obligó a despertar. Sobresaltada abrió los ojos y con cierta impaciencia se sentó en la orilla de la cama. Había tenido un sueño increíble y en el sueño una mujer le decía que buscara los *ojitos de gatos*, que no podía tirarlos sino todo lo contrario. Ella recordaba que la mujer había continuado hablando y diciendo cosas que ella no podía recordar. Lizet no quería olvidarse del sueño, era importante para ella poder recordarlo, por lo que salió de la habitación y se fue a la cocina de inmediato. Ya en la cocina, abrió el cajón de *todo* y metió la mano hasta el fondo. Allí estaba, la bolsa con los *ojitos de gatos*, aún estaban en el cajón.

La sensación de descanso que ella tuvo al encontrarlos fue increíble, por un momento pensó que Esteban pudiera haberlos encontrado y tirado a la basura, como lo había dicho con anterioridad. Una vez con la bolsa en las manos no supo qué hacer con ella y se la llevó al dormitorio para no perderla de vista, ya en la mañana decidiría qué hacer.

Esteban de lo cansado que estaba no notó que Lizet había salido de la habitación, pero Lucky quien dormía en el pasillo, entre la pieza de ella y la habitación de la pequeña de la casa, estaba esperándola moviendo la cola como de costumbre. Cuando Lucky se acercó a Lizet, experimentó una extraña sensación en sus manos, las cuales sostenían la bolsa con los *ojitos de gatos*. Sus manos estaban rojas y calientes, mucho más de lo normal, como cuando las pones bajo agua muy caliente. Lucky en cambio, no reaccionó ni hizo nada fuera de lo normal. Lizet se sentó en la orilla de la cama y con mucho cuidado extendió su mano para dejar la bolsa debajo de la cama, a la altura de su cabeza. Ahí Esteban no la vería, de eso estaba segura.

La mañana comenzó como era habitual y así prosiguió el día. Para cuando Lizet vino a recordar lo de las bolitas de cristal ya era pasado medio día, pero no lograba recordar la razón por la que ella tenía que conservarlas y no botarlas. Ella odiaba cuando esto le pasaba, sus sueños le decían cosas, pero ella no recordaba todo el contenido del sueño, y esto se volvía muy abrumador. Así fue como las bolitas de cristal se quedaron en el segundo piso por varias semanas, hasta que las cosas en el primer piso pasaron de gris a negro.

Lucky otra vez estaba ladrando muy a menudo. Apenas la tarde caía, él se acercaba a la puerta de entrada, o a veces en la parte de atrás, y le daba por ladrar y ladrar; parecía que nada podía calmarlo. Lizet quien ya había tenido suficiente, se sentía muy enojada y exaltada por lo que sucedía y en medio de estas reacciones, salía en busca de algo y se ponía a gritar un montón de cosas para que esa entidad se alejara, pues ya no podía evitar pensar que era ese *hombre negro* merodeando en los alrededores. La desesperación ya estaba haciendo estragos en la vida de todos.

Lucky comenzó a decaer entre su constante pelea con lo invisible y las pocas ganas de comer, cosa que al principio no alarmó a nadie, pero que eventualmente lo llevó a tener menos y menos energía. Un día en que Lizet se levantó más temprano de lo usual, no encontró a Lucky en el pasillo, así que lo fue a buscar a la otra habitación, pero tampoco estaba ahí. Bajó con un poco de desesperación para ver si lo encontraba, pero no estaba en la sala ni en la cocina, así que decidió entrar a la pieza de las niñas para ver si estaba ahí, pero no había rastros de él. Esto impacientó a Lizet lo mismo que las niñas y así todos en la sala se pusieron a pensar en dónde podría estar, ya que las puertas estaban cerradas y no había posibilidad que se hubiera salido a la calle, al menos no por ahí. De pronto Esteban quien había bajado con la pequeña en sus brazos, preguntó si habían revisado abajo, refiriéndose al sótano.

La hija mayor fue quien bajó corriendo y a los pocos segundos gritó con descontrol que lo había encontrado, pero que no se veía bien. Con esto, todos bajaron para ver a Lucky, pero Lucky estaba muy débil y sin ganas de moverse. Esteban lo tomó en sus brazos y lo cargó a la camioneta para llevarlo al veterinario de urgencia. Lizet se fue con ellos y las niñas quedaron en la casa. El veterinario no estaba muy lejos, tal vez unos quince minutos, pero para Esteban, aquello era demasiado, así que sin impórtale las consecuencias empujó el pie encima del acelerador y voló por la autopista. Era una emergencia real y eso era todo lo que importaba. Esperaron por largo rato antes de ver al veterinario salir del pabellón y lo más importante, traía una leve sonrisa en su rostro y eso solo podía indicar buenas noticias.

Capítulo 6

*D*urante las siguientes semanas Lizet se dedicó de lleno a cuidar de Lucky y a tratar de hacer todas las cosas que el chamán le había recomendado. Lizet no había sido capaz de contarle a Esteban lo de su consulta con este hombre y mucho menos todo lo demás, pero se mantuvo haciendo limpieza con sus inciensos, las velas blancas y las otras recomendaciones que el chamán había mencionado. Ella no sabía si estas acciones cambiarían las cosas, pero confiaba en que su energía y las de la familia en general se fortificarían como mínimo.

Lo que más le hacía problema a Lizet, era recordar las palabras del chamán cuando le dijo que, si no ponía atención a las cosas que estaban ocurriendo, aquella entidad atacaría a los más débiles en la casa y esto de verdad que le incomodaba muchísimo. Por más que no quisiera pensar en aquello, no podía borrar lo que estaba ocurriendo con Lucky, no solo en ese momento, sino desde el primer día que pisó la casa; el comportamiento de Lucky había cambiado y eso todos lo habían notado. Pero en todo esto que estaba ocurriendo había algo en particular que ella aún no comprendía del todo. Pasarían unos días más hasta que no le quedara más remedio que ver las cosas de otro modo.

Lucky se había recuperado y se le veía muy bien, comportándose como el perro que siempre había sido. Ya se había adentrado el otoño a las puertas del invierno y como era habitual por la temporada, las primeras nevadas no se habían hecho esperar. Esa tarde los primeros copitos de nieve caían y se apilaban en el piso como suave algodón. Deben haber sido como las cinco de la tarde y Lizet estaba afanada preparando la cena cuando vio que Lucky estaba tieso mirando a través del vidrio del ventanal, aunque mantenía una buena distancia del vidrio.

Lizet le habló, pero Lucky no se dio por aludido. Pasaron unos minutos cuando a paso de vigilancia, Lucky avanzó hacia la puerta de vidrio para quedar con la nariz incrustada en él, y empezó a gruñir. Al principio despacio y con un tono bajo, mirando fijamente a través del vidrio. Lizet se dio cuenta de lo que Lucky estaba haciendo y trató de no darle importancia, pero de un momento al otro el tono cambió y comenzó a gruñir como perro enrabiado. Lo primero que le vino a la mente fue la ida de aquel hombre negro caminando afuera de la casa, así que se armó de valor porque ya estaba cansada del acecho de esta entidad y salió maldiciendo a los cuatros vientos. Lizet caminó de un lado al otro de la terraza para confirmar que no había nada y continuó gritando insultos para ahuyentar lo que fuese que por ahí merodeaba.

Esa noche Lucky volvió a dormir en la pieza de ellos, Lizet no quiso dejarlo en el primer piso por miedo a que algo le pudiera pasar. Ese día, Lizet tenía toda la intención de hablar con Esteban y contarle lo que había pasado durante la tarde y, tal vez, esa conversación podría conducir de algún modo a que ella le contara lo de su visita al chamán. Pero no se dio, Esteban estaba muy cansado y se durmió de inmediato, ni tiempo le dio a preguntar por qué Lucky estaba nuevamente en la habitación.

Lizet se fue a la pieza de su pequeña y se quedó ahí por largo rato. Pensaba en tantas cosas, cosas que ella no sabía cómo solucionar o simplemente terminar. Tenía miedo, lo sentía adentro, era como esa voz en su interior que le decía que debía de hacer algo, pero aun después de tantos meses no sabía con exactitud qué.

El sueño la venció y cayó dormida al lado de su hija, y así se quedó por varias horas hasta que se despertó abruptamente en mitad de un nuevo sueño. Esta vez Lizet conservó latente todo el contenido del sueño, pues no quería por nada del mundo que la información que había recibido desapareciera de su memoria. Se levantó de la cama y se apresuró a bajar las escaleras a la planta principal. Luego se fue derecho a la cocina.

Una vez allí, abrió el cajón de *todo* y metió su mano hasta el fondo y en ese momento recordó que ella se había llevado la bolsa con las bolitas de cristal a su pieza y que las había dejado en el suelo, debajo de su cama.

Lizet subió de vuelta al segundo piso y entró con mucho cuidado a la habitación, Esteban dormía un sueño pesado. Se agachó al lado de la cama, estiró su brazo y las sacó con delicadeza y cuidado. Se fue de vuelta a la habitación de su pequeña y ahí sentada sobre la alfombra sacó los *ojitos de gatos* y los esparció frente a ella, era la primera vez que los miraba con más atención.

La verdad es que eran muy bonitos y había de distintos colores y tamaños. Al sostener algunos en su mano, sintió lo mismo que la última vez, un calor significativo que enrojecía su mano involuntariamente. No le dio más importancia ya que ahora sabía el porqué, su sueño le había dado la respuesta que buscaba. La misma mujer del sueño anterior había vuelto a hablarle y esta vez, había logrado retener la toda información.

Los *ojitos de gatos* o bolitas de cristal eran en efecto ese algo importante que había sido removido de la casa. El chamán le había dicho que era algo muy especial y personal, pero ella nunca lo hubiera asociado con las bolitas de cristal u *ojitos de gatos* como Esteban los había llamado. Lizet recordaba con claridad lo que la mujer en su sueño le había dicho "debes reposicionar los cristales en los lugares de donde salieron, ya que ellos son la única protección de este lugar". Los *ojitos de gatos* eran parte de un hechizo de protección creado para alejar y advertir de ciertas malas energías que quisiesen entrar en esa propiedad. Cuando Lizet le preguntó a esa mujer, que si a qué cristales se refería, la mujer le dijo: "esos que tú has guardado, los que se parecen a los ojos de un gato" y en ese preciso momento se despertó.

En realidad, aunque le asaltaban muchas preguntas, lo más importante ya lo sabía. Ahora solo le quedaba buscar la forma de posicionarlos en los lugares que estaban originalmente, pero así a simple vista se veía imposible ya que la renovación había concluido y todo ya estaba cerrado. Lizet era una persona muy creativa y estaba segura de que encontraría la forma de ponerlos en el lugar o al menos en el área de donde los habían sacado. Tenía que pensar, dejar que la idea llegara como en otras oportunidades.

Esa mañana, como muchas otras, Lizet preparó el desayuno para la familia y después de eso se fue a dejar a las niñas a la escuela. Esteban por su parte se quedó en casa haciendo algunas cosas en la oficina. Como era ya costumbre, ella dejó a sus hijas en la escuela y luego continuó al mercado para hacer algunas compras. No tenía mucha prisa por volver a casa. Esteban la llamó para decirle que ya se iba y que había dejado algo por hacer en la oficina para que ella lo viera. Lizet comenzaba el trabajo de oficina a eso de las nueve de la mañana, por lo que tenía más de una hora para terminar las compras y volver a casa.

Mientras hacía las compras su mente daba vueltas y vueltas buscando alguna forma práctica para poner los *ojitos de gatos* en los lugares específicos. Las ideas iban y venían no siendo las mejores, ya que, tratándose de umbrales, se ponía un poco complicado. Usualmente nada se pone en esos lugares, excepto en las viviendas de los judíos quienes ponen unos adornos de origen religioso como símbolos de protección para las viviendas, llamados Mezuzá, los que tienen su base en versos del Torán.

Se le ocurrió que sería una gran idea si lograse hacer algo parecido, pero usando los *ojitos de gatos*. Además, pensó que podría agregarle algo más como *palo santo* o algo similar que le diera aún más poder de protección. Lo importante era que ya tenía una idea de cómo hacer algo y la pondría en práctica de inmediato. Lizet terminó de hacer las compras y sin más demora volvió casa. Cuando llegó, después de bajar a su pequeña y las compras, se fue a la oficina a terminar de hacer aquel trabajo para quedar desocupada y tener el tiempo de trabajar en las ideas que habían surgido.

Terminó de trabajar en la oficina y subió al primer piso, lista para comenzar a ver cómo le daba vida a esas ideas que había tenido y su primera acción fue ir por la bolsa con los *ojitos de gatos*, la que había dejado en el mesón de la cocina. La buscó por todas partes, pero no la encontró. Le entró un poco la desesperación y viendo que no las veía se decidió a llamar a Esteban. Él le contestó al instante y se sorprendió por el tono de voz que Lizet tenía, a lo que le preguntó:

— ¿Qué es lo que te pasa? ¿Estás bien?

— No me pasa nada, solo que estoy buscando algo que dejé sobre el mesón de la cocina y no lo puedo encontrar. ¿Tú no lo has visto? — preguntó Lizet.

— No creo, pero que es lo que estás buscando ¿algún papel o documento? — volvió a preguntar Esteban.

— No, no era un documento, sino una bolsa pequeña con algo dentro.

— Oh, ¿te refieres a esas viejas bolitas de cristal? Pensé que las habías tirado meses atrás. — dijo Esteban con una voz calmada.

— ¿Entonces tú la has visto? ¿Dónde las has dejado? — preguntó Lizet.

— ¿Dejado? No, las tiré junto con la basura esta mañana.

— ¿Qué dices?

— Lo que te he dicho, que las puse con la basura esta mañana. ¿Pero es que acaso no eran basura?

— ¡No, claro que no! — respondió Lizet exaltada. — Ahora tendré que ir a buscarlas en el tarro de la basura, gracias — dijo ella sarcásticamente.

— Pues no creo que las encuentres.

— ¿Por qué dices eso?

— Porque el camión se llevó la basura esta mañana, ¿no recuerdas? Hoy es jueves. — Respondió Esteban.

— ¿Qué dices? Es que no puede ser, no puede. ¿Qué haré ahora? En realidad, qué haremos. — Lizet estaba muy exaltada y preocupada a la vez y no sabía qué hacer.

— ¿De qué estás hablando? No entiendo nada. ¿Te puedes explicar? — Esteban ya no sonaba tranquilo sino confundido y un poco molesto.

Las cosas tomaban un giro imprevisto en ese momento en que Lizet comprendía que los *ojitos de gatos*, esta vez, habían sido removidos para siempre, no solo del lugar original en donde alguien un día los puso, sino, peor aún, de la propiedad. La casa no tenía más protección y quedaba totalmente vulnerable a las malas energías de esos lugares. Lizet no sabía mucho cual era el motivo por el cual le habían hecho un hechizo de protección a la casa, pero lo entendería tiempo más tarde cuando las cosas se tornaran mucho más serias.

Capítulo 7

*L*izet le contó a Esteban todo. Él no estuvo muy contento con que ella le hubiese ocultado lo del chamán, pero no era como para crear un problema mayor. Si bien era cierto que Esteban tenía cierta creencia en cosas de ese tipo, en esta ocasión él se mostró más reticente a creer y no solo le dijo a Lizet que no creyera todo, sino que tratara de olvidarlo, que no tenía nada de qué preocuparse y que, si la casa hubiese tenido algo malo, él personalmente lo hubiese sentido.

Lo que él quería en ese momento era calmarla para que no se obsesionara con aquello, porque nada bueno podría salir si eso pasaba. Pero Esteban en sus momentos a solas pensaba en todo lo que había ocurrido y aunque, él más que ningún otro deseaba pensar que nada había pasado, no podía dejar de pensar en el *hombre negro* que su pequeña hija había mencionado. Si había algo en que creer, era en las palabras de un niño, puesto que no sabían mentir, decía Esteban, por lo que era imposible que la pequeña hubiese inventado eso de haber visto a ese hombre. Esteban se mantuvo en la posición que él consideró era la más adecuada para sobrellevar la situación.

A pesar de que Lizet hizo muchas otras cosas para mantener la limpieza espiritual de la casa y puso muchos amuletos para protección de los suyos, las cosas fueron cambiando poco a poco sin que ella pudiese revertir el efecto. La primera muestra de esas malas energías, se haría presente y dejaría su huella para finales de ese invierno, casi tres meses después de haber perdido los *ojitos de gatos* por completo. Este sería el comienzo de una decadencia que los llevaría a tomar una resolución drástica.

Lucky llevaba semanas con ese comportamiento errático que nadie podía explicar, ya que cada vez que salían a buscar al patio o al jardín tratando de encontrar qué diablos era lo que lo preocupaba, no encontraban nada. Pero el perro llegaba a enfurecerse de tal modo que se le veía mostrar sus colmillos mucho más a menudo que antes. El pobre Lucky ladraba hasta que se quedaba sin aliento; ya no servía ofrecerle llevarlo al dormitorio en el segundo piso, porque él estaba pegado a la puerta todo el tiempo, como quien dice, siendo realmente un perro guardián.

Ese día que Esteban se fue a trabajar notó a Lucky triste y callado, y al momento de despedirse, Lucky no se movió de al lado de la puerta. No quiso comer o incluso salir al baño, cosa que hacía cada mañana. Esto marcó la preocupación en Esteban y le pidió a Lizet que no lo dejara solo, así es Lizet se llevó a Lucky con ella esa mañana y todas las demás por las próximas dos semanas, pero Lucky no mejoró. Un día, Lizet dejó a Lucky en la casa porque tenía cita con el doctor de su hija y no podía llevarlo. Al volver a casa, Lizet vio que Lucky estaba tirado en el piso, en mitad de la sala y no se movía.

Desesperada por lo que veía, llamó a Esteban para que fuera a la casa. Lucky era un perro muy grande y ella no era capaz de levantarlo por sí sola. Contaba los minutos de espera para que él llegara; se le hacían una eternidad. Las niñas más grandes estaban en la escuela por lo que no supieron de ese momento de terror que Lizet vivía. Cuando Esteban finalmente llegó a casa y vio a su perro ahí tirado, no pudo contener las lágrimas y entre los sollozos, levantó a su querido amigo y lo puso en la camioneta para llevarlo al doctor. Lizet iba atrás cuidándole y aunque no podía contener su llanto, se mantenía hablándole para que no se fuese a ir.

Fue muy triste cuando ambos sentados ahí en la sala de espera del veterinario, vieron salir después de un tiempo al doctor, quien tenía un rostro muy serio. El doctor le dijo que lo sentía mucho, que no había mucho que pudieran hacer por él. Lucky tenía una enfermedad terminal, cáncer. El doctor les dijo que Lucky solo tendría un par de días más, por lo que podían decidir dejarlo ahí o llevarlo a casa. La respuesta fue decisiva e inmediata, Lucky volvía a casa con ellos. La medicina que le dieron le permitió sentirse un poco mejor, pero no por mucho tiempo más. Tres días más tarde Lucky murió en brazos de Lizet, Esteban y las niñas, quienes habían estado a su lado prácticamente día y noche.

La tristeza no se quedó en la pérdida de Lucky, muchas otras cosas comenzaron a suceder después de que él ya no estaba. Lizet comprendió que nada peor había pasado antes, gracias a la pelea que su perro fiel había dado a esa entidad que asechaba la casa. Entre las varias cosas que ella hizo para saber de qué tipo de energía se trataba, encontró cierta información sobre esos terrenos en los que la casa estaba situada.

Por allá en el 1900, esos terrenos habían sido habitados por gente muy pobre, la mayor parte de ellos campesinos, y habían enfrentado enfermedades que habían devastado el lugar dejando una alta mortandad. Uno de los libros sobre la ciudad, hablaba de algunas familias adineradas que eran dueñas de muchos terrenos, describiéndolas como gente sin escrúpulos y muy ambiciosas. Una de esas familias en especial, de apellido Robles, había comprado unos predios, dentro de los cuales había un cementerio, pero sin esto importarles, habían construido casas y otros edificios. Lizet mirando uno de los mapas en el libro, descubrió que su casa estaba dentro de esa área fatal.

Siguió leyendo para aprender de una leyenda que había surgido después de que esta familia había perdido seis hijos. Todos habían muerto de extrañas enfermedades a los pocos meses de haber nacido. La leyenda decía que después de mucho sufrimiento, el señor Robles y su esposa se habían suicidado, porque no podía dejar de ver los espíritus de aquellos que un día yacieron en las tumbas que habían sido perturbadas.

La propiedad quedó abandonada por mucho tiempo hasta que fue rematada y una nueva familia la compró. La nueva familia demolió la casona original, pero aun sabiendo de los comentarios que circulaban, siguieron adelante y construyeron una casa nueva. Nunca más se reportaron muertes en esa área. Lizet asoció de manera instantánea que esa nueva propiedad era la casa en la que ella vivía y que era muy posible que esos *ojitos de gatos*, fuesen algún tipo de hechizo de protección hecho para proteger a la familia que viviera en ese terreno. Aunque todo esto hacía mucho sentido en la mente de Lizet, no podía asegurarlo, mucho menos ponerse a hablar de ello.

Lizet se llevó el libro a la casa y compartió la información con Esteban. Él no estaba muy contento con lo que Lizet seguía haciendo, es decir, buscando algo invisible. Él quería que ella dejara eso de lado, pero mirando el mapa que se mostraba en el libro, Esteban notó que siguiendo las líneas del tren había podido localizar el punto exacto donde la propiedad de ellos estaba. Era el pequeño cementerio que un día había sido el lugar de descanso de los habitantes del pueblo de generaciones pasadas.

Toda la información encontrada dejaba abierta la idea de que existía la posibilidad real de que la propiedad y sus alrededores, estuviesen habitadas por estas entidades, espíritus enfurecidos por haber sido removidos sin consideración alguna. Lizet pensó en esto muy detenidamente, porque estas energías, sin lugar a dudas, podrían seguir tratando de entrar a la casa ahora que Lucky ya no estaba, por lo que tomó la decisión de que ella tomaría su lugar y seguiría cuidando a la familia.

Una serie de discusiones llevó la relación de Esteban y Lizet a un punto en donde las cosas habían perdido toda armonía. Parecía que los problemas emergían de la nada, tanto en la casa como en los negocios. Desde ahí siguió, como quien dice, una racha de mala suerte, pero qué mala suerte. El dinero escaseó y las enfermedades llegaron. La familia se llenó de tristeza por un buen tiempo y Lizet parecía ser la única que no veía lo que estaba ocurriendo. Era como si ella estuviese envuelta en ese manto de mala energía, que lentamente asechaba a toda la familia y los iba tomando uno a uno sin que ellos se dieran cuenta.

Un día, Esteban y Lizet conversaban haciendo cuentas de todo lo que habían atravesado en ese tiempo, ya casi dos años desde que Lucky había partido, y lo único que podían contar eran cosas malas, increíble pero cierto. Una tras otra, las penas venían y hacían estragos. Cáncer, depresión e impotencia, era lo único que les había quedado para recordar. Ese día Esteban le dijo a Lizet que tal vez sería una buena idea mudarse de ahí. Para Lizet estas palabras fueron horribles y se opuso rotundamente. Ella estaba como enceguecida y no podía ver que en realidad esa idea de Esteban había sido la mejor en mucho tiempo.

Algo ocurrió un día, haciendo que Lizet cambiara de parecer. Ella estaba como de costumbre entre sus quehaceres de casa, una mañana cualquiera, cuando alguien golpeó la puerta. La música que estaba sonando en la radio no evitó que Lizet sintiera el golpe y fuera a ver quién

91

era. Ella no esperaba a nadie ese día, así que salió a ver quién podría ser. Abrió la puerta y encontró a un hombre alto, demacrado, que vestía todo de negro, parado enfrente de su puerta. Claro, después de tener una reacción de sorpresa, porque no esperaba ver a alguien así, le preguntó al hombre qué buscaba. El hombre la miró y no dijo palabra alguna, pero en ese preciso momento la hija pequeña de Lizet salió del dormitorio de su hermana, el cual estaba justo al lado de la puerta de entrada y quedó frente al hombre.

La pequeña rompió en un llanto fuerte y preocupante, que hizo que Lizet se volteara a verla de inmediato. Se acercó y la tomó en brazos para calmarla. Luego volvió a ver a la puerta para excusarse ante el hombre, pero para su mayor sorpresa, él ya no estaba. Lizet salió y lo buscó por todas partes, sin encontrar rastros de él. Ya una vez dentro de la casa, la pequeña estaba más tranquila y Lizet le preguntó con calma qué le había pasado, a lo que la pequeña respondió: "ese era el hombre negro que se llevó a Lucky". Un frío congelante recorrió el cuerpo de Lizet y aunque quería hacerle más preguntas a su hija, no pudo, estaba completamente enmudecida.

Ese día fue decisivo, así tomó la determinación y para la hora de la cena le dijo a Estaban que no solo era una buena idea buscar otro lugar, sino que era urgente que se mudaran porque algo mucho peor podría pasar si no actuaban con rapidez. Esteban sorprendido por el comentario, escuchó con detalle el resto del relato y cuando Lizet le dijo a la pequeña que le contara por qué se puso a llorar, Esteban quedó no solo sin palabras, sino que comprendió lo que Lizet había tratado de decirle.

No pasó mucho más tiempo para que ellos dejaran la casa, sin importarles absolutamente nada más que el bienestar de todos. Estaba claro que esa casa no era el mejor lugar para ellos. Todo había sido malo,

¡todo! No había nada bueno que rescatar, tal vez lo único era decir que, por la gracia de Dios, aún seguían vivos.

El cambio les vino de maravilla a todos. De a poco las cosas fueron volviendo a un estado normal. Esteban estaba mucho mejor en el trabajo, las niñas mucho mejor de ánimo, y la pequeña ya no mencionó a ningún otro hombre negro, nunca más. Para Lizet siempre habría dudas, preguntas, cosas que hubiera querido saber. Pero tenía claro que lo que habían vivido en aquella casa había sido una de las experiencias más horripilantes que pudiese nombrar y no estaba dispuesta a dejar que esas malas energías volvieran nunca más a perturbar a su familia. Por lo que continuó haciendo muchas limpiezas energéticas y rituales, para mantener cualquier energía mala lejos de ellos. Esta vez tenía cómo defenderse.

Un día, un par de meses después de haber llegado a la casa nueva, Lizet subió a buscar algo en una pieza pequeña que habían destinado para guardar cosas. Entre las muchas cajas que ahí había, hurgueteó entre algunas porque no recordaba que tenían. Lizet buscaba unas cosas de costura que debían estar entre esas cajas, pero no encontró precisamente las cosas de costura, sino una caja que tenía artículos personales de ella.

Una serie de pertenencias que había acumulado a través de muchos años. Ahí estaban sus libros esotéricos y espirituales, junto a piedras y cristales que coleccionaba. Lizet se sintió muy contenta por haber encontrado esa caja, claro que no era lo que estaba buscando, pero creía ciegamente en que las cosas que estaban supuestas a suceder, sucedían porque debían suceder, por lo que comprendió que encontrar la caja no era una coincidencia.

Se llevó la caja a la cocina y allá la abrió. Comenzó a revisar todo el contenido, y cuando sacó los últimos libros del fondo de la caja, Lizet se quedó perpleja al ver lo que ahí había. Era la bolsa plástica con los *ojitos de gatos* dentro. Lizet podría haberse aterrorizado al verles ahí, porque el cómo o por qué, podrían ser algo muy difícil de comprender, pero en cambio algo distinto pasó.

Tomó la bolsa y sacó los *ojitos de gatos* para ponerlos en sus manos y, casi de forma inmediata, no solo sintió el calor en sus manos, sino que la imagen de su perro adorado vino a hacerse presente. Lo vio tranquilo, casi como sonriente y ahí comprendió que cualquiera que fuese el espíritu que estaba impregnado en esas bolitas, los había seguido y sería su protección por siempre. Lizet se fue a su cuarto y sacó una caja de terciopelo azul que tenía guardada, la abrió y dejó caer los *ojitos de gatos* dentro y dijo:

— Aquí estarás en familia y nunca más estarás solo, te cuidaré como tú nos has cuidado a nosotros.

Desde ese día esa caja se quedó en un lugar especial en la pieza de Lizet y de cuando en cuando, ella la abría, tomaba las bolitas y las hacía rodar por el suelo, luego las recogía y las volvía a guardar.

Lizet encontró más *ojitos de gatos* durante sus caminatas cerca de su nueva casa, incluso uno en particular que vino a marcar el comienzo de una serie de otros hallazgos, pero ese fue especial. Lizet caminaba de vuelta a casa como siempre, llena de pensamientos, cuando vio algo brillar a los pies de un montículo de nieve. Brillaba intensamente soltando unos destellos azulados muy hermosos.

Esto le llamó mucho la atención, tanto que se sacó el guante para tocar con sus dedos aquello que resplandecía y fue ahí cuando se dio cuenta de que era una bolita de cristal, perfectamente redonda y de un color azul profundo. Era más pequeña que otras bolitas y no parecía ser nada que ella pudiera reconocer. La guardó en su bolsillo y cuando llegó a casa fue de inmediato a abrir su caja en donde estaban las otras. La tomó y la puso junto a las demás. Ahí se dio cuenta de que en la caja había otra igual, increíblemente, pero cierto, era la segunda de color azul, mismo tamaño, mismo tipo.

No está de más decir que estas bolitas de cristal eran muy populares hacia los años 70 y 80, pero que después de adulta Lizet no las había vuelto a ver, hasta cuando las encontraron en la casa, por lo que hasta ese momento solo era cosa de antaño. Lizet nunca consideró que el encontrar otros *ojitos de gatos*, fuese algo al azar. Las coincidencias no existen, se lo repetía a menudo.

La Casa De Al Lado

Capítulo 1

*E*ra una mañana como muchas otras, Sue estaba sentada frente a la ventana que le permitía observar la hermosa vista. El sol pegaba como siempre sobre la vieja mesa de metal, ya casi sumergida en el suelo fangoso, el cual no se daba por aludido de la presencia de dicha ruina. La luz se difuminaba de una forma especial, era como si los rayos brillantes del sol rebotaran en la superficie del metal transformándolos en bellos rayos de tonos cobrizos. De estos, despegaban ciento de otros pequeños rayos de luz, haciendo que aquel jardín descuidado y olvidado, tuviera a esa hora de la mañana una esencia diferente, una esencia casi mística.

Llevaba mucho tiempo viviendo en esa casa y, por lo general, los domingos tenían por costumbre tomar desayuno en familia, en donde compartían amenamente sentados a la mesa por largo rato. A ella siempre le quedaba aquella ventana de frente. Algunas veces se quedaba mirando con mucha atención a la casa de al lado, y otras, esta pasaba inadvertida, pero esa mañana fue diferente. Sue notó que la hierba no solo estaba muy crecida, sino que estaba verde y húmeda. El rocío de la mañana había dejado una capa de frescura y con los rayos del sol, ese verde emanaba vida, a pesar de que la estación era otoño y todo a su alrededor se mostraba como tal: triste, seco y frío.

Sue se distrajo mirando a la casa de al lado. Miraba con profundidad las gotas que prendían de una rama de un árbol, el que estaba al lado de lo que quedaba de aquella mesa. Las gotas rebotaban contra el metal repartiéndose en varias otras gotas minúsculas y de pronto ella pensó en cómo era posible que algo tan simple la hiciera sentir tan maravillada. Pero Sue no tenía la explicación para eso, o para muchas otras preguntas que solía hacerse constantemente, le encantaba cuestionar la naturaleza como tal, pensaba que era algo increíble.

De pronto un pájaro azul, de esos de cola larga, vino a hacerse parte del panorama posándose sobre la superficie de aquella mesa vieja y oxidada. El pájaro picoteó un par de veces la superficie de metal roñoso, y luego levantó el vuelo rápidamente. Sus ojos siguieron al ave sin perderle de vista. El pájaro azul fue a pararse justo en una de las ventanas de la casa de al lado, y parecía haber quedado muy cómodo en ese borde que se mostraba deteriorado, casi a punto de caerse. Sue lo observó por un buen rato, mientras, este se quedó quieto sin moverse de ahí, como sabiendo que era observado. De pronto, una pregunta la inquietó, lo que la puso a pensar en por qué diablos nunca veía a nadie allí.

Muchas veces Sue se había imaginado miles de historias pensando en por qué no se veía gente en esa casa. Era la única del barrio siempre a oscuras, fea y descuidada. Había conocido al dueño de la casa mucho tiempo atrás, ya de eso hacía mucho tiempo y aunque a veces lo divisaba, nunca más había cruzado palabra con él. La casa estaba abandonada, imperturbable por la mano del hombre, no solo se veía, sino se sentía desolada.

Cada objeto alrededor de esa casa había sido atrapado por las redes de la naturaleza, cubriéndolos con enredaderas y algunos otros tipos de vegetación, además de variados tipos de musgo en hermosos tonos verdosos. Cada minúscula parte de ese jardín había sido invadido de forma elegante y detallada, como quien crea una obra de arte. Porque no era que el lugar estaba todo cubierto de maleza, no. Durante el verano alguien iba a cortar la hierba con regularidad, recoger hojas y ramas viejas, dejando limpio la mayor parte del área, pero ya no era verano y ya la hierba no la cortarían hasta la próxima primavera.

Sus ojos volvieron a fijarse en la vieja ventana donde aún permanecía posado el pájaro azul. Le causó curiosidad el hecho de que él permaneciera ahí por tan largo rato. Por lo general los pájaros no se mantienen quietos en lugares así, siempre vuelan a los árboles y desde ahí parecen observarnos misteriosamente. Mientras Sue miraba a esta hermosa criatura, vio que la cortina que cubría la ventana detrás de él, se había movido muy despacio hacia el lado izquierdo. Fue como si alguien la hubiese corrido, pero no había visto señales que indicaran que había alguien en casa aquel día, o en realidad, ningún otro día.

Su hija le preguntó qué era lo que la distraía tanto, mirando a la casa de al lado, a lo que ella respondió de inmediato, "es que nunca hay nadie ahí, no me explico cómo durante tanto tiempo todo permanece igual". La mañana prosiguió con diferentes quehaceres ordinarios, propios de sus domingos en casa, porque no siempre estaban en casa, la mayor parte del tiempo pasaban los domingos recorriendo lugares o de compras. Cuando ya la tarde caía, y todo estaba terminado, Sue se dispuso a sentarse y disfrutar de una rica taza de café. Afuera, las temperaturas habían bajado bastante y el viento había tomado fuerza y rugía incesablemente haciendo que los árboles del patio de atrás se contornearan como si tuvieran vida, lo que invitaba y ameritaba esa bebida caliente para reconfortar el cuerpo.

Mientras ponía algo de azúcar en su café, escuchó un crujido muy fuerte que la hizo voltear y mirar al ventanal para asegurarse que no fuese alguna rama que se hubiese desprendido de alguno de los arboles contiguos. Se dirigió a la puerta y la abrió para constatar que todo estuviera bien afuera, y se dio cuenta de que un segmento de las canaletas usadas para las bajadas de agua desde el techo, en la casa de al lado, colgaba balanceándose con el viento y amenazaba con desprenderse. Al ver esto, se preocupó y llamó a su esposo, pero él no acudió, por lo que decidió acercarse y ver si podía recoger aquel pedazo de canaleta, antes de que el viento la obligara a estrellarse contra alguna de las ventanas y producir algún daño mayor.

Bajó la escalinata que daba al patio trasero y se acercó con cuidado a la parte más estrecha. En esa parte, las casas quedaban a muy corta distancia una de la otra. Sue empinada en la punta de sus pies, trataba de alcanzar el pedazo de metal que colgaba, pero el viento lo hacía difícil, y lo que quedaba de luz del día se extinguía con rapidez, haciendo la situación aún más complicada. Solo llevaba unos cuantos minutos afuera y ya estaba media entumida, casi dándose por vencida, cuando de pronto enfrente de ella, una luz se encendió.

¿Sería que el vecino se había percatado de la canaleta que colgaba? ¿Tal vez se había preocupado por el daño que esta pudiese causar? Esperó por unos minutos para ver si alguien finalmente salía por la puerta de la cocina, pero esperó en vano, porque nadie salió. Sue caminó unos cuantos pasos y se acercó a la ventana por la cual se veía luz, y como pudo se empinó llevada por la curiosidad de mirar hacia el interior. Tal vez lo hizo sin pensar, o quizá fue alguna intención predeterminada, pero la sorpresa que se llevó fue una de las más grandes de su vida.

Capítulo 2

Sue pensó que vería al hombre que siempre había conocido como su vecino, claro que no lo recordaba mucho porque este nunca se veía, solo lo había visto aquel día en que ella y su familia se mudaron a la casa, pero en cambio lo que vio en ese momento fue algo muy distinto. La habitación que estaba iluminaba con luz tenue por una pequeña lámpara puesta sobre una consola de madera arrimada a la pared, albergaba a otra persona, ¡era una mujer! Una anciana sentada en un sillón.

El sillón estaba junto a la consola con la pequeña lámpara y la anciana parecía dormir, o descansar. En su rostro se podía observar una expresión de tranquilidad. En ese momento, Sue sintió que su mente daba vueltas, hasta recordar aquella conversación que había tenido años atrás con su vecino. Él le había comentado que la casa la había heredado de su abuela, quien lo había criado, pero que ella había fallecido hacía ya algunos años, y que desde ese suceso él vivía solo porque no tenía más familia.

¿Cómo era posible? Su mente la traicionaba haciéndola pensar cosas que probablemente no eran. Podría haber sido cualquier otra persona la que ahí descansaba, o algún otro familiar. Todo era posible, desde luego que sí era posible porque ella no sabía nada de la vida de su vecino. Pero Sue estaba impresionada y siempre que ella sentía esos escalofríos en la espalda, lo asociaba con que se trataba de algo fuera de lo normal. De pronto escuchó un ruido y pudo darse cuenta de que provenía de su casa, lo que la hizo voltear y mirar para ver de qué se trataba, pero cuando volvió a dirigir la mirada dentro de la casa de su vecino, para su gran sorpresa, la habitación ya no estaba iluminada, todo había vuelto a la oscuridad. Al ver aquello, Sue palideció y corrió el pequeño trecho hasta llegar a su casa, abrió la puerta, entró y respiró.

Una vez adentro de su casa se sentó en una silla y tratando de calmar la respiración, llamó a su esposo para contarle, pero este no vino a la cocina, sino que le contestó desde la salita en donde miraba entretenidamente televisión.

—Ni te imaginas lo que vi —dijo ella con voz entrecortada, mientras daba unos cuantos pasos para acercarse a la ventana y mirar otra vez a la casa del vecino.

— ¿Qué has visto? —preguntó él.

En ese momento en que ella se preparaba a contarle con lujo de detalles, vio cómo la luz de aquella habitación en la casa del vecino se iluminaba otra vez, y tratando de que el momento no se esfumara de nuevo, con un tono más bajo, llamó nuevamente a su esposo.

—Corre, ven, rápido. —Su esposo no esperó por más explicación y se levantó de su asiento para ir a la cocina. La curiosidad lo había atrapado y quería ver de qué se trataba. Cuando se paró al lado de ella, le dijo:

— ¿Qué es lo que hay que ver? — A lo que ella respondió:

— ¿Ves que hay luz en la habitación del primer piso?

—Sí. —Respondió él. — ¿Y eso qué tiene de raro? la gente enciende luces cuando se oscurece, ¿no? —agregó su esposo.

Ella sin dejar que sus ojos se alejaran de aquella ventana en la casa del vecino, contestó:

—No es solo eso, allí en esa habitación había una anciana sentada en un sillón, parecía que estaba durmiendo.

— ¿Y eso que tiene de raro? —Preguntó el esposo, esta vez tratando de observar más allá de lo que la oscuridad de afuera le dejaba ver.

—Es que Chris no tiene familia. —Respondió Sue volteando la cara y mirándolo de frente. Esta vez él no dijo nada y solo volvió a mirar por la ventana. Pasaron unos cuantos segundos y luego él se dirigió a la salita a continuar mirando lo que pasaban en la televisión, pero después de unos minutos, le dijo:

—Pero podría ser algún familiar. ¿No crees? —Con tono investigador.

—Bueno, claro que podría serlo — Respondió Sue. — Aunque él me dijo... ¿recuerdas cuando lo conocimos? Pues esa vez él dijo que no tenía familia y que vivía solo, que su vida era trabajar y descansar. ¿Recuerdas? Estábamos acá en el patio, fue cuando recién nos mudamos.

—Mmm... —dijo él, casi como un murmuro y ahí se quedó pensativo. —Pienso que igual podría ser un pariente, una tía o incluso su mamá, uno que sabe de la vida de los vecinos. —Terminó su comentario con tono de no te metas más en la vida de los vecinos.

—Sí, lo sé, pero algo no está bien, lo siento en mí, me ha recorrido un escalofrío de pies a cabeza y sé que algo no está bien — contestó Sue.

—Yo creo que mejor te sales de la ventana y dejas a la gente de al lado tranquila con sus cosas —dijo el esposo en un tono más serio, caminando de vuelta a la salita.

Ella ya no le contestó, y sí, se alejó de la ventana. Recogió su taza de café que se había preparado anteriormente y la puso en el microondas para entibiarlo otra vez. Esperó a que este se calentara y después se fue a sentar junto a su esposo para hacerle compañía, pero ese era solo su cuerpo que estaba actuando, su mente... su mente estaba lejos volando y creando una historia aún sin final.

Los días transcurrieron y Sue no se pronunció más acerca de lo sucedido. De vez en cuando alzaba la mirada para observar hacia la casa de al lado, pero ahí todo era siempre igual, nada se movía de lugar, jamás. Las ventanas nunca estaban abiertas y el frente de la casa se veía casi más descuidado que el día en que la vio por primera vez. De cada dos semanas, durante el verano iba el hombre que cortaba el pasto, pero ya no vendría hasta quién sabe cuándo, ya que acababan de entrar a los meses de invierno, y aparte de este hombre nunca se veía a alguna otra persona en la casa.

Por las noches, desde su habitación, Sue no podía dejar pasar la oportunidad de mirar hacia la casa de al lado, especialmente después de haber visto a la anciana en esa habitación, pero desde aquel domingo por la tarde no había vuelto a ver la luz encendida. Esto le hacía pensar que tal vez había sido algo sin importancia, un familiar o alguna otra persona en la casa de al lado visitando por un par de días. Estaba claro que eso no tenía nada de raro, y además era algo que definitivamente podía ser cierto, ya que ella no sabía nada de la vida personal de su vecino.

Capítulo 3

$\mathcal{E}$l invierno se había adentrado y estaba en todo su apogeo. Temperaturas muy bajas y vientos invernales que mantenían a toda la población en alerta por congelamientos de los alumbrados públicos, cosa que siempre era desastroso, era el pronóstico para ese fin de semana. Era viernes por la noche y Sue estaba preparada, ya había ido al supermercado y había comprado extras de todas las cosas de la despensa, algo que hacia cada vez que avisaban del mal tiempo.

Ella sabía que cuando eso pasaba, era posible quedar encerrados por dos o tres días en casa, hasta que limpiaran los caminos locales. El pronóstico advertía de una gran cantidad de nieve, pero en su casa, su esposo ya no creía mucho en lo que los meteorólogos anunciaban, porque jamás le daban al clavo. No obstante, Sue era juiciosa y le gustaba estar preparada con las cosas más necesarias, incluyendo llenar el tanque de gasolina en caso de cualquier emergencia.

La nieve comenzó a caer a eso de las ocho de la noche y se veía todo hermoso, como al comienzo de cualquier otra nevada. La nieve caía con mucha suavidad, parecía que el cielo botaba motas de algodón, las que se iban apilando graciosamente unas arriba de las otras. A Sue le encantaba ver nevar, para ella no había algo más bello, ver nevar desde adentro, sentada en su sillón preferido y tomando una rica taza de café, era el descanso a plenitud, además de ser momentos de inspiración. Ella disfrutaba esos momentos como nadie más podía hacerlo.

Su esposo se había retirado temprano a su habitación. Se sentía agotado después de rociar una bolsa de cincuenta libras de sal por toda el área del estacionamiento, preparándose para el mal tiempo. Habían anunciado vientos fríos que harían que la nieve caída se congelara y eso sería tragedia para la remoción de la misma. La sal era algo que él siempre ponía para evitarlo, pero esta vez estaba más cansado que otras veces. Sue se quedó sola mirando un programa de televisión y de vez en cuando se levantaba y caminaba hacia la cocina para apegarse al cristal de la ventana y observar la acumulación de nieve. Abría un poquito la puerta, para sentir en su rostro esa brisa que le congelaba hasta los huesos, ese frío inigualable que solo puede ser producido por la caída de la nieve y vientos fuertes.

Ya había bastante en el suelo, serían como unas cuatro pulgadas, lo que anunciaba que sería una noche larga y fría, ya que el pronóstico anunciaba nieve por las próximas seis a ocho horas. El cielo se veía entre blancuzco y gris, que es como se pone cuando está cayendo nieve. La noche afuera no se veía oscura, aun siendo ya tarde, sino de un color extraño, difícil de explicar. Era una de esas muestras de color que solo la madre naturaleza suele dar y el viento comenzaba a subir el tono rugiendo a ratos.

Las horas pasaron y Sue decidió irse a dormir. Se paró y comenzó desde la cocina apagando luces sin dejar de darle una miradita a la casa de al lado antes de dejar la cocina. Subió las escaleras con mucho cuidado, porque no quería despertar a su esposo. Se metió a la cama en silencio y apagó la televisión y la lámpara de su mesa de noche, que era la que siempre quedaba encendida hasta que ella se acostara.

No estaba cansada, pero sus ojos se comenzaron a cerrar muy rápido y el sueño la llevó a rumbos desconocidos, hasta como a eso de las tres de la mañana, cuando la urgencia de ir al baño la despertó. Siempre le pasaba que por tomar café (o más bien, demasiado café) durante la noche anterior, se despertaba para ir al baño, y nunca era problema para ella el volverse a dormir. Una vez que ponía la cabeza en la almohada volvía a retomar el sueño sin perder tiempo, pero esa noche fue diferente.

Ya se había metido en la cama cuando se dio cuenta del silencio que había, eso le hizo pensar que ya había parado de nevar y decidió levantarse otra vez para mirar por la ventana. Con cuidado se sentó en la orilla de la cama, esperó unos segundos y caminó a la ventana. Su visión se había adaptado a la oscuridad de la habitación y ya lograba ver con bastante claridad. Movió la cortina sigilosamente evitando hacer ruido alguno y al dejar la ventana al descubierto, qué gran sorpresa se llevó. Pegó un salto y un escalofrío le recorrió el cuerpo de pies a cabeza. Con la piel erizada y el corazón casi sin latido observaba algo que no esperaba ver en ese momento y a esa hora. Sintió algo raro en su estómago, algo que no podía describir a buenas y primera.

Sus ojos no solo podían ver que la nieve aún caía, sino que también veía luz en la casa de al lado. Era la misma habitación que la vez anterior, en la que se observaba una luz tenue encendida. La reacción de miedo fue instantánea y sin poder evitarlo, la extraña sensación se apoderó de ella. Sus manos soltaron la cortina para rápidamente cubrir la ventana por completo. Sue se apresuró a volver a la cama, esta vez sin preocuparse de no despertar a su esposo. El miedo la invadió y no era capaz ni de mantener los ojos abiertos, lo único que quería era poder volver a dormir de inmediato. Pero esto no fue fácil y tuvieron que pasar muchos minutos antes de que pudiera conciliar el sueño. Primero su cabeza dio recorrido a miles de preguntas, luego vinieron esos pensamientos de los que siempre huía y, más tarde, el miedo, hasta que finalmente el sueño la atrapó.

La verdad es que Sue no era muy miedosa, más bien era su curiosidad la que siempre desempeñaba un papel especial en su vida y la que la ponía enfrente de situaciones que a veces no podía comprender, por lo que le tocaba ir poco a poco aprendiendo y entendiendo por sí sola según la ocasión se fuera dando. Al fin las horas de la mañana llegaron. Cuando abrió sus ojos y volteó a ver a su esposo, se dio cuenta de que ya se había levantado, así que ella decidió hacer lo mismo, pero no fue hasta cuando se sentó en la orilla de la cama que recordó lo que había pasado durante la noche.

Rápidamente, como por instinto, caminó hacia la ventana y la abrió para mirar. Observó que el día había abierto dándole paso a los rayos del sol, que brillaban más que nunca con aquel manto blanco cubriendo la tierra. Eso fue lo único que vio, una gran cantidad de nieve, lo que significaba que su esposo estaría afuera limpiando la salida de los vehículos. Por otro lado, la cortina de la ventana de la casa de al lado estaba cerrada, como siempre lo había estado.

Una vez que terminó de vestirse, se puso sus botas de nieve y bajó a la cocina en donde preparó café. Luego de un rato cuando el café estaba listo, sirvió una taza y salió a entregárselo a su esposo. El ya llevaba bastante rato afuera, con temperaturas en los cero grados, pero había poca brisa, lo que lo hacía menos brutal. Eso era lo mejor ya que el viento podía literalmente congelarlo todo en muy corto tiempo. Había nevado por muchas horas y había dejado una acumulación sustanciosa, lo que significaba mucho más trabajo a la hora de limpiar la pesada nieve durante muchas horas.

Su esposo recibió el café gustoso y al quitarse los guantes para tomar la taza, Sue notó que sus manos ya estaban pasadas de frío. La temperatura estaba baja y ella le sugirió que tomara un descanso, de ese modo podría beberse el café tranquilamente. Él aceptó y se orilló al costado de uno de los vehículos mientras sorbía la bebida. Sue por su parte no desperdició la oportunidad para contarle lo que le había ocurrido durante la madrugada. Su tono de voz se aceleró dejando al descubierto lo perturbada que se sentía por aquello. Ella le contó que había visto luz a las tres de la mañana en la casa de al lado y que le parecía insólito que estuviera la luz encendida a esas horas. Él solo la miró con cara de *¿qué tiene eso de raro?*, sin comprender que Sue necesitaba urgentemente contarle esa experiencia a alguien, y a quién sino a él, su compañero.

Capítulo 4

La tarde cayó y a Sue se le fue día entre quehaceres. En momentos cuando se acordaba de lo sucedido, Sue buscaba la oportunidad para mirar a la casa de al lado, pero allí todo estaba a oscuras, nada había cambiado y no había muestras de vida, nada. Esto no evitaba el sentimiento de curiosidad que continuamente vivía en ella. Era algo en su estómago que se retorcía provocando un calambre interno cada vez que pensaba en aquella viejita que vio sentada en el sillón aquel día. La sensación había sido muy extraña por lo que había decidido ponerle más atención a la casa. Con esto en mente, pensó en ir a tocarle la puerta a su vecino, ya no podía seguir imaginando más cosas, por lo que debía poner punto final. Tenía que decidir entre ir directamente a tocar la puerta y preguntarle, o esperar a verlo llegar y salir a su encuentro.

Esto último era más difícil, ya que la única forma de que ella viera llegar al vecino, sería poniéndole guardia todo el día en el frente de la casa, ya que la entrada de autos de la casa de Chris estaba en el lado opuesto. Sería imposible que Sue lo viera desde su ventana, por lo que quedó la primera opción, ir a tocarle la puerta en persona y salir de dudas de una vez por todas, aunque tampoco quería parecer que lo estaba acosando, eso sería aún peor.

Fue como a eso de media mañana que decidió que era una buena oportunidad para intentarlo, así que se puso la chaqueta y salió de su casa para ir a la casa de su vecino. Caminó hacia las afuera de la casa y parada enfrente de la propiedad fue cuando comprendió que en la casa de Chris nadie había limpiado la nieve. No había rastros de entrada o salida de alguien y la nieve cubría todo el terreno como si fuese un manto de seda. Su reacción fue instantánea. Algo andaba mal, lo sentía dentro de sí. Inmediatamente dio la vuelta para regresar a su casa con paso apresurado. Una vez adentro, pensó mejor las cosas y decidió que tal vez lo mejor sería esperar a que pasaran unos días y dejar que las condiciones del tiempo mejoraran por sí solas. Era obvio que no había gente en la casa y que no sería ese día, el día en que resolvería aquel acertijo. De eso ya no tenía dudas.

Los días pasaron y cada vez que Sue salía en su vehículo, volteaba a mirar a la casa del vecino, para ver si notaba algún cambio, tal vez huellas en el suelo que indicaran algo fuera de lo normal, pero nada, ya era miércoles y todo seguía igual. ¿Sería acaso que el vecino no estaba en la casa? ¿Tal vez podría estar de vacaciones? ¿Cómo saberlo?, se preguntaba ella. Toda esa situación ya la estaba incomodando más de la cuenta. Hasta pensó que quizá podría haberle pasado algo, o incluso estar muerto, sin que nadie supiera nada de nada. *¡Qué terrible!* pensó Sue.

Los días transcurrieron como de costumbre y ella ya estaba menos preocupada de la casa del vecino. Se acercaba Navidad y los preparativos la mantenían con la mente ocupada en sus propias cosas. Había dejado de mirar para la casa de al lado tan seguido, y también había dejado de dar una última mirada desde su habitación cada noche antes de dormir, o sea, las cosas había, como quien dice, vuelto a la normalidad. Pero había algo más que Sue no se esperaba, algo que no solo haría que ella recordara esa noche por el resto de sus días, sino que dejaría una huella en su esposo también.

Otra vez el clima había estado haciendo de las suyas, lo cual era propio del invierno. Ese día habían ido a buscar el árbol de Navidad, una costumbre familiar que tenían desde cuando las niñas estaban pequeñas, y de eso habían pasado ya muchos años. Planificaban un día en especial en donde todos viajaban a un pueblo en el límite entre los dos estados. Las dos horas de viaje no importaban puesto que todos disfrutaban del evento. Esa granja se dedicaba a crecer pinos de corta de diferentes tipos, donde la gente iba cada año a cortar su propio pino de Navidad. Algunas variedades de estos árboles tomaban más tiempo en crecer que otras, por lo que cada año la disponibilidad de árboles variaba, pero siempre era cuestión familiar elegir el que se pondría ese año.

A veces se tardaban bastante en encontrar el árbol perfecto. Sue siempre era detallista, en cambio, su esposo, no. Esto muchas veces desataba una búsqueda más exhaustiva, pero Sue siempre lograba encontrar el árbol perfecto. Por lo general después de cortar el árbol y asegurarlo sobre el vehículo, continuaban a pasar el resto del día paseando por esos lados. Había un café en donde era costumbre parar por un rico chocolate caliente y una tajada de tarta de manzana. Todos disfrutaban del ambiente festivo que se aproximaba y de las compras que se hacían en los locales que vendían artículos navideños. Cuando la tarde caía, después de haber cenado en algún restaurante de la zona, era cuando el regreso a casa comenzaba.

El regreso a casa tomaba otras dos horas, pero estaban tan relajados y contentos que el viaje no se sentía. El árbol pasaría un par de días envuelto en una malla de plástico, antes de que Sue y su esposo lo metieran a la casa para poder decorarlo con luces y una cantidad grande de adornos, los que se acrecentaban año tras año. Una vez que llegaron a casa, todos corrieron a sus camas y sin más que decir, todo mundo estaba durmiendo. Había sido un gran día, lleno de muchas risas y buenos momentos compartidos, en fin, otro gran momento que añadir al álbum de los recuerdos.

En mitad de la noche, cuando todos dormían, el viento se hizo sentir. Rugía y las ráfagas amenazaban con llevarse algo consigo. En un momento fue tan fuerte que causó un estruendoso sonido, el cual despertó a su esposo, pero no a Sue, quien dormía profundamente. Él se levantó de inmediato, bajó las escaleras y se dirigió a la cocina, creyendo que el ruido venía de por ahí. Lo primero que pensó fue que era probable que el árbol de Navidad que habían dejado afuera de la cocina, se hubiese caído arriba de algo más, causando aquel estruendo.

Revisó por todas partes y no encontró nada que pudiera haber causado el ruido. Todo parecía estar en orden, pero aun así, salió al patio y revisó alrededor de los vehículos, no fuese a ser que alguna rama se hubiese desprendido de los árboles del patio, ocasionando daños. Sin embargo, todo estaba en orden, aunque no pudo vincular el ruido a nada visible, por lo que decidió volver a la casa y justo cuando iba a entrar, en ese preciso momento, notó que había luz en la casa de al lado. Lo primero fue que se sintió sorprendido, aquello le parecía curioso porque era de madrugada y se le vino a la mente lo que Sue le había comentado antes. Sin pensarlo dos veces, decidió acercarse a la casa de al lado e inclinarse un poco más a la baranda para poder ver con más claridad.

Se dio cuenta de que era la misma habitación de la vez anterior. La luz era tenue, y era la única luz en toda la casa. No pudo ver más desde donde estaba y se devolvió a su casa. Entró a la cocina y se dirigió a la ventana, que era la que les quedaba más cerca de la casa de al lado, pero no pudo ver mucho más de lo que se veía desde afuera. Decidió apagar todo y subir. Pensó que tal vez, el vecino había escuchado el mismo ruido y que se había levantado para mirar o revisar qué había pasado. También pensó que quizá eran las ideas de su esposa las que lo estaban persiguiendo, así que sonrió y subió de una vez.

Cuando llegó a su cuarto y quedó parado justo enfrente de la ventana, no pudo evitar el querer abrir un poco la cortina y mirar desde allí, y así mismo lo hizo. Qué grito dio el hombre cuando, en vez de ver la luz encendida en la habitación del primer piso de la casa de al lado, vio la luz encendida en la ventana justo enfrente de él. Lo invadió una fría sensación que casi lo llevaba a desvanecerse, pero logró sostenerse en pie. Aquello sí que le pareció muy extraño, ya que en los años que ellos llevaban en esa casa, nunca había visto luz en el segundo piso y menos en esa habitación.

El grito y el susto del esposo, hicieron que Sue se despertara y preguntara muy agitada, qué era lo que estaba pasando, a lo que él no supo responder en ese momento. Pero momentos después, ya en la cama, él le dijo lo que había pasado, y se mostró un poco avergonzado por haber sido atrapado por la sugestión, pero Sue insistió enfáticamente en que debían hacer algo. En ese momento era como si la ansiedad se hubiese apoderado de ella. Su esposo trató de calmarla, pero fue imposible. Como nada parecía tranquilizarla, él pensó que tal vez lo mejor sería que se levantara y abriera la cortina, para así mostrarle que la luz ya estaba apagada y que todo era normal, y fue exactamente lo que hizo, se levantó de la cama y fue en dirección a la ventana mientras ella preguntaba:

— ¿Qué haces?

—Solo voy a mostrarte que nada raro pasa allá al lado — dijo él.

Luego se paró frente a la ventana y con su mano corrió la cortina hacia la izquierda, manteniendo aún la mirada en su esposa. Ella se había levantado de la cama para ir donde él, como esperando que abrieran el telón, y en el preciso momento en que él abrió la cortina… ¡Gritos!, sí, gritos fueron lo que le siguió a eso. Los gritos de su esposa lo hicieron mirar casi de forma instantánea hacia la casa de al lado, haciéndolo palidecer y dejándolo sin habla. Ahí estaba la mujer, la misma anciana, parada enfrente de ellos, sí, estaba parada detrás de la ventana del segundo piso, en la casa de al lado.

Sus piernas comenzaron a temblar, al igual que su mano, y una sensación de miedo le embargó. Sin poder pronunciar palabra alguna, con sus ojos fijos en la anciana, quien ni parpadeaba, escuchó que Sue decía:

— ¿Es real? —preguntó, casi como un murmullo.

—No lo sé —respondió él, con un tono muy bajo, como no queriendo alertar a la anciana de la presencia de ellos.

Pero la anciana comenzó a dar vuelta, muy despacio, hasta quedar de espaldas a ellos y luego caminó alejándose de la ventana hasta perderse en la oscuridad. La luz de la habitación se fue disminuyendo hasta quedar por completo a oscuras. Finalmente, él soltó la cortina que aún sostenía con su mano, ya casi acalambrada tanto por la tensión como por la impresión que acababa de presenciar. Sue con mucha rapidez encendió la luz y ambos se sentaron en la cama, tratando de digerir lo que habían presenciado.

Si bien es cierto que la imagen de la mujer anciana no parecía para nada fantasmagórica ni nada por el estilo, no habían podido evitar que esta les erizara los pelos a ambos. Lo único que podían decir a ciertas era lo inusual de lo que habían visto. Ver a la anciana, en la madrugada, en la ventana del segundo piso, justo frente a la de ellos, como si hubiera querido que la viesen, era algo sin lugar a dudas poco común. ¿Eran motivos reales como para asustarse? ¿Podría ser tan simple como que su imaginación les estaba haciendo una mala jugada? Ambos sentían algo

que les decía que no, pero definitivamente, aquello era fuera de lo normal.

Capítulo 5

El día siguiente llegó y entre ellos casi ni hablaban, era como si no hubiesen querido enfrentarse a tener esa conversación, aunque los dos sabían que seguiría pendiente. Por la tarde cuando ya habían cenado, el esposo dice a Sue:

—Sabes, creo que debemos tocarle la puerta al vecino.

Ella lo miró como incrédula de lo que sus oídos escuchaban, pero como no contestó nada, él continuó:

— ¿No te parece que sería mejor saber si hay más gente en la casa de al lado? Antes que sigamos creyendo cosas que no son. —Agregó.

—Sí, claro que sí, pero no vayas de noche, mejor déjalo para la mañana —dijo Sue.

El esposo la miró y le sonrió, luego dijo:

—Bueno, yo no pensaba ir solo, sino que los dos, después de todo tú fuiste la primera en ver a la... tú sabes quién.

Sue no le respondió nada, solo calló y cambió la conversación. No estaba segura de si quería ir a la casa de al lado, después de todo, la noche anterior había sido bastante terrorífica y ya no le importaba si hablaba o no con su vecino. Dentro de sí misma, sabía que esa anciana no era real, que era imposible; su ser se lo decía. Pero igual le asaltaba la duda y le producía preguntas del porqué la anciana quería que ellos la vieran.

Pasaron los días y nada, no lograban dar con el vecino. Ya habían ido tres veces a la casa y nunca nadie contestaba la puerta, por lo que estaban considerando llamar a la policía. Su esposo dijo que tal vez era mejor esperar un poco más, y si veían otra vez la luz encendida y era tarde, entonces lo harían. Solo ahí llamarían a la policía, ya que tendrían un motivo real de preocupación, y no solo el hecho de andar de curiosos husmeando por ahí. Claro que no pensaban decirles a las autoridades que sospechaban que había un fantasma en la casa, por supuesto que no.

Pasaron semanas y su esposo no volvió a mencionar el asunto, hasta que Sue le dijo:

— ¿Cómo a qué hora crees tú que sería algo como para preocuparse? — preguntó Sue.

— ¿A qué te refieres? — preguntó él con tono confuso.

—Ah, me refiero a lo de ver luz en la casa de al lado. — Reparó Sue.

— ¿Ahí? —inquirió él. — Bueno, de madrugada tal vez, no lo sé ¿por qué me preguntas eso ahora?

—Para saber, ya que la luz está encendida en este momento.

— ¿Ahora?

—Sí, ahora.

El esposo se paró y fue a mirar por la ventana; luego tomó la chaqueta que estaba colgada, se la puso, y de paso cogió la linterna y salió. Sue lo miraba desde adentro, mientras él caminaba derechito a la casa del vecino. Llegó a la entrada de la cocina y golpeó tan fuerte como pudo. Solo eran las 8 de la noche y aún había mucho movimiento de vehículos en la calle y además era un día de semana, o sea, todo normal, lo único anormal era que en la casa del vecino no había nadie. En el preciso momento que él golpeó la puerta, la luz de la habitación contigua se apagó. Sue pudo ver todo desde donde estaba.

Él revisó todo el perímetro de la casa, tocó en la puerta principal y nuevamente en la de la cocina, pero ahí no había nadie, por lo que decidió llamar a la policía de inmediato. Ellos se hicieron presente en la casa y él les explicó que había escuchado ruidos, y como la casa estaba siempre sola, le preocupó que pudieran ser ladrones o algo parecido, lo que la policía apreció, ya que por esos tiempos, habían estado robando muy a menudo.

La policía no encontró nada fuera de lo ordinario y dijeron que le darían una citación al dueño, para constatar que él estuviera bien y saber que la casa no estaba abandonada. Una semana más tarde la policía apareció por la casa de ellos para hacerles saber que el dueño estaba fuera del estado, por los meses de invierno y que la casa estaba cerrada, acondicionada para pasar esa temporada sin gente. Con esto, a Sue y a su esposo no les quedó más que tragarse la preocupación, porque esa era la respuesta que no querían escuchar. Ellos solo se miraron y no dijeron palabra alguna.

El tiempo voló y ya la primavera llegó. Sue y su esposo ya casi no miraban hacia la casa del vecino, convencidos de que era mejor de esa forma, incluso la ventana en la pieza de ellos ya no se volvió a abrir, para evitarlo, decía él. Era sábado por la tarde y habían estado jardineando todo el día, cuando de pronto apareció el vecino en la parte de atrás de su casa. Llevaba unas cajas al garaje, pero Sue como su esposo, se miraron y en forma automática procedieron a acercársele y a saludarlo.

— ¿Qué tal? —Preguntó el esposo, y el vecino un poco cogido de sorpresa se dio media vuelta para saludarlos.

—Hola, bien, bien aquí, ¿qué se cuenta? —Replicó Chris.

—Bueno nada, solo queríamos saludarte, es que nos dio sorpresa verte ¡Como la casa pasa siempre sola! —dijo el esposo.

—Sí es verdad, lo que pasa es que creo que es tiempo de venderla, aunque mi abuela me dijo que no me deshiciera de ella, que era algo especial, no creo que pueda mantenerla por mucho tiempo más. —Contestó el vecino.

—Así que piensas venderla. Mmm… tal vez sería bueno, ya que así tendríamos vecinos — dijo el esposo de Sue y los tres echaron a reír.

Pero ella no se pudo aguantar y cuando Chris ya se preparaba para marchar, dijo:

—Ah, pero durante el invierno nos pareció ver que había gente en la casa. —Lo miraba de frente, pues quería ver la expresión que él pondría.

— ¿Gente en casa? ¿Y qué te dio esa impresión? —preguntó Chris.

—Pues vimos luz en la habitación de abajo. —respondió ella.

Él sonrió y dijo:

—Me están echando una broma, ¿verdad? Es imposible.

— ¿Imposible? ¿Por qué? —preguntó el esposo.

—Porque el servicio lo restablecí solo una semana antes de volver.

Todos sonrieron y Chris prosiguió a marcharse y cuando ya se había alejado un poco, se detuvo y se dio media vuelta para preguntarles:

—Por curiosidad ¿En qué parte dicen que vieron luz?

—Ahí —apuntó el esposo a la habitación contigua de la cocina. —Esa en el primer piso, la que tiene una sola ventana.

— ¿Esa? —volvió a preguntar Chris con tono enfático, mientras señalaba la habitación.

—Sí, esa misma —dijo Sue.

—Mmm… —murmuró el vecino. —Sería aún más imposible, ya que la ventana está cubierta por dentro con un armario. Como es la ventana que más cerca está de la calle, siempre sentí miedo de que pudieran entrar por ahí, además, ahí almacené las cosas que eran de mi abuela. Después de todo era su cuarto.

Sue y su esposo se quedaron en silencio, viendo como el vecino se alejaba.

La casa fue puesta a la venta meses más tarde, pero hasta el momento nadie la había comprado. Aunque Chris ya no pasaba mucho tiempo ahí, por las noches, Sue y su esposo continuaban viendo la luz encendida, pero ya no se hacían la pregunta de antes. Ahora sabían que tal vez era la anciana cuidando de sus cosas y de su querida casa, esperando quizás que algún día llegue alguien que de verdad se preocupe por lo que ella había dejado, su tan querida casa. Aún nadie ha puesto alguna oferta por la casa.

La Anciana de Negro

Capítulo 1

Cómo no recordar uno de los eventos
más importantes y trascendentales de aquellos años,
en los que aún no entendía
el camino que mis pies recorrerían...

$\mathcal{E}$ ra temprano por la mañana y mi mamá había planeado un paseo desde hacía algún tiempo. Creo que era algo que todos esperábamos ansiosos, mis hermanos y yo. Iríamos a un recinto recreacional, a las afueras de la ciudad, como a poco más de una hora diría yo, aunque detalles como esos no eran importantes para mí en esos años. Había estado esperando ese día con mucha emoción, haciendo planes durante semanas, ya que en esos tiempos cualquier actividad de ese tipo era algo fantástico y poco común.

Mi mamá se había levantado temprano para organizar las cosas que llevaríamos, además de hacer los sándwiches, que luego empacamos en unas cajas plásticas, también llevamos frutas y los infaltables huevos duros, sin dejar de lado la bebida para calmar la sed, Fanta, que era mi preferida. También llevábamos otras cosas para comer, como las galletas y confites que nunca faltaban para después de la piscina, porque siempre el agua nos daba mucha hambre; pasaba lo mismo cuando hacíamos viajes a la playa.

Yo tenía un traje de baño color calipso que me encantaba. No había quién me lo cambiara. Hacía varios años que lo tenía y aunque ya estaba quedándome un tanto apretado, no me importaba. Creo que por la inocencia de mis años, ese tipo de situaciones no recibían mucha atención por parte mía. Mas era mi mamá quien me decía: "Yo creo que ya es hora que cambies ese traje de baño, ¡ya está muy chico!". Pero yo no les hacía caso a esas palabras, es más, era como si nunca las escuchara, adoraba ese color.

El lugar donde vivíamos en esos años no era el mejor vecindario, aunque tampoco era el peor, porque sí había otros lugares en donde mi mamá decía que no se podía entrar por miedo a no salir. Lo peor de nuestra casa era su locación. Estábamos al lado de una carretera, una de alta velocidad, y una que tenía tráfico local, por esta última pasaban muchos buses de locomoción colectiva. Buses viejos por montones y algunos nuevos, pero eran los menos. Creo que lo peor era el tener justo afuera de la casa, un paradero de buses, el cual estaba siempre lleno de gente y algunos pasajeros pasaban mucho rato sentados ahí mismo sin tomar ningún bus o colectivo. Eso era lo que perturbaba mucho más a mi mamá.

Tanto los que esperaban un bus específico, como los que ahí se bajaban para hacer un cambio de conexión en dirección a otro punto en la ciudad, tenían perfecta vista de nuestra casa, y muchas veces me encontraba gente con los ojos clavados en nuestras ventanas. Por eso mi mamá no dejaba que abriéramos las cortinas y mucho menos salir al antejardín sin supervisión. Hoy cuando recuerdo esos años, veo claramente las preocupaciones de mi mamá y creo que ella fue muy valiente al tener que enfrentar tantas situaciones difíciles, sola y con cuatro hijos.

El ruido era habitual, siempre escuchando los chirridos de los frenos de aquellos conductores que se detenían solo un minuto antes de parar, pero ya estábamos acostumbrados al ruido, el olor a bencina y a toda la congestión que ocurría en las horas de más movimiento. Era lo que tocaba, por esos tiempos no había mucho de donde escoger, no solo porque no teníamos mucho dinero, sino porque yo aún era muy pequeña como para tener algo que decir.

La noche anterior al paseo, mi mamá había dicho que nos iríamos como a las nueve de la mañana, así nos daría tiempo para llegar antes del mediodía, tomando en consideración el tráfico que por ser día domingo, era más lento que lo usual. Aún quedaba algo de tiempo, pero yo solo quería tratar de apresurarlo todo, porque de esa forma tal vez nos podríamos ir antes. Recuerdo que entre vestirme yo y vestir a mis hermanos más pequeños, el tiempo se iba más deprisa, pero nunca tan rápido como yo hubiera querido. Siempre quería que las cosas ocurrieran de inmediato, me cargaba esperar. Creo que eso es algo que con el tiempo he logrado controlar, claro después de muchos años, aunque para ser sincera, solo un poco.

La casa en que vivíamos tenía un antejardín bastante grande, y una reja de fierro forjado en el frente con una cerradura grande, la que mi mamá mantenía cerrada por miedo a los ladrones, decía ella. Claro, ahora que lo veo bien, no creo que haya sido solo por los ladrones, después de todo ellos podían saltar y entrar. Tal vez era más para que nosotros no nos saliéramos a la calle y prevenir que ahí mismo nos atropellara uno de esos conductores maniáticos, sí, creo que como madre que soy ahora, lo vería de ese modo.

Estábamos casi listos, mi mamá nos sentó a los tres en el sofá y nos dijo: "Esperen aquí, hasta que yo termine de arreglarme y nos vamos". Así que nos sentamos ahí con el cuello torcido mirando a la ventana que estaba detrás del sofá. Esta daba al antejardín y directamente a la calle. Me entretuve mirando por un instante como los vehículos pasaban casi volando por esa carretera, y entre uno que otro se veían los buses con muy poca gente, algunos casi vacíos. Lo más lógico era pensar que la gente estuviera durmiendo y los que no, probablemente estarían en misa, pensando a modo cristiano, porque es lo que usualmente se hacía en domingos, ir a misa.

Capítulo 2

En algún momento perdí la noción del tiempo. Sé que mi hermana permanecía sentada ahí jugando con una muñeca de goma que era tan chica como la palma de su mano. Era el juguete perfecto, le cavia en el bolsillo y eso le encantaba, así la podía llevar a todas partes. Mi hermano se mantenía moviendo unos tiritos de cristal, los que en esos años llamábamos *ojitos de gatos*, o simplemente bolitas de cristal. Siempre cargaba un montón de ellas en sus bolsillos. Yo creo que esto nos delataba, éramos muy cachureros, siempre llevando cosas en nuestros bolsillos. ¿Y yo? ¿Qué llevaba yo? Pues, por mi edad, ya cargaba una pequeña cartera, la que tenía una cadena larga y me la ponía cruzada, para que me colgara atravesada. Dentro no podía faltar un cuaderno de apuntes, un par de lápices, los que tenían que ser de tinta ya que no soportaba escribir con lápiz grafito y lo más importante, dulces. Eran los infaltables.

De pronto noté la presencia de una mujer mayor. En realidad, no sé de dónde apareció, pero ahí estaba, apegada a un lado de la reja. Era una anciana de estatura mediana y llevaba un pañuelo que le cubría la mitad de la cabeza, el resto de su vestimenta parecía de un atuendo funerario, todo de negro. Me sobresalté al ver que ella se había dado vuelta y me estaba mirando de frente. Debo mencionar que nosotros aún permanecíamos dentro de la casa y que la distancia entre la casa y la acera era unos treinta a cuarenta pies como mínimo.

La viejita tenía sus ojos pegados en nuestra ventana lo que me hacía sentir que me miraba directo a mí. Esto me ocasionó mucha incomodidad. Dejé de mirarla por un instante pensando que ella lo haría también, pero para mi sorpresa cuando volví a mirar a través de la ventana, la viejita seguía mirando, como si ni siquiera parpadease, o al menos era lo que a mí me parecía. Me sentí muy incómoda y grité a mi mamá "¡Mamá, mamá!", varias veces hasta lograr que ella viniera a la sala. Entre que ella se terminaba de maquillar, me contestó un poco molesta:

— ¿Qué es lo que pasa?, ¿quién está peleando?

Creo que era lo que siempre pasaba, pero en ese momento y le dije:

— ¡No mamá!, no es eso.

— ¿Entonces? ¿Qué es lo que ocurre? Mira que estoy ya terminando y luego nos vamos. —Replicó mi madre.

— ¡Mamá!, es esa viejita que está apoyada la reja — le contesté.

— ¿Cuál vieja? —dijo ella.

—No dije vieja, sino viejita. —Le aclaré. Me había dado como pena, ya que siempre me refería a la gente de edad con mucho respeto. Para mí, todas las ancianas se parecían a mi bisabuela, la mamá de mi abuela paterna.

— ¿Dónde? que yo no la veo.

Volví la vista a la calle y ya no estaba, así que mi mamá se devolvió a la habitación para terminar de maquillarse. Yo me quedé ahí viendo cómo los copuchentos de mis hermanos se arrimaban al respaldo del sillón, pegados con cuatro ojos mirando afuera de la casa, fue en ese momento cuando la vi. La viejita estaba nuevamente apoyada en la reja, esta vez más cerca del portón principal, y continuaba mirando con cara de que necesitaba ayuda, como queriendo ver a alguien de adentro de la casa. Esta vez sentí la urgencia de gritar a mi mamá, lo cual hice sin perder el tiempo.

— ¡Mamá ahí está la anciana! — Grité a todo pulmón.

Mientras escuchaba cómo los pasos de mi madre se acercaban, mantuve los ojos pegados en la anciana, no fuera a ser que se volviera a desaparecer. Mi mamá llegó y se paró al lado del sillón y movió la cortina para ver quién diablo estaba afuera, y después de que vio que sí había una viejita afuera, abrió la puerta y salió. Caminó hasta el portón y la vi detenerse. Observé que mi mamá conversaba con la viejita. Después de un corto momento ella volvió adentro, pero mi mamá tenía el semblante pálido y su rostro se mostraba serio. Cerró la puerta muy rápido diciendo:

— ¡Ya! No miren más para afuera. —El tono de su voz me indicaba que estaba molesta.

— ¿Quién es mamá? —pregunté yo, como siempre de curiosa.

Mi mamá me miró y dijo:

—Nadie, solo una vieja.

— Pero ¿qué quería? — insistí.

—Pedía algo de dinero — dijo ella, mientras acomodaba la cortina, la cual la habíamos corrido para mirar afuera.

Mi mamá dio un par de vueltas dentro de la casa y nos dijo que debíamos ir al baño, ya que nos iríamos en un par de minutos, así que me paré para asegurarme de que mi hermano usara el baño porque era el más chiquito y aguantaba menos. Mi hermana fue después, y ya todos estábamos listos para irnos cuando mi mamá se asomó a la ventana, como inspeccionando la vista de afuera. Noté que ella mostraba cierto recelo, pero una vez que se aseguró que todo estaba bien afuera, abrió la puerta y salimos.

Mamá cargaba un bolso grande, yo tenía mi bolsa personal y mis hermanos cargaban unas pequeñas mochilas, y así todos salimos de la casa y, cuando llegamos junto a la reja, mi mamá me dijo:

— Hija, dame las llaves para abrir la reja. — A lo que yo contesté:

—Mamá, yo no tengo las llaves. Pensé que tú las tenías en tu cartera...

— ¿No?, pero como qué no. ¡Te dije que las cogieras de la mesita!

—No mamá, no las tengo —respondí.

— ¡Ay, Dios! — reclamó ella, agregando: — y ahora sí que la hicimos.

— ¿Por qué? —pregunté intrigada.

—Porque acabo de cerrar la puerta hija, ¡con las llaves adentro!

No supe qué más decir, estaba confundida ya que no nos había pasado nunca antes, eso de quedarnos afuera. Mientras tanto, mi mamá dejó caer la bolsa al suelo y les ordenó a mis hermanos que se sentaran en el pasto, y a mí me dijo:

—Ven conmigo.

Caminamos juntas en dirección a la parte del costado de la casa, hacia la entrada que daba a la cocina. Mi madre esperanzada en que la ventana pequeña que estaba en la cocina estuviera abierta, pero estaba cerrada, así que seguimos hacia la parte de atrás. Ahí había otras cuatro ventanas, las cuales tendríamos que revisar.

Capítulo 3

$\mathcal{M}$i mamá exclamó:

— ¡Vamos a perder el bus!, ¿cómo pudiste dejar las llaves adentro? —Yo la miraba con extrañeza, porque siempre era yo la que tenía que recoger los platos rotos de otros. Lo pensé seriamente y no era mi responsabilidad, estoy segura de que ella no me dijo que cogiera las llaves, es más, ni las había visto ese día.

Revisamos todas las ventanas y todas estaban cerradas, así que volvimos al antejardín sin saber que sería lo próximo a hacer; mi mamá miró la ventana de la entrada.

— Tendremos que romper el vidrio para entrar, no creo que podamos hacerlo de otra forma — dijo, mientras examinaba la ventana que estaba al lado de la puerta de la entrada principal.

En el momento, no entendí muy bien por qué ella quería romper ese vidrio, y no otro de la parte de atrás. Ahora estoy más grande y entiendo que por el tipo de ventana, con marcos de tipo francés, cuadrados pequeños, y el seguro que estas tenían, no habría habido forma de que rompiendo el vidrio yo pudiera pasar. En cambio, las ventanas del frente de la casa eran más grandes, lo que permitiría pasar y entrar para abrir la puerta. ¡Qué lío!

En eso, mientras mirábamos cómo hacerle, escuchamos los chirridos de los frenos de un bus que se detenía justo en la parada, afuera de nuestra casa. Mi mamá miró con tristeza y con pesadumbre nos dijo: "Ese era nuestro bus".

No recuerdo qué cara habré puesto yo o si pronuncié palabra después de eso, pero sí recuerdo claramente lo que ocurrió después, porque nunca más lo pude olvidar.

¡La anciana volvió! Vi cómo se venía acercando lentamente hasta que llegó a la reja justo donde estaban mis hermanos sentados. Hoy siento lo mismo que sentí aquel día. Un escalofrío me recorrió el cuerpo, fue como algo diferente, irreal, raro. Mi mamá corrió hasta donde estaban mis hermanos y trató de no hacerle caso a la anciana. Aunque la viejita parecía decirle algo mi mamá, ella no levantó la cabeza para no mirarle. Se notaba que quería esquivarla a como diese lugar.

Mi mamá se trajo a mis hermanos hasta la puerta de entrada y los bolsos quedaron junto a la reja. Yo pregunté si iba por los bolsos, pero mi mamá no quiso, solo me dijo: "Esperemos a que la vieja esa se vaya". Y así pasó un rato, pero la viejita seguía ahí. De vez en cuando nos miraba y se sonreía. Yo no le quitaba los ojos de encima, pensaba que desde que la viejita había aparecido en las afueras de la casa, las cosas habían cambiado. Aún no estaba claro si podríamos ir o no al paseo, estábamos atrapados afuera de la casa, sin llaves para entrar o para salir de la propiedad. ¡Increíble!

Habían pasado, por lo menos, de unos quince a veinte minutos y la viejita comenzó a moverse otra vez, caminando en la misma dirección por donde había venido. Se movía con extrema lentitud y cuando llegó nuevamente al portón, el que estaba cerrado con llave, se detuvo y comenzó a hacernos señas con la mano, como llamándonos. Mi mamá trató de ignorarla por un rato, pero después de tanta insistencia mi mamá la miró y le gritó desde el lugar en que ella estaba.

— Señora, ¿qué quiere? ¿Por qué no se va de una vez?

La viejita se paró más derecha y le dijo:

— Sí, ya me estoy yendo, solo quería ver que estuvieran bien.

Siempre me acuerdo que la voz de la viejita sonó definitivamente diferente a la apariencia de su persona y más cuando la escuche decir y más cuando la escuche decir: "A veces las cosas ocurren porque así debe ser". Luego continuó su camino.

Un par de segundos antes de perderle de vista, la anciana volvió a mirar para atrás y prácticamente nos gritó:

— ¡Apúrense! Recojan las llaves que ya viene el bus.

Mientras yo seguía mirándola, aún sin saber si era miedo o qué, lo que sentía en ese momento, escuchamos a mi hermana decir:

— ¡Mamá, mamá! La puerta está abierta.

Mi mamá palideció al ver que la puerta estaba abierta. Ella volteó para buscar con la mirada a la viejita, pero esta ya se había perdido entre los árboles de aquella calle. Mi mamá entró a la casa, cogió las llaves y salió. Caminamos a la salida, abrió la reja y salimos. Esta vez mi mamá no se detuvo a cerrar el portón con llave porque el bus se detenía en ese preciso momento.

Finalmente, nos subimos al bus todos en completo silencio. Mi mamá se sentó en la fila detrás de mí con mis dos hermanos más chicos, los que al poco tiempo de estar en el bus se fueron acomodando y se quedaron dormidos. El viaje duraría algo así como una hora o algo más, creo. Íbamos a las afueras de la ciudad, así que me distraje contemplando el panorama. Usualmente no salíamos muy seguido, la situación económica no daba como para hacer gastos extras, pero en esta oportunidad, mi mamá había dicho que un viaje al campo nos haría muy bien. Se podía apreciar cómo dejábamos la ciudad atrás y el paisaje nos brindaba una vista de áreas más rurales, mucho más follaje y vegetación, además el día estaba precioso.

De vez en cuando volteaba a ver a mi mamá y ella me hacía una leve sonrisa asintiendo que todo estaba bien, pero las dos sabíamos que no era así. Algo había ocurrido, aunque no sabíamos qué había pasado con exactitud. Pero de que las dos sabíamos que algo fuera de lo común había ocurrido, de eso sí estaba yo segura. Claro está que mi vida ha estado llena de muchas *situaciones especiales*, pero en ese momento no comprendía bien qué significaban esa clase de eventos o situaciones extrañas. Hoy creo, mirando atrás, que puede ser que el atuendo de la viejita haya sido lo que me dejó una impresión más marcada, la que perduró como para quedarse en mis recuerdos por siempre.

Capítulo 4

No estoy segura de cuánto tiempo habíamos recorrido, podría haber sido como unos cuarenta minutos o algo así cuando el bus disminuyó la velocidad. Esto provocó que tanto nosotros como las otras personas que íbamos en el bus, fijáramos la vista al frente. Todos querían saber cuál era la razón del porqué nos estábamos deteniendo. Había una gran conmoción adelante, se veía la policía apostada al lado del camino, por lo que yo pensé, que era uno de esos controles que a veces hacían en las carreteras, pero el bus disminuyó aún más la velocidad hasta finalmente detenerse. Fue ahí cuando vimos las ambulancias y gente de uniformes. Alguien que estaba en la parte de atrás del bus le gritó al conductor: "¿Qué se ve en el frente?". A lo que el chofer le respondió de inmediato:

— Accidente, parece.

Nos comenzamos a mover muy lento, en fila india, por indicación de un policía que estaba dirigiendo el tránsito para darle más espacio a los que estaban asistiendo a los involucrados en el accidente. En esos momentos en que nos movíamos lentamente, todos escuchamos al chofer maldecir al aire, casi con voz desesperada. Seguido a eso, vi como unas cuantas personas que venían sentadas atrás se movieron al frente, al lado del chofer. Gran alboroto se armó y yo no lograba entender bien qué era lo que pasaba, hasta que escuché a la señora de enfrente decirle a mi mamá:

— ¡Dios mío!, un bus se ha dado vuelta.

Mi mamá trataba de empinarse un poco con mi hermano dormido en los brazos para ver con sus ojos lo que acontecía afuera, ahí fue cuando escuché que me dijo:

— ¡Ay, Dios mío! Qué terrible. ¡Hija no mire! Cúbrase la cara.

Al decirme ella estas palabras provocó en mí más curiosidad y lo único que quería era poder ver más. Me llevé las manos a la cara, obedeciendo a mi mamá, pero solo me cubrí la boca, dejando libre mis ojos. El bus que se había dado vuelta, era el bus que habíamos perdido por estar encerrados sin llaves. Había gente tirada en el piso y personal de primeros auxilios por doquier. Del bus salía humo y se corría el riesgo de fuego. Finalmente, escuchamos el silbato del policía que nos estaba indicando que debíamos movernos, que siguiéramos la línea y despejáramos el camino.

Mi mamá con lágrimas en los ojos, le dijo a la señora de enfrente:

— Ese era el bus que debíamos haber tomado, el de las nueve de la mañana. Pero lo perdimos, por lo que tuvimos que tomar el siguiente.
— La señora miró a mi madre con una expresión de incredulidad en su rostro y luego nos recorrió con su mirada a todos nosotros y luego dijo:
— Alabado sea el Señor y los ángeles del cielo. — Luego de haber terminado, la señora se persignó elevando la mirada al cielo.

Cuando mi mamá hizo el comentario, las otras personas que estaban cerca también habían escuchado. Algunos de los pasajeros se acercaron a hablar con mi mamá. Le hablaban de Dios, de cuán afortunados habíamos sido y un montón de otros comentarios que no recuerdo. Lo que mi mamá no le dijo a nadie, era la razón por la cual no habíamos podido tomar ese bus, tampoco le dijo a nadie sobre la viejita que se apareció en el frente de la casa, o lo de la perdida de llaves, en fin, está claro que ella no contaría eso.

El bus se movió más adelante, pero solo para estacionarse a la orilla de la carretera. El chofer nos dijo que iría a preguntar si hacía falta ayuda, y varios otros hombres que viajaban en nuestro bus se le sumaron. Bajaron con rapidez mientras todos nosotros nos arrimábamos a las ventanas para observar lo que estaba ocurriendo afuera. Mi mamá insistía en que no mirara afuera, pero yo seguía con la intención de ver la tragedia.

Se escuchaban muchas voces, todos hablaban de algo relacionado al accidente y luego las sirenas se hicieron parte del escenario. Más policías y bomberos llegaron. Las ambulancias no daban abasto para llevarse a los heridos. En un momento de descuido en que mi mamá conversaba con otras personas dentro del bus, yo me acerqué a la ventana para observar. No estoy segura si sabía qué era lo que estaba observando, digo por mi edad, pero no me dio miedo el ver esas personas cubiertas con aquellas telas blancas, recostadas en la tierra. Hoy comprendo que habían fallecido.

Seguí contemplando lo que sucedía y vi al conductor que hablaba con uno de los policías, los otros que se habían ido con él, estaban ayudando a mover personas heridas en camastros de emergencias. Después él volvió al bus y nos dijo a todos que nos iríamos pronto ya que no había nada más que hacer ahí. Algunos de los pasajeros preguntaron cuántos heridos había y claro, también preguntaron cuántos muertos, lo que dio más claridad a lo que estaba yo observando. Sentí cómo un frío me recorría la espalda y todo pasó de manera rápida por mi mente, desde el momento en que nos levantamos, hasta que vi por primera vez a la anciana aquella. Por primera vez en ese momento comprendí que podíamos haber sufrido ese accidente si es que no, hasta morir en él.

Otro rato pasó y yo no había pensado ni por un instante en nuestro paseo, cosa rara, realmente creo que me sentía afectada por todo lo que había ocurrido. La gente afuera comenzó a gritar y todos corrían por todas partes, era difícil saber qué era lo que estaba ocurriendo con tanta bulla. Al fin escuchamos algo un poco más claro y el conductor corrió a subirse al bus, metió la llave y arrancó para moverse hacia adelante. Cuando se detuvo, él nos dijo que el otro bus estaba a punto de estallar y que aún quedaba alguien adentro. Los lamentos no se hicieron esperar. La gente lloraba, algunos rezaban y otros solo callaban.

Capítulo 5

Alguien preguntó si sabían quién quedaba dentro y el conductor dijo que parecía ser una mujer que estaba en la parte de atrás del bus, por lo que no podían llegar hasta ella. Era triste, trágico e inesperado, y nosotros podíamos haber estado en ese bus. De pronto escuchamos un ruido estruendoso, mientras veíamos cómo el bus explotaba y lanzaba miles de pedacitos por los aires. Ya estábamos a una distancia prudente, pero creo que igualmente era impactante ver cómo el bus se quemaba con llamaradas inmensas que se alzaban a los cielos. Luego solo vimos una gran nube de humo negro que cubría toda visión.

Los otros pasajeros que aún estaban afuera, retornaron al bus y le contaban al chofer que los rescatistas no habían logrado sacar a la mujer. Supuestamente, uno de los pasajeros que sí había salido, les había dicho a las autoridades que quien quedaba en la parte de atrás del bus había sido una anciana que se negaba a pararse. El hombre terminó diciendo que era lamentable, pero que talvez la viejita estaba muy triste, porque ella llevaba un luto. Cuando yo escuché esto, asocié de manera instantánea a la viejita de nuestra casa. ¿Cómo sería esto posible? Era obvio que eso era solo una coincidencia, era imposible que fuera la misma persona, de eso sí estaba segura. La sensación de incertitud era inevitable.

Al fin, llegamos a nuestro destino, creo que casi dos horas más tarde. No tuvimos problema para encontrar un lugar donde instalarnos, pero ese día ya no era lo mismo. Los deseos increíbles de ir a nadar habían desaparecido. La excitación de disfrutar el día al aire libre ya no se sentía de igual forma. Mi mamá por su parte, tenía una sombra en el rostro, solo fingía reír, creo que esa era su mejor postura. Al menos mis hermanos no lo habían tomado con tanta seriedad, por su corta edad, y hacían todo lo posible por disfrutar del tiempo en aquel lugar.

Como a eso de las dos de la tarde, mientras mi mamá arreglaba las cosas para almorzar, yo me le acerqué para hacerle unas preguntas que me estaban atormentando.

— Mamá, ¿puedo preguntarte algo? – le dije.

— Claro, hija. ¿Qué te pasa? ¿No quieres ir a jugar? — replicó ella.

— La verdad, no. ¿Mamá? ¿Tú crees que la viejita en la casa sabía que este accidente ocurriría?

— Pero ¿qué dices? Claro que no. ¿Cómo podría ella haberlo sabido?

— Mmm… — No dije nada más, estaba claro que mi mamá no quería relacionar las cosas.

— ¿Por qué no vas por tus hermanos para que nos sentemos a comer algo? — dijo ella cambiando de tema.

El resto de la tarde transcurrió pacíficamente. Descansamos bastante, pero había que empacar, y lo peor, volver a tomar un bus de vuelta a casa. Estaba oscureciendo y la tarde se había tornado un poco fría, la brisa ya no era tan cálida como durante el día. Cuando ya teníamos todo listo, tomamos las cosas y caminamos a la entrada del parque, ahí estaba la parada de autobús y tocaba esperar a que el bus llegara. El bus estaba retrasado. Resulta ser que por el accidente habían desviado todo el tránsito de esa ruta, a una carretera de interior, mucho más lenta y, claro, en malas condiciones, por lo que los conductores se veían obligados a conducir muy despacio.

Cuando estábamos en la parada se nos acercó un matrimonio que también habían estado disfrutando de un día de paseo. Ellos, al igual que nosotros, habían venido en el mismo bus ese día temprano y sabían todo lo del accidente. La esposa del señor le buscó conversación a mi mamá.

— Qué terrible lo de esta mañana, ¿no cree? — comentó.

— Oh, claro, horroroso. Me ha dado mucha pena presenciar aquella horrible situación.

— Sí, yo creo lo mismo. Veníamos en el mismo bus ¿no me recuerda? — dijo la señora.

— Oh, sí, creo que la recuerdo. Usted estaba más adelante, ¿verdad? — preguntó mi mamá.

— Sí, esa misma. Es de verdad lamentable todo lo que pasó, pero hay que dar gracias de que solo hubo pocos muertos, ¿no lo cree?

— Por supuesto, pero hubiera sido mejor si nadie hubiera muerto. ¿Y no se ha sabido algo de la razón por la que se dio vuelta el bus?

— No lo creo, solo se sabe que la persona que quedo adentro era una mujer bastante mayor, anciana ya. Pero no la pudieron sacar.

— Sí, yo había escuchado lo mismo — respondió mi mamá.

— Lo más raro fue que, según las noticias, cuando lograron apagar el fuego, no encontraron rastros de la anciana. Seguramente el fuego la consumió todita.

Yo arrimada a la espalda de mi mamá, no dije palabra, solo escuchaba lo que ellas hablaban. De pronto el señor se paró diciendo que el bus por fin estaba llegando. Los pasajeros comenzaron a subir y así mismo lo hicimos nosotros. Nos sentamos casi en la misma ubicación que en la mañana, mi madre con mis hermanos detrás de mí. Nadie vino a sentarse a mi lado ya que mi mamá se aseguró de que el asiento estuviera ocupado, poniendo todas nuestras bolsas y carga en él. El viaje de regreso comenzó y mis hermanos rápidamente se durmieron, cansados de jugar y disfrutar después de todo lo que había ocurrido.

El viaje se me hizo largo y me sentía cansada, pero trataba de no quedarme dormida. Una rara sensación me acompañaba, hubiera preferido no volver en bus, es más, creo que desde ese día cada vez que me subía a un autobús, algo me pasaba. Finalmente, llegamos a la casa, a nosotros no nos tocaba caminar mucho después de bajarnos, solo cruzábamos el paso nivel y ya estábamos en la otra vereda. Nuestra casa era la quinta desde la esquina. Mi mamá no habló mucho, solo nos dijo que nos pusiéramos pijamas y que apagáramos la luz rápido, que teníamos que dormir porque al día siguiente teníamos escuela.

Capítulo 6

El día martes mi tía había venido a visitarnos. Cada vez que ella venía traía noticias de todos los demás familiares y me puedo imaginar que lo mismo hacía al irse de regreso, se llevaba todas las noticias que mi mamá le hubiera contado. Pero ese día fue algo diferente, mi tía ya sabía lo del accidente, habían dado la noticia en los canales locales, y hablaban de los muertos y sus familias. Cuando estábamos preparando las onces, mi tía le preguntó a mi mamá:

— ¿Y no se volvió a aparecer hoy?

— No. No la he vuelto a ver — contestó mi mamá con un poco de disimulo, ella miraba a mi tía y luego me miraba a mí.

— Pero ¿qué vas a hacer si vuelve a venir? — Mi tía insistía con las preguntas y aunque creo que trataban que yo no me diera cuenta, yo ya sabía de lo que estaban hablando.

— No haré nada, pues no volveré a hablar con ella.

— Yo creo que deberías hacer la denuncia a la policía.

— ¿Denuncia? Y que podría decirle a la policía, ¿que una vieja loca me dijo que no debía subirme al bus? No, ni digas. Todo estará bien en un par de días, ya esto se habrá olvidado y todos volveremos a estar en paz. — concluyó mi madre y cambió el tema al seguir preguntando por su hermano al que no veía desde hacía buen rato.

Yo lo sabía, sabía que ese día la viejita le había dicho algo a mi mamá, ahora estaba muy claro, la viejita había prevenido a mi madre de no tomar ese bus. ¿Cómo había sabido la viejita que algo le pasaría al bus? Mi cabeza comenzaba a formular preguntas sin respuestas, como aquella vez en que un perro ladraba afuera de mi puerta y solo yo lo escuchaba, sé que suena loco, pero en efecto esa situación se convertía en otra más de las muchas a lo largo de mi vida. El tema de la viejita no moría ahí, la volveríamos a ver dentro de un tiempo.

Los días transcurrieron y así las semanas y los meses. El invierno se hizo presente sin mucho retraso y ya los días de luz no eran más que horas sombrías en las que la luz se desaparecía muy rápido. Ese fue un invierno lluvioso y de mucho frío, tuvimos inundaciones muy a menudo y el frío era crudo. Nuestro contrato de arriendo terminaría al llegar la primavera, por lo que pasábamos mucho tiempo buscando arriendos que pudiéramos pagar. Era un tiempo difícil en nuestras vidas, todo escaseaba y no había ingresos adicionales. Mi mamá trabajaba cuando encontraba algo en costuras y yo le ayudaba a cuando traía el trabajo a casa. Así fue como aprendí a coser a máquina a temprana edad, también aprendí a cortar telas y un montón de otras cosas que han sido útiles hasta el día de hoy.

Uno de esos días en que habíamos ido a ver un nuevo departamento que estaba disponible, pero cuya renta era muy alta, volvimos a casa cansadas y desilusionadas, pues ya estábamos muy cerca de la fecha y todo costaba más dinero de lo que nosotros podíamos juntar. El bus paró y nos bajamos, cruzamos el paso nivel y nos acercábamos a la casa, cuando mi mamá se detuvo bruscamente y apretó mi mano con mucha fuerza. Enfrente de nosotros, sentada en el paradero de buses a las afueras de nuestra casa, estaba la viejita. ¡Increíble!, pensé.

Mi mamá me dijo que no le soltara la mano y que no le hablara a la *vieja esa* que seguramente nos abordaría para pedirnos dinero nuevamente. Continuamos caminando y logramos pasarla sin que ella nos viera, o eso fue lo que creímos. Entramos muy rápido a la casa y mi mamá se fue derecho a apagar todas las luces. Luego se arrimó a una de las ventanas para mirar. La viejita continuó ahí sentada por largo rato, sin hacer nada, solo descansaba. Mi tía que era la que se había quedado con mis hermanos, le hacía miles de preguntas a mi mamá, que ya casi le reventaban los nervios, sin saber qué más decirle.

Tiene que haber sido como a las siete de la tarde cuando mi mamá salió a dejar a mi tía a la parada del bus. En ese momento no había rastro de la viejita o ninguna otra persona en la parada. Observé cómo iban caminando por el paso nivel, las podía observar desde la casa. De repente no sé de dónde o cuándo, la viejita apareció en la parada de bus nuevamente. Cuando la vi, di un salto tan grande que podía haber matado a alguien de la impresión. No moví la cortina para que ella no me viera, pero noté cómo me hacía señas con su mano. Yo miraba hacia el frente para ver qué tanto más tiempo podría mi madre demorarse, me estaba dando miedo, pero ella aún estaba con mi tía esperando el bus.

La anciana continuó haciéndome señas, las cuales yo ignoraba. Pensaba en cómo era posible que supiera que yo estaba ahí detrás de la cortina. Hasta que, en un instante dado, la viejita tiró algo al jardín y se marchó. La vi irse hacia la izquierda y ya no volvió a aparecer. Al poco rato mi mamá volvió y cerró la reja de afuera con doble llave. Cuando la vi, no sabía si decirle o no que la viejita había vuelto. Tal vez no me creería, después de todo ella salió y pasó por ahí y no la vio, estaba al frente y no la vio, volvió y claramente no había nadie en la parada. Opté por callar. No sabía si estaba haciendo mal o bien, pero de seguro me estaba salvando de una buena retada por parte de mi madre. A la mañana siguiente estaba ansiosa por salir y ver qué era lo que ella había tirado al antejardín.

Capítulo 7

Después del desayuno, recogimos las mochilas y salimos. Mi mamá llevaba a mi hermano pequeño de la mano, al igual que a mi otra hermana, por lo que yo iba detrás para cerrar la puerta. En lo que terminábamos de salir, yo me pude deslizar a recoger algo como un papel que estaba apostado en el borde de la reja casi tocando el pasto. Agarré el papel y me lo metí al bolsillo, luego, rápidamente, volví a ponerme detrás de mi madre. Cerré la reja y nos fuimos caminando a la escuela que estaba a unas cinco cuadras de la casa. En el camino siempre nos juntábamos con otras mamás que también llevaban sus hijos a la escuela y ese día no fue diferente. Apenas perdí de vista a mi madre, me metí la mano en el bolsillo buscando por aquel pedazo de papel. Lo saqué y lo abrí. En el pedazo de papel había una dirección escrita, *Chacabuco #125*.

No tenía idea de lo que la dirección podría significar, pero era claro que investigaría. Durante el recreo le pregunté a un par de amigas si conocían la calle, pero nadie parecía saber dónde estaba. Hay que saber que en esos años no había internet o nada parecido, por lo que encontrar algo se dificultaba bastante. Al salir de clases ese día me fui directo a la casa de mi amiga, estudiaríamos juntas esa tarde y su mamá, que era siempre muy atenta, nos había preparado algo para comer. Mientras comíamos, la mamá de mi amiga conversaba con alguien en el teléfono y la escuché decir: "Te vas por Chacabuco y doblas en la avenida grande". Esto alertó mis sentidos y cautivó mi atención. Con mucho respeto me paré de la mesa y caminé con mi plato hasta la cocina y ahí junto a ella, le pregunté:

— Señora Aidé, ¿usted sabe dónde queda la calle Chacabuco?

— ¿Calle Chacabuco o la avenida Chacabuco? — respondió ella.

— En realidad no lo sé, solo sé que es Chacabuco — contesté.

— Porque hay dos, una es la avenida cerca de aquí y la otra, es una callecita corta al lado de la estación vieja.

— Ah, ¿hay dos Chacabuco? Bueno, mi mamá tendrá que revisar las dos — dije para salir del paso.

— ¿Y qué tenías que hacer con esa calle? — preguntó ella.

— Yo nada, mi mamá tendrá que ir a buscar costuras a esa dirección. — Sentí que la mentira que acababa de inventar había satisfecho la curiosidad de la señora Aidé. Pensé que lo único malo que pudiese ocurrir, sería que ella se encontrara con mi mamá y le preguntara si había encontrado la dirección. Sé que en ese tiempo no lo puede evitar, pero siempre una mentira trae a la otra. Tristemente.

El fin de semana siguiente me di el trabajo de ir en busca de la calle Chacabuco. Ya durante la semana había ubicado la avenida Chacabuco, cosa curiosa, la atravesaba todos los días para llegar hasta la escuela, pero nunca me había fijado en el nombre. Encontrar el número fue lo más fácil, puesto que un local comercial en donde había un minimarket, tenía claramente pintado el número afuera. Miré y busqué algo que fuese raro, inusual o cualquier cosa que pudiera darme alguna pista, pero concluí que si no visitaba la otra calle no podría hacer una comparación para determinar qué diablos significaba esa dirección. Ese día sábado, usualmente era el día en que iba a ver a mis abuelos. Acostumbraba a salir de la casa temprano y tomaba el bus para irme a la terminal de buses. Ahí tomaría otro bus para viajar a otra ciudad, no muy lejos, como a una hora y media de distancia.

Obvio que ese día no viajé. Sabía que sería un problema después, puesto que el no ir, significaba que no traería dinero a casa. Mis abuelos paternos eran una fuente de ayuda económica para nosotros en esos tiempos difíciles. Creo que siempre se sintieron mal por el comportamiento de mi padre, pero ya no importaba, tenía que saber que había en Chacabuco #125, así que después buscaría qué inventarle a mi mamá. Me tomó un rato llegar a la estación vieja. Ya no corrían trenes por ahí, solo quedaban la estructura y algunos afiches pegados en las paredes que indicaban que en algún momento en el pasado, ese había sido un lugar importante.

Como la señora Aidé lo dijo, al llegar a la esquina de la estación vi el comienzo de una calle. Caminé hasta llegar al comienzo y vi de inmediato que era más bien una callecita, corta, angosta y muy limpia. En algunas casas colgaban macetas con flores en las ventanas dándole una vista muy pintoresca. La mayor parte de las casas tenían de esas puertas antiguas en donde había una mampara que precedía a la puerta, dejando un espacio lo suficientemente amplio para un par de personas dentro. Las mamparas eran de vidrio biselado y otras tenían mosaico en vidrio de colores. Parecía como si estuviera en algún otro lugar y no en una calle común y corriente en mi ciudad.

Comencé a caminar buscando el número *125* al lado de las puertas, pero estaba casi a la mitad de la calle y no lo encontraba. La numeración iba de bajada, aún estaba en el número trescientos y algo, no me parecía que recorriendo el resto de la calle llegaría al número ciento veinticinco. Apuré el paso y ya estaba casi al final, pero el número de la casa marcaba *180*. La casa siguiente no tenía número por ninguna parte y luego había una casa blanca, con la mampara de vidrio con marco pintado de verde. En uno de los cristales de la mampara había un pedazo de cartón con el número *125* y, seguido de ese, justo abajo, otro papel que decía *"Casa para arriendo. Tres dormitorios, sala, comedor, baño, y cocina y un patio con frutales"*.

Capítulo 8

$\mathcal{E}$n ese momento cuando leía el letrero me quedé como inmóvil, no supe realmente cómo reaccionar. ¿Podría haber sido una coincidencia? En esos tiempos no tenía idea de las cosas que con los años llegaría a experimentar. Después volví a leer y otra vez más y aun así me parecía tan increíble que ahí hubiera un aviso para arriendo. Lo primero que pensé fue que nosotros necesitábamos desesperadamente un lugar dónde mudarnos, creo que debo haberme puesto muy contenta y sentí la necesidad de correr de inmediato a casa para contarle a mi mamá, pero luego pensé con más calma que debía buscar una forma más sutil de decírselo.

Acerqué mi cara al vidrio tratando de observar hacia adentro, pero la puerta de madera en el interior no dejaba ver nada más allá del umbral. Caminé por fuera de la casa buscando la posibilidad de ver algo por el muro que estaba al costado de la casa, pero era lo mismo, no se veía nada, yo no alcanzaba a ver más allá de mi nariz, después de todo no era como quien dice alta. Di un par de pasos más y ya no había más casas, la calle terminaba con esa casa, aunque había un muro largo antes de llegar al final, era como de cemento pintado de blanco. Me asaltó la pregunta de que, si uno estaba interesado en saber más de ese arriendo, qué diablos se tenía que hacer para obtener más información si ahí no decía nada.

La calle era muy solitaria, no vi a nadie, y se sentía muy tranquila. No se escuchaba ruido, solo el cantar de algunas aves en lo frondoso de los árboles que adornaban los patios de esas grandes casonas. Llegué nuevamente hasta la estación y miré atrás, me pareció como que había estado ahí antes, pero no logré recordar nada en particular. Comencé mi camino de vuelta a casa y se me había ocurrido que le diría a mi mamá que algo había pasado y que no estaban saliendo buses hasta la tarde. Pero aún no tenía pensado cómo le diría lo de la casa.

Llegué a casa cerca de las doce del mediodía y mi mamá estaba en plena limpieza. Se sorprendió al verme y me preguntó qué había pasado. Le dije que no estaban saliendo buses hasta la tarde debido a una falla de mecánica en uno de los buses. Luego me preguntó por qué no había esperado, creo que su cara se mostraba molesta y preocupada a la vez. Le dije que no me sentí cómoda esperando sola por un bus ahí y decidí irme a casa. Ella no dijo nada más, pero ahora sé que debe haberse preocupado mucho por la cuestión del dinero, siempre hacía falta.

Me había ido a mi pieza para hacer algo de limpieza y salirme del frente de mi mamá, no quería ocasionarle más disgusto. Había pasado como una hora y de repente salí de mi pieza, busqué a mi mamá y sin pensarlo mucho le dije:

— Mamá, ¿te acuerdas de la señora Aidé? ¿La mamá de mi amiga?

— Ah, sí, claro. ¿Qué pasa con ella? ¿Le ha pasado algo? — preguntó con curiosidad.

— No, nada. Es que cuando estaba en su casa el otro día, me preguntó cómo estábamos y yo le dije que un poco preocupadas, porque estábamos buscando arriendo y aún no salía nada bueno.

— Ah, ¿sí? Pues recuerda que te he dicho que no vayas por ahí comentando las cosas de la casa.

— No, si ya lo sé, solo quería ser amable y en realidad eso no tiene nada de malo, ¿verdad?

— Creo que no — dijo ella sin enojarse, puesto que mi mamá se irritaba con mucha facilidad.

— ¿Y sabes qué me dijo? — agregué.

— ¿Qué?

— Me dijo que había sabido de un arriendo de una casa en la calle Chacabuco.

— ¿Chacabuco? ¿La que está aquí cerca? — preguntó mi mamá.

— No mamá, esta de aquí cerca es la avenida Chacabuco, yo pregunté lo mismo cuando ella me hizo el comentario. Es la otra, una calle corta al lado de la vieja estación de trenes, dijo ella. — Mi mamá se quedó pensando por unos instantes y luego me respondió.

— Creo que sé dónde es, pero no he pasado por ahí desde hace mucho tiempo. — Me quedé pensando en que yo había tenido una sensación de conocer la calle, pero no recordaba por qué o cuándo la había visitado.

— ¿Y no te dio más información? Tal vez ya está arrendada — dijo ella.

— No, la verdad no dijo nada más. ¿No crees que podríamos ir a ver? — me atreví y se lo dije sin pensarlo más, aunque me había reservado lo del número.

— No sé, puede que estemos tarde, además sin un número, cómo vamos a saber dónde está.

— Pero mamá, nada perdemos, además a la vuelta podemos ir al mercado y traer algunas verduras, nos quedaría cerca.

— Está bien, arreglo a tus hermanos y nos vamos – accedió al fin.

Aún sentía en el pecho el peso de la mentira que le había inventado a mi mamá, parecía que la mentira crecía más y más. Eran como las dos de la tarde cuando llegamos a la calle Chacabuco y a pocos pasos de haber entrado, mi mamá me dijo que acordaba la calle porque cuando recién llegamos a la ciudad, ella había buscado arriendo en esa calle. Luego siguió caminando bastante rápido sin detenerse, hasta que llegó casi al final y me dijo:

— ¿Ves la casa blanca con la mampara? Esa fue la casa que vine a ver en esos tiempos, pero no logré reunir el dinero, pedían demasiado.

Continuamos caminando y llegamos al frente de la puerta y mi mamá se acercó y pudo ver el letrero justo debajo del número. Ella exclamó:

— ¡Pero si es la misma casa! Y está disponible.

— ¿La misma casa? ¿Te refieres a que ya la habíamos visto antes?

— Sí, pero muchos años atrás. — Fue ahí que mis memorias reaparecieron.

Capítulo 9

Claro que habíamos estado ahí, mucho tiempo antes. Cuando la fuimos a ver porque queríamos arrendarla, vimos que era una casa grande, muy espaciosa y tenía un patio increíble, aunque el baño era medio tenebroso porque lo único que tenía era un tragaluz y no ventanas. Todas las habitaciones eran altas, con molduras de madera alrededor de las puertas y ventanas, como una casa de la época victoriana o algo similar.

Mi mamá miró por los alrededores y comenzó a golpear la puerta. Nadie salía y tampoco había más información. Golpeó un par de veces más y cuando ya nos íbamos la vecina de la casa de enfrente salió. La señora nos saludó amablemente y nos dijo que, si estábamos interesados en la casa, ella tenía el teléfono de la persona que estaba encargada. Mi mamá sonrió y le agradeció a la señora por la información. Recuerdo que además le preguntó si había ido mucha gente a ver la casa, a lo que la señora respondió que no, que había estado vacía por largo tiempo, pero que la semana pasada la habían puesto a la renta.

Nos fuimos de ahí y mi mamá llevaba una sonrisa en su rostro. Apenas llegamos a un teléfono público ella llamó para pedir más información y casi increíblemente, la persona con quien ella hablaba en el teléfono le dijo que, si la esperaba un rato, podía llegar hasta la casa y discutir lo del arriendo. Mi mamá le dijo que sí de inmediato. Así que nos fuimos a dar una vuelta y pasamos por el mercado, recuerdo que nos comimos un helado y después de eso volvimos a la callecita. Ahí vimos un auto blanco estacionado afuera de la casa y mi mamá dijo que la dueña ya estaba ahí, además nos dio un par de advertencias, cosa usual, que no fuéramos a hacer preguntas y que nos teníamos que comportar como personas civilizadas. No era que fuéramos tan horribles en cuanto a comportamiento, sino que creo que era más costumbre de ella decirnos esas cosas.

La dueña se veía muy amable y, además, muy joven. Nos hizo pasar y nos mostró la casa. Era la misma, la que recordaba claramente, aunque el patio estaba muy descuidado, estaba lleno de árboles y mucha hierba. Ella le dijo a mi mamá que la casa era una herencia que su abuela le había dejado, pero que no había querido ponerla en arriendo pensando que podría mudarse ahí, pero que las cosas no se habían dado como ella pensaba y que había tomado la decisión de arrendarla para que no estuviese vacía y sin atención. Mi mamá le preguntó si el arriendo era por un corto tiempo y ella le dijo que no por el momento, ya que su trabajo la mandaba a otra ciudad. Cuando llegó la parte del costo del arriendo, mi mamá se quedó perpleja al escuchar el monto que ella estaba pidiendo.

Yo desde donde me encontraba, escuchaba y miraba fijamente. Tenía un claro entendimiento del dinero y lo que la dueña pedía era una renta muy baja. Le explicó a mi mamá que ella sabía que la casa requería de mucha atención, que el patio había sido el lugar preferido de sus abuelos y que quería a alguien que se preocupara por el sitio. Las dos hablaron un poco más y se perdieron en dirección de la cocina. Yo ya no me fui detrás de ellas, sino que me quedé ahí y caminé hacia los dormitorios y recorrí la sala y el comedor. Todo parecía como un poco irreal, el lugar era muy bonito y grande, nada parecido al lugar en donde estábamos viviendo en esos momentos. Luego escuché decir a mi mamá que volvería al día siguiente. Nos fuimos y mi mamá estaba feliz.

Mientras caminábamos de vuelta a la casa, mi mamá me explicaba que prácticamente había cerrado trato con ella por el arriendo de la casa. Que la casa se la había dejado su abuela después de morir y que por algún tiempo la había dejado en manos de una arrendadora de inmuebles, pero que recientemente la había pedido de vuelta por malentendidos. Mi mamá le había explicado a la dueña de la casa su situación y también le había dicho que trabajaba cociendo para fábricas de ropa, pero que ella podría mantener el patio limpio y la casa en orden. El costo del arriendo era muy poco y eso nos ayudaría increíblemente, al menos por algún tiempo.

La tarde de ese mismo día, mi mamá llamó a su hermano para pedirle un adelanto para así completar lo de la renta y al día siguiente, recibiría las llaves de la casa. Estábamos felices, nos mudamos el fin de semana siguiente. Mi tío nos ayudó con la mudanza de las cosas y todo fue muy rápido y aunque me quedaba más lejos el colegio, el estar en esa casa lo justificaba. La vecina de enfrente, la señora Rose, era muy buena, siempre nos estaba dando algo, creo que se sentía sola, porque no tenía familia, solo un par de gatos que tomaban el sol en las ventanas cada mañana.

La vida nos había cambiado en corto tiempo, desde ese horrible accidente que recordaba a menudo, cuando tenía que tomar un bus, hasta estar en esa casa en donde todo era más relajado, tenía mi propio dormitorio y la cocina era enorme. Mi mamá tenía su propia pieza de costura en donde yo ayudaba también. En las tardes después de comer salíamos a jugar en el patio de atrás, teníamos espacio para correr y saltar y, además, nos subíamos a los árboles grandes como un chirimoyo y un palto, los dos cargaban frutas; las que compartimos con la señora Rose.

Capítulo 10

$\mathcal{U}$n día en particular en que habíamos bajado bastantes paltas, mi mamá separó unas cuantas y me dijo que fuera a dejárselas a la vecina. Salí de la casa y crucé la angosta callecita y golpeé la puerta.

— Hola, mi niña — dijo ella, siempre nos trataba con mucho cariño.

— Señora Rose, mi mamá le manda estas paltas, dice que están buenas para comer.

— Muchas gracias, puedes dejarlas en la cocina, tengo mis manos con cera y no quiero que se le pase ese olor.

Caminé por el pasillo derechito a la cocina y las dejé sobre el mesón. Al volver me di cuenta de que la señora Rose tenía una pared llena de fotografías. Me detuve a mirarlas. Cuando un frío intenso me recorrió desde la cabeza bajando por mi espalda, hasta llegar a mis pies. No podía creer lo que estaba viendo.

— Señora Rose. ¿Estos son sus familiares? — pregunté firmemente.

— Algunos — respondió ella, — ¿te ha llamado algo la atención? ¿O solo es curiosidad? — Yo estaba inmóvil, no sabía si moverme o no, es más, creo que hasta el habla no me salía.

— Me pareció reconocer a la señora de esa foto — dije, apuntando a una que estaba a mi derecha.

— Ah, esa. Ahí en esa fotografía está la que era la antigua dueña de la casa en que tú vives ahora — dijo ella con una amplia sonrisa en su rostro. Yo no podía creer lo que escuchaban mis oídos.

— ¿La antigua dueña?

— Sí, esa que ves ahí, vestida de negro, es Alicia. Siempre vestía luto por su esposo que había fallecido muchos años antes en un accidente de tránsito. Éramos muy buenas amigas, la extraño mucho. Nos volvimos muy buenas amigas después de que ella quedó sola. — Sentí en esos momentos que tenía un montón de preguntas, pero no quería parecer entrometida.

— ¿Alicia dice que ella se llamaba? ¿Y su esposo se murió antes que ella? — pregunté.

— Sí, ese era su nombre. Su esposo murió muchos años antes, eso fue una horrible tragedia de uno de los buses que viajaban a las afueras de la ciudad, por la panamericana. Los frenos del bus se cortaron y el bus se dio vuelta matándolo instantáneamente. Él conducía el bus. Fue muy duro para Alicia y por mucho tiempo se la pasaba sentada en las paradas de autobús, pensando que lo volvería a ver.

No hice más preguntas, no podía poner todo junto en mi cabeza. Salí de la casa de la señora Rose con un semblante pálido, parecía que me iba a enfermar del estómago. Entré a mi casa y mi mamá noto mi cara y preguntó qué me pasaba, le contesté que mi estómago estaba haciendo ruidos raros. Me tiré en la cama y mi mamá me trajo al rato un té de orégano. Yo sabía muy bien lo que me pasaba, pero no sabía si pensar que la persona a la que habíamos visto en la parada de autobuses, afuera de la casa vieja, era o no la señora Alicia. Mi corazón latía y me decía que sí, que había sido ella, ella quien de alguna forma nos evitó un horrible accidente, ella quien de alguna forma nos había traído a su casa, pero ¿cuál era la razón real?

Los días pasaron y no me atreví a decirle nada a mi mamá. Ella era una persona muy miedosa y creyente de las brujerías y maldiciones y cosas por el estilo, decirle lo que yo sabía, solo traería preocupación, después de todo, hacía rato que no se le veía tan contenta. En general, todo lo que había pasado en los últimos dos meses había sido para bien. No habíamos estado envueltos en el accidente aquel, habíamos encontrado una casa excepcional para arrendar, el costo de la renta era increíblemente bajo y todos estábamos felices en aquel lugar. El patio tenía frutales, los que comíamos felizmente, espacio en donde disfrutábamos amenamente, era un tiempo de regeneración para todos. Habíamos pasado por muchas cosas feas y dolorosas y ese nuevo tiempo fue un descanso para recargar energías.

Cuando llevábamos algo así como unos seis meses viviendo en la casa, mi hermana menor, entró en la cocina muy exaltada y prácticamente gritando.

— ¡Mamá, mamá! La viejita está sacando chirimoyas — dijo casi sin respirar.

— Qué pasa, cálmate — dijo mi mamá.

— Que la viejita está sacando las frutas.

— ¿La viejita? ¿Cuál viejita? — Mi hermana tomó a mi mamá de la mano y salió corriendo hacia el patio con mi mamá a la rastra.

— Espera, no me tires que me voy a caer — exclamaba mi mamá.

Era obvio que cuando salieron al patio no vieron nada, ni viejita ni nada. Mi mamá como que se quiso molestar un poco pero luego lo tomó para la risa y bromeaba con mi hermana. Ese día estaba mi tía en la casa, quien se burlaba aún más. A la hora de la cena, la conversación afloró otra vez. Esta vez mi mamá preguntó a qué viejita se refería y mi hermana, con mucha claridad, le dijo que a la viejita que habíamos visto en la otra casa. Mi mamá se quedó pensando por un minuto y ya no la vi sonreír, se puso más seria, entonces yo salté en medio de todo y le dije:

— Ay, mamá, ella me dijo lo mismo ayer para asustarme y después se echó a reír. Cómo le vas a creer, además nadie ha entrado a la casa, tendría que haber pasado por el medio y la hubiéramos visto, ¿no lo crees?

— Sí, es verdad — dijo ella. Luego se dirigió a mi hermana y le dijo que no inventara más cosas, que no era correcto.

Mi hermana trató de refunfuñar, pero me dio una mirada a mí y yo le guiñé el ojo. Rato más tarde le dije que yo sí le creía, pero que era mejor no decirle a mamá para que no se fuera a poner nerviosa. También le dije que no le tuviera miedo porque en realidad nada malo nos había hecho, sino todo lo contrario, desde que ella se cruzó en nuestro camino las cosas cambiaron para mejor.

Recuerdo que un domingo por la mañana, mucho tiempo después, volví a ver a la señora Alicia. Vestía las mismas prendas que cuando la vi en la casa vieja, toda de negro, pero esta vez ella me miró de frente y me sonrió. Eso fue todo y la vi perderse entre los arboles del patio. Ya no sentí miedo, sino un descanso, como si algo que me preocupara hubiera desaparecido. Terminé de colgar la ropa que tenía en el canasto y volví a la casa. Nunca más la volví a ver.

Desde ese tiempo en adelante, muchos otros sucesos como este ocurrieron en mi vida. Continuamente tenía estas coincidencias que eran extrañas, o eventos raros, que no sabría cómo explicar. Así comencé un camino con muchas preguntas, a las que difícilmente encontraba respuestas, al menos no en ese tiempo. Lo que sí me queda claro hoy, es que siempre tenía esa asistencia espiritual, como milagrosa, si se quiere llamar así. La que actuaba muy discretamente en pro de mi bienestar, así como aquella anciana un tanto tenebrosa en su momento, pero que solo quería preservarnos la vida y ofrecernos un tiempo de descanso en medio de la tempestad.

La Lámpara

LA LÁMPARA

Capítulo 1

*D*ebo haber tenido como unos once años cuando esto que les contaré a continuación, sucedió. A pesar de que aun sin saberlo, ya había experimentado este tipo de experiencias, esta es una de las que recuerdo con mayor claridad y de la que pude recolectar más detalles para así contar la historia.

Muchas personas piensan que las cosas extrañas o raras solo ocurren en los libros de fantasías, donde se da vida a las cosas inertes como los fantasmas y espíritus, o se habla de acciones hechas por ángeles, duendes o hadas, como si estas cosas no ocurrieran en la vida real. Bueno, puede que así sea para muchas personas, pero para mí, las cosas siempre fueron diferentes. Me ocurrían con frecuencia cosas *raras*, incontables, situaciones incomprensibles a la mente común, porque si uno se atrevía a contar estas cosas, no solo te miraban como espécimen raro, sino que además te podían catalogar de loca. Pero, en fin, solo yo sé que estas cosas eran verídicas porque me pasaron, las viví y hoy en día me basta con eso.

Esto ocurrió en la casa de mi abuela paterna y ahí, como se dice, estaba sentado que penaban, o más claro aún, que se manifestaban espíritus la mayor parte del tiempo y otras entidades que no sé exactamente qué eran. En esta ocasión específica, algo un poco diferente ocurrió. Era viernes por la tarde y yo había llegado a pasar el fin de semana con mis abuelos. Esto era usual para mí, desde muy pequeña pasé mucho tiempo con ellos, desde fines de semanas hasta semanas enteras. Incluso cuando mis padres se separaron, yo continué yendo a la casa de ellos como siempre lo había hecho. Me iba los fines de semanas y en vacaciones a la casa de mis abuelos, mientras que los días de semana, estaba con mi mamá. Algunas veces mi padre pasaba a ver a sus papás y yo tenía la suerte de verle.

Recuerdo que después de saludar a mis abuelos, fui a dejar mi bolso a mi habitación. La misma habitación de siempre, aunque no dormía allí porque era muy miedosa y prefería dormir con mi abuelita en la pieza grande, pero mi abuelita no me dejaba llevarme todas mis cosas a su habitación, así que todo el cachureo y desorden lo dejaba en la pieza que estaba denominada como *la pieza de las niñas*, que en realidad solo era la pieza extra. Esta pieza pasaba vacía la mayor parte del tiempo y se convertía en nuestro espacio personal cuando llegábamos a la casa, o también era usada cuando alguna visita estaba de paso.

Ese día a la hora de la cena, serían como las siete y media más o menos, mi abuela me pidió que le ayudara a poner la mesa y me fui a la cocina en busca de los cubiertos. Mientras ponía el servicio y las servilletas en la mesa, me di cuenta de que la luz de mi pieza se había encendido. No la del techo, sino la de la pequeña lamparita que estaba sobre la mesa de noche, en medio de las dos camas. Esto me llamó muchísimo la atención y por consiguiente se me erizaron los pelos de los brazos, porque yo en esos tiempos no necesitaba mucho para asustarme, era muy miedosa, pero miedosa con ganas, tanto así que me cubría la cara para no mirar cuando tenía miedo.

Bueno, el caso fue que, a los pocos segundos de ocurrir aquel incidente, mi abuela me gritó desde la cocina que fuera a apagar la luz, y agregó que había que cuidar la electricidad y todo el resto del rosario como de costumbre. Mi abuela era muy quejona, siempre estaba diciendo que no había dinero como para desperdiciarlo. Yo había sentido algo muy raro al ver la luz encendida, pero no me quedó de otra más que ir a la pieza a apagar la lámpara. Estaba segura de que no la había encendido yo y, de la misma manera, estaba segura de que la luz estaba apagada cuando salí de la pieza.

¿Pero a quién le iba a decir si no había nadie más a quien decírselo? No podía decirle a la abuela que tenía miedo porque de seguro ella comenzaría a rezar y así podría dar pie para otras cosas que mejor ni pensar. Entré lo más rápido que pude y apagué la luz presionando el interruptor y salí volada de ahí, sin perder tiempo, como quien dice, casi huyendo. Cuál fue mi sorpresa cuando, al estar todos cenando y mirando televisión, inesperadamente se encendió otra vez la luz de la habitación. Mi abuela, que esta vez estaba observado el hecho de primera mano, atinó a decirle a mi abuelo, quien estaba a su lado: "¡Mire!, la luz se encendió sola", con gran angustia en su voz, a lo que mi abuelo pronto le respondió:

—No se preocupe, que debe estar malo el interruptor de la lámpara, vaya y desconéctela de la corriente, que mañana la arreglaré.

Mi abuela se paró y caminó hasta la habitación y en dos tiempos jaló el enchufe del tomacorriente y asunto arreglado. Yo la miraba desde lejos, pero algo me decía que no todo había terminado ahí; solo era cosa de esperar.

Terminamos de cenar y levantamos los platos para llevarlos a la cocina. Enseguida mi abuela puso a hervir agua para tomarse el té que siempre se tomaba antes de dormir. Ella se puso a ordenar un poco las

cosas en la cocina mientras esperaba que el agua en la vieja tetera hirvie-
ra, yo por mi parte me mantuve mirando de reojo la habitación, pero
ahí todo parecía seguir igual. Una vez que el agua hirvió y mi abuela se
preparó el té, nos fuimos a sentar a la salita. Ella en el sillón grande y yo
en el más pequeño, ambas continuamos mirando televisión junto a mi
abuelo que ya estaba en su tercer sueño, dando un concierto de sonoros
ronquidos, lo que era habitual.

La abuela no perdió tiempo y comenzó rápidamente a cabecear.
Poco a poco el sueño la iba atrapando y así, yo me iba quedando solita
en aquella gran casona en donde todo parecía tener ojos que me seguían
donde quiera que me moviera. No recuerdo cuál era el nombre de la
película que estaban dando, pero sí recuerdo que era en blanco y negro,
sobre unos hombres limpiando chimeneas, porque estaban todos cubiertos de hollín. Para el caso da lo mismo, la película era más bien divertida
y no de miedo, por lo que no podría haber tenido alguna influencia en
lo que aconteció después.

Unos cuantos minutos más tarde, la perversa lámpara se encendió
nuevamente y no sé qué fue más fuerte, si el grito que solté o el jalón
que le di a mi abuela para mostrarle que la lámpara estaba encendida.
Mi pobre abuela, aún media dormida, se restregaba los ojos para ponerse los anteojos. Ella trataba de comprender lo que yo le decía y lo que
sus ojos veían, pero no podía. ¡La lámpara otra vez estaba encendida!
¿Pero cómo podía ser posible si no estaba conectada a la corriente?

Mi abuela comenzó de súbito a llamar el nombre de mi abuelo para
así despertarlo y lograr que él viera lo que había ocurrido, cosa que no
ocurrió. Para cuando mi abuelo despertó, ya la luz de la lámpara se había apagado. Hubo un largo silencio, luego todos nos paramos para irnos a la cama en la pieza de mis abuelos. Me puse pijamas y me acurru-
qué en las costillas de mi abuela y, aunque esa pieza era grande, no me

hacía sentir miedo como en la otra habitación. Ahí siempre estaba la luz encendida, o al menos desde que tengo uso de razón la luz la mantenían encendida, porque mi abuelo se levantaba varias veces durante la noche, de esta forma prevenían que tropezara con cosas y se fuera a lastimar. La lámpara que estaba en su mesa de noche quedaba encendida durante toda la noche.

Recuerdo que rezamos la oración de la noche y que le pregunté a mi abuela: "¿Mami, por qué ocurren estas cosas extrañas?", y ella respondió:

—Estas cosas extrañas ocurren porque los espíritus nos quieren decir algo, pero no saben cómo. —Yo solo la escuché en silencio y ya no dije nada, estaba muy asustada y preferí cubrirme lo más que pude, en caso de que algo pudiera ocurrir con la luz en la habitación donde estábamos.

Capítulo 2

Cuando me desperté a la mañana siguiente, ya estaba sola en la cama. Mi abuela se había levantado posiblemente desde muy temprano. Ella siempre me dejaba dormir hasta más tarde, era su forma de regalonearme, decía ella. Salí en pijamas a la sala y desde ahí vi que la puerta de la otra habitación estaba abierta. Mi abuela estaba en la pieza moviendo unas cajas y por consiguiente me fui a preguntarle para qué estaba moviendo cajas. Yo siempre quería saberlo todo, según decían mis familiares, yo era muy curiosa y siempre hacía muchas preguntas.

Noté que mi abuela había hecho un pequeño altar sobre la cómoda en donde yo guardaba mi ropa. En la cubierta donde ponía mis cosas de tocador, ahora estaba la Virgen de Lourdes. Una estatuilla no muy grande que siempre estaba en la pieza chica. Esta *pieza chica*, era en realidad bastante más chica que las otras dos habitaciones en la casa, por lo que, desde que recuerdo, había sido designada como pieza personal de la abuela. Ahí ella mantenía su ropa y un montón de otras cosas que vendía en su negocio. Mi abuela era católica en extremo y esa habitación contenía la mayor parte de sus cosas, incluyendo las estatuillas de la virgen junto a la de San José, rosarios y velas encendidas junto a una foto que no reconocía.

Cuando mi abuela me vio, no me preguntó qué estaba haciendo, solo que si quería hacer las oraciones de la mañana con ella. Asentí con mi cabeza y ella tomó el rosario y se sentó a la orilla de la cama y comenzó a rezar, yo junté mis manos para la plegaria y recé con ella. Luego de terminar con eso, me fui a tomar desayuno a la cocina donde la señora Marina me estaba haciendo señas de que ya la comida estaba en la mesa. El día se sentía calmado y tranquilo, definitivamente diferente al día anterior.

A eso del medio día ya casi se me había olvidado lo sucedido el día anterior y estaba más enfocada en disfrutar mi fin de semana haciendo las cosas que me gustaban, como era andar en bicicleta y jugar con mi amiga. Mi abuela me dio permiso de salir a la calle para andar en bicicleta y, con la ayuda de la señora Filomena, que era la que ayudaba en los quehaceres de la casa, sacamos la bicicleta a la vereda de enfrente. Al poco rato vi cómo mi abuela asomaba la cabeza para echarme un vistazo y volver a decirme que no me fuera muy lejos, pero yo siempre andaba solo en los alrededores. Le estaba haciendo la guardia a mi amiga, quien vivía un par de casas más abajo que la de mis abuelos.

Ese día más que nunca quería ver a mi amiga para decirle de aquel hecho, pero no la vi durante la mañana y tampoco en la tarde. Era raro no verle, ya que ambas esperábamos ansiosas los fines de semanas para poder salir a jugar y compartir, ¡era mi mejor amiga! Como era sábado, almorzamos un poco más tarde de lo común que los días de semanas. El abuelo no estaba en casa, así que éramos solo la abuela y yo en el comedor, la señora Filomena comía en la cocina junto a la señora Marina.

Como de costumbre mi abuela estaba regaloneándome con un rico plato de caracolitos con huevo revuelto y un jugoso bistec de res,

¡Mmm!, era mi plato favorito junto a las *pantrucas*, plato que me repetía hasta no poder comer más. Aunque la señora Marina era quien cocinaba la mayor parte del tiempo, la abuela era quien decidía qué se cocinaba, cómo y cuándo. La abuela no siempre había tenido ayuda en la casa. En los comienzos las cosas habían sido muy diferentes, pero después el abuelo hizo su negocio y todo cambió. Desde que yo recuerdo siempre había un chofer, una cocinera y alguien que ayudara con la limpieza de la casa.

Durante el almuerzo mi abuela no dijo palabra, ni levantó mucho la mirada. Solo de vez en cuando miraba de reojo a la habitación, la que por cierto aún tenía velas encendidas. Le pregunté a mi abuela si haríamos algo en la tarde y me dijo que sí, que iríamos a la misa de cinco y luego podíamos ir por helados al centro. Eso significaba que tendría oportunidad de comprar cosas, actividad que me encantaba ya que en ese tiempo estaba en el afán de coleccionar esquelas y sobres decorativos, nunca los ocupaba o los mandaba, solo los coleccionaba, era algo popular en esos tiempos.

La caminata hasta la iglesia era larga, o al menos eso me parecía a mí. Hoy cuando miro atrás, me doy cuenta de que no eran muchas cuadras, pero para el tiempo aquel y mi corta edad, creo que era una caminata exhaustiva. Pero mi abuela caminaba para todas partes, con eso de que sufría de diabetes, los doctores solo querían que perdiera peso y aunque ella hacía lo posible, el caminar no ayudaba mucho. De cualquier forma, esa tarde nos fuimos como a las 4:15 en dirección a la iglesia.

El padre Miguel estaba a la entrada saludando a todos los feligreses que iban llegando. A algunos les saludaba de mano y algunos otros solo el saludo con la mano en alto. Siempre que nos tocaba el turno a nosotros, a los más niños, él nos decía, como bromeando, "¿Os habéis confesado ya?" y esto significaba que nos tendríamos que ir directamente a las filas que hacían las personas para confesarse. Eso no me gustaba, nunca pude comprender por qué había que confesarse, si yo ni siquiera miraba feo a los pajaritos, mucho menos cometería algún pecado.

Ese día había mucha gente entrando a misa y para cuando nos tocó entrar, ya el Padre Miguel se había marchado, así que entramos directo a sentarnos. Mi abuela se agachó un poco y me dijo que podía hacer un acto de contrición y sería suficiente para que pudiese comulgar, además estaba aún reciente mi primera comunión, para algo debía contar toda esa larga preparación, ¿o no? La misa transcurrió milagrosamente rápido, ya que, de verdad, las misas se me hacían interminables. No sé si eran muy aburridas o demasiados rezos que rezar, pero ese día tal vez pensando en que iríamos a comer helados y también de compras, el tiempo se pasó volando.

Justo al final de la misa, cuando ya estaba casi terminando, el Padre Miguel se paró a dar su último sermón. Se posicionó en el podio central, justo al lado de un candelabro grande que sostenía una vela muy gruesa, casi a la altura del Padre Miguel. Lo que me llamó la atención fue que mientras el Padre hablaba, la mecha de la vela no dejaba de parpadear en forma intermitente lo que me llevó a pensar inmediatamente en lo acontecido la noche anterior. Un frío me recorrió de pies a cabeza y sin poder evitarlo, tomé la mano de mi abuela y la apreté muy fuerte, ella me miró como preguntando qué me pasaba.

Cuando ya estábamos saliendo le tironeé el vestido a mi abuela para preguntarle si no sería una buena idea contarle al Padre Miguel lo de la dichosa lámpara, a lo que ella de inmediato respondió "¡No!", haciendo el signo de silencio a continuación. Era obvio que yo estaba hablando más de la cuenta. Hoy entiendo un poco más las situaciones de antes y me puedo imaginar que, si otras personas hubieran sabido ese tipo de cosas, podría haberse creado muchos rumores, o tal vez más que eso, tal vez podría habernos hasta excomulgado de la iglesia, quién sabe. Dejamos la limosna a los pies de San José, nos persignamos y nos fuimos ya con dirección a la heladería. ¡Qué alegría!, me encantaba ese lugar.

Capítulo 3

El camino de vuelta a casa se hizo corto, la luz del día entregaba sus últimos rayos y la noche se dejaba caer. Llegamos y ya la señora Filomena y la señora Marina se habían marchado. La casa se sentía solitaria. El abuelo no llegaría hasta el día siguiente, ya que siempre tomaba dos días cuando iba al norte a recoger mercadería. Sus viajes de recolección eran siempre más largos, porque iba a zonas apartadas, alejadas de las carreteras, de este modo él lograba recolectar más materia prima. Su trabajo era distinto de muchas otras personas, pero era un trabajo digno. Él hizo su pequeño imperio con la recolección de piel de animal, ya fuesen de vaca, novillo, cabro u oveja. Él recogía de todo tipo y tamaño. El nombre común que se usaba para referirse a la piel de animal era *cuero*.

Los cueros o piel de cualquiera de estos animales eran recolectados por mi abuelo en las zonas norteñas más apartadas, hacia los interiores de la cordillera central. Luego eran llevados a la capital en donde curtiembres grandes los compraban para procesarlos y convertirlos en materia prima para zapatos. En esos tiempos, mi abuelo era uno de los pocos que hacía ese oficio, no era fácil seleccionar los cueros de acuerdo con lo que las curtiembres requerían, pero él era bueno en eso y, además, muchos de sus proveedores decían que él era justo y pagaba bien.

La abuela entró a la casa encendiendo las luces del pasillo y luego las de la cocina. Ahí se quedó por un rato moviendo cosas y arreglando quién sabe qué. Yo por mi parte corrí sin pensar a encender la T.V., ya eran casi las ocho y los sábados daban una serie de televisión que me gustaba, la cual estaba a punto de comenzar. Enseguida vino la abuela a preguntar si quería comer algo, pero yo estaba hasta el cuello con el helado y las golosinas que me había comido. ¡Hay que ver que en ese tiempo yo sí que comía golosinas!

Antes de que la abuela fuera a sentarse a mi lado, caminó hacia la habitación y encendió una vela más, luego se persignó y finalmente entró a la sala. Se sentó en su sillón como era costumbre, uno de esos *bergère* de espalda alta y cubierto de felpa, típicos de la época, y en muy poco tiempo la abuela ya comenzaba a cabecear de un lado para el otro, tratando de combatir el sueño. Mientras, yo continué mirando la televisión hasta que no pude más y desvié la mirada. La luz que emanaba de la vela comenzó a parpadear con más frecuencia, casi como quien dice, llamando mi atención.

No sentí miedo como tal, más bien, lo sentí como un hecho que me producía curiosidad. La vela parpadeaba igual como había parpadeado con anterioridad en la iglesia. Parecía como código Morse o algo parecido. Tenía una sincronización especial, algo que me hacía seguir contemplando, como si estuviera hipnotizada. La llama de la vela se alargaba cada vez más y más, y luego se achicaba casi hasta parecer que se pagaba por completo.

No sé cuánto tiempo realmente pasó, pero es posible que solo unos minutos, hasta que la vela se apagó de verdad. Así sin más preámbulo, la llama se esfumó y fue ahí cuando, al segundo de aquello, lancé uno de mis gritos más intensos creo yo, al ver que la lámpara de la pieza se encendía nuevamente. Inclusive hoy, siendo ya adulta y con mucha más experiencia, vuelvo a recordarlo y siento la misma corriente eléctrica que me recorrió el cuerpo aquella vez. Claro está que ya no es por miedo, pero creo que es el efecto de saber que presencié este tipo de cosas y que sí fueron hechos reales.

Poco es decir lo que mi abuela me dijo cuándo recobró la lucidez y se dio cuenta de que la lámpara en cuestión estaba nuevamente encendida. El padrenuestro y el ave maría no fueron suficientes para tranquilizarla. La vi ponerse de rodillas y clamar a Dios por ayuda, eso creo que me dio incluso más miedo. Ella lloraba y yo ahí parada junto a ella sin saber qué hacer. Recuerdo que luego de eso, la luz se apagó otra vez, como había pasado la vez anterior. Apagamos todo y nos fuimos a la habitación de mi abuela con prontitud. Allí la abuela comenzó a rezar su rosario y yo en algún momento me quedé dormida y no supe más hasta el día siguiente.

El domingo por la mañana cuando desperté me di cuenta de que mi abuela ya se había levantado, pero, aun así, la casa estaba en completo silencio. Mi abuela ya estaba lista, solo esperaba a que yo terminara de vestirme y así poder salir. Como era usual, algunos domingos en el mes nos íbamos a una ciudad cercana, como a unos cuarenta y cinco minutos de donde estábamos. Cambiábamos la misa local por la misa en aquella catedral que veneraba a la Virgen de Lourdes. Mi abuela seguía a muchas vírgenes, tanto esta como la del Carmen, o simplemente la Virgen María, por lo que casi cada mes había una celebración a la que podíamos asistir, incluso hasta pasábamos Navidad en la iglesia, celebrando a la Virgen de Andacollo.

El viaje en bus siempre era ameno. Me gustaba mucho viajar, creo que eso es algo que siempre me ha gustado, incluso hoy, ya de adulta, disfruto mucho viajar, aunque solo sea por el día. Me encanta ir a otros lugares y disfrutar de otros paisajes. A la bajada del bus, había un pequeño restaurante en el que siempre tomábamos desayuno. Este lugar era pequeño, pero tenía una hermosa vista al océano, cosa que nos gustaba a las dos. Mi desayuno preferido en ese lugar era un sándwich de carne con queso caliente, mmm, delicioso y claro, no podía faltar una Fanta, mi bebida preferida.

Ese día no fue diferente a los demás, después del desayuno, continuamos caminata arriba por aquella cuesta y llegamos a la iglesia justo para la misa. Esta misa era menos aburrida que las demás, ya que esta estaba a la intemperie con mucho aire fresco y había mucho más a donde desviar la vista. Después de la misa fuimos a la gruta, pusimos unas cuantas velas y luego mi abuela pagó sus mandas. También hicimos el paso por la tienda de la iglesia, nunca estaba de más un nuevo rosario o alguna de las estampitas que la abuela me compraba. Casi al medio día quedábamos desocupadas y nos devolvíamos por la misma avenida terminando en la caleta donde nos quedábamos un par de horas. La playa era uno de mis lugares favoritos.

Nosotros ya estábamos en casa para las cuatro de la tarde y el abuelo llegó como a eso de las seis de la tarde, cargado de cosas para la casa y regalos. Yo estaba feliz abriendo paquetes, mientras el chofer y otro empleado terminaban de meter otras cosas que habían traído del norte. Mis abuelos se fueron a la habitación y desde donde yo estaba los veía conversar. Mi abuela se veía muy afligida y mi abuelo terminó por abrazarla, luego volvieron a la sala y todos nos dispusimos a cenar un rico salmón que el abuelo había traído fresquito de uno de los pueblos por donde había pasado esa mañana.

Ese día nos fuimos a dormir temprano y miramos televisión en el dormitorio, así que no tuvimos oportunidad de ver si la dichosa lámpara se encendía o no. En las semanas siguientes un grupo de mujeres de la iglesia fueron a rezar, para lo que habían desocupado la habitación. Todo había sido removido y solo había sillas para que las personas que iban a rezar se sentaran. Las mujeres rezaron el rosario a diario por varios días. Mientras ellas rezaban, unas velas se quemaban lentamente en el altar que la abuela había improvisado. Las señoras se veían aterradoras para mi gusto, todas vestían de negro y llevaban un velo en sus cabezas. Eran otros tiempos y gracias a Dios, hoy por hoy las cosas han cambiado (algo).

Ya no había nada en la habitación, todo había sido removido, hasta las cortinas. La ampolleta que estaba en el techo también había sido removida, de este modo no había nada que estuviera conectado a la electricidad. Por suerte los días eran un poco más largo en primavera y con las velas encendidas se podía ver dentro sin ningún problema. Esto, si mal no recuerdo, se hizo por un buen tiempo y después como que todo quedó en el pasado, hasta tiempo más tarde, cuando mi hermana y yo estábamos de vacaciones de verano en la casa.

Capítulo 4

ara ese entonces la habitación había sido pintada y le habían puesto muebles nuevos. También habían abierto y remplazado la ventana anterior por una más grande. En otras palabras, habían remodelado la habitación por completo, y claro, no pusieron lámpara sobre la mesa de noche, solo la luz que se colocaba en el techo de la habitación yo creo, y con justa razón, pues quién querría volver a pasar por esas inexplicables muestras de presencia paranormal, al menos no la abuela y tomando en consideración todo lo que pasó, el abuelo tampoco.

Nada raro pasó los primeros días, pero cuando llevábamos casi una semana en casa, la *tía postiza*, como le llamábamos a una amiga de la abuela, llegó a quedarse con nosotros. Fue ahí fue cuando la actividad paranormal comenzó otra vez. La primera noche, la tía despertó y encontró que la luz estaba encendida, yo la verdad ni cuenta me di, ya que dormía como piedra. Como la tía se quedaba en la habitación nuestra, que además era para visitas, la abuela nos dejaba dormir allí. La tía nos contaba historias y eso nos agradaba a las dos. Esa noche, la tía ya se había despertado dos veces con la sorpresa de que la luz estaba encendida, así que tomó la determinación de subirse a la cama y soltar la ampolleta.

No recuerdo exactamente cuántos días habían pasado después de esa acción, cuando en mitad de la noche despertamos mi hermana y yo, debido a un gran alboroto. Todos estaban en pie, me refiero a la tía y mis abuelos, también el chofer, quien vivía en la pieza de afuera. Parecía ser que tenían una reunión o algo así, todos lucían preocupados, pero nadie decía nada. Fue al día siguiente que la tía, discretamente, me contó que ella había despertado porque las luces de la sala y la cocina estaban encendidas y que cuando se levantó para ir a apagarlas, se volvieron a apagar y encender por sí solas varias veces, lo que causó que mis abuelos despertaran también. Con eso, se hacía muy fácil entender tamaña conmoción.

Esa semana que estaba por comenzar, era la semana que estaba planificada para irnos a la casa de la tía. Era un miércoles, pero algo pasó que hizo que todos los planes cambiaran. Nosotros no sabíamos muy bien qué era lo que estaba aconteciendo, pero todos se secreteaban y hacían cosas raras. Se podía sentir el ambiente tenso porque la abuela tenía una cara muy rara y la tía también lucia preocupada. Por su parte, el abuelo pasó muchos días afuera de la casa y recuerdo que en uno de esos días, el Padre Miguel pasó por la casa e hizo una oración en la sala de estar. Todos nos juntamos en la sala y cuando él terminó, se despidió y se fue. Nosotros no nos fuimos esa semana como estaba previsto.

Yo volví a dormir en la pieza de mi abuela, ya que ni tonta me quedaba en la otra habitación, pero mi hermana era menos miedosa y más pequeña, no comprendía muy bien esto de las presencias y cosas sobrenaturales, por lo que decidió quedarse a dormir con la tía. Creo que era jueves cuando vimos que el abuelo llegó más temprano de lo acostumbrado. Se volvieron a reunir como en secreto o al menos trataban de no comentar cosas enfrente de nosotras, pero la tía era súper buena onda y me contó parte de lo que estaba pasando. Resulta que por cosas de la vida, el abuelo no veía a su papá desde hacía muchos años, tantos que no se podrían contar. Su papá no había sido el mejor padre del mundo, por lo que el abuelo no sentía su ausencia.

El abuelo no tenía mamá, pues la bisabuela había fallecido años atrás. Pero tenía hermanos, con los que no tenía muy buena relación, más bien el abuelo se había hecho solo, todo lo que tenía lo consiguió trabajando desde muy niño y aunque no tuvo mucha educación, era muy inteligente. Además, tenía otras cualidades, algunas malas y otras buenas. De las malas no hablaré, pero de las buenas, bueno esas son cosas que sí recuerdo muy bien. Era un hombre que ayudaba a quien lo necesitara, siempre estaba dando a los demás, pero odiaba a los flojos. Decía que, si uno se levantaba temprano, encontraría trabajo, así que no había pretexto para estar de flojos. El abuelo también era bueno con los animales y amaba los pájaros.

El abuelo había recibido una llamada por teléfono de alguien que decía conocer a su padre. Esta llamada había traído mucho conflicto para él, porque no sabía qué hacer. Por una parte, le causó mucho dolor lo que le habían dicho y por otra parte él sentía que no debía meterse en ese drama. Pero su corazón fue más fuerte y con las palabras de la abuela, el abuelo se fue a ver esta persona que tenía información sobre su padre. Por lo que supimos después, su papá estaba muy mal de salud, llevaba meses casi agonizando, sumido en la pobreza más grande, además la mujer con la que él vivía, lo había abandonado a su suerte.

Lo curioso es que por la referencia de tiempo que esta persona le había dado, era casi el mismo tiempo en que las cosas habían comenzado a suceder en la casa. Ese señor había sido muy mal padre y esposo, y yo pienso que lo mejor habría sido que el abuelo lo dejara ahí pagando sus pecados, pero no fue así.

Para ese fin de semana, finalmente nos fuimos a la casa de la tía por casi tres semanas, pero cuando volvimos muchas cosas habían cambiado. Nuestra habitación era ahora la habitación del papá de mi abuelo. Lo fuimos a saludar, pero él estaba muy arrugadito y casi ni hablaba. Solo nos dijeron que estaba malito, era lo usual de ese tiempo, creo. Mi abuelo nos dejó su cama y él se fue a dormir por esos días al lado de su padre. Él lo cuidaba de noche y durante el día, una enfermera que se preocupaba por el señor, no lo dejaba ni a sol ni a sombra.

Capítulo 5

Lo de las luces se volvió habitual, se prendían y apagaban como si nada. Ya nadie le dio más importancia, ni siquiera yo, que iba muy seguido a la casa. Un día escuché decir a la abuela que eran espíritus esperando por él. El señor agonizó por muchos días o quizá semanas. Le habían llevado un cura para que se confesara y lo absolviera de sus pecados y así pudiera irse al cielo. Se hicieron novenas en su nombre, pero nada cambiaba en la casa, las luces se encendían muy a menudo y ya no solo de noche sino a toda hora, por lo que ya no me daba miedo. Lo que sí me daba miedo era ese hombre, sentía algo muy raro, como escalofríos de solo pensar en entrar a la habitación. Durante ese tiempo, la abuela nos arregló la sala pequeña con un televisor para que estuviéramos en el otro lado de la casa, como quien dice, más lejos del enfermo.

No sé cuánto tiempo había pasado, pero un día mis padres, que aún estaban juntos, recibieron una llamada de que el bisabuelo había fallecido, así que nos fuimos a la casa de los abuelos. La costumbre de esos años era que a los difuntos se les velaba en las casas, pero el abuelo no quiso, se negó rotundamente y todo se hizo en una funeraria, pero ellos estuvieron allá prácticamente todo el tiempo, lo que el abuelo no quería era que el difunto estuviera en la casa. Vimos a muchas personas que nunca antes habíamos visto y muchas eran familiares del abuelo, por ende, de nosotros, lo cual era raro ya que no los habíamos visto antes, ni mi papá ni mi tía, es decir su hermana.

Cuando volvimos del cementerio el día del entierro recuerdo que las luces de la casa estaban todas encendidas, pero todas, sin excepción. El abuelo rompió en llanto y a voz alta le hablaba al aire. Yo no sabía por qué o quién le hablaba, pero la abuela se apresuró a llevarnos a su pieza, mientras mi tía y mi papá buscaban cómo calmar al abuelo. Mi mamá por su parte se puso a cocinar y la abuela se fue por la casa apagando luces. Ese mismo día después de la cena nos devolvimos a nuestra casa y los abuelos se quedaron con mi tía y otros familiares que estaban de pasada.

Después de todo aquello, no puedo recordar cuánto tiempo pasó antes de volver a la casa de los abuelos y cuando lo hicimos, solo fue de visita por el día. En esa oportunidad vimos que nuevamente la pieza estaba vacía, todo había sido removido y aún no se hacía nada con la pieza. Ya para ese tiempo las cosas entre mis padres estaban igual de feas que como se veían ahí en la casa de mis abuelos. Años más tarde, un día conversando con mi mamá de cosas, salió a relucir el tiempo del fallecimiento del papá de mi abuelo.

En ese momento fue cuando me enteré que de que el abuelo veía a su mamá, a la bisabuela, sí, ella se le aparecía a mi abuelo y que había sido ella quien lo había empujado a cuidar de su padre en sus últimos momentos. Yo estaba más grande y en vez de dudar lo que mi madre me contaba, ocurrió lo contrario, fue como si todo cayera en su sitio. Tenía que haber sido alguien de mucha influencia para mi abuelo para que lo hiciera cambiar de opinión. Después de todo, parecía ser que la bisabuela había perdonado al bisabuelo al final.

No paró ahí la ocurrencia de extraños eventos, más bien, esta es una de las primeras veces de la cual tengo completa memoria de los acontecimientos. Con el tiempo comencé a poner mucha más atención en todo lo que ocurría a mí alrededor, eventos que parecían ser coincidencia, ruidos extraños, cuando algo se perdía, etc. Era como algo más fuerte que yo. Sí, es verdad que era un tanto más miedosa de lo que soy ahora, pero creo que era natural. ¿Cómo tratar de comprender algo que no puedes explicar? Y aun así, ¿cómo no tomarlo en serio? Estas cosas realmente ocurrieron, las viví en carne propia.

El caso de las luces y otros eventos continuaron ocurriendo en la casa de mis abuelos. Además, comencé a vivirlos poco a poco a donde quiera que fuera. Había algo nuevo dentro de mí que definitivamente se mostraba muy fuerte y eso era mi propia intuición, o como algunas otras personas dirían, ese sentimiento extraño que percibes a veces, como cuando sientes que te están mirando por detrás, pero curiosamente no hay nadie. Pero a pesar de vivir muchas cosas y tener este tipo de experiencias, nada se volvió común, cada vez me asaltaban más dudas y me daba más curiosidad. Quería saber el porqué de estas cosas y por muchísimos años fue así, sin saber aún que todo eso era parte del proceso de creer y comprender tu propia vida.

Mis padres se divorciaron y yo poco a poco dejé de ir con tanta frecuencia a la casa de mis abuelos, cosa que lamento muchísimo. Estaba más grande y me tocó buscar la forma de ayudar y aportar al ingreso económico en la casa, ya que después de aquel mal divorcio el dinero escaseó. Además, fui como una segunda mamá para mis hermanos. Por esos días todo se fue poniendo muy gris, no puedo decir que los recuerdo como una de las mejores etapas en mi vida. Lo único que siempre conservé fue y es, cada vez que tenía la oportunidad de vivir esas increíbles experiencias, lo malo era que no se lo podía contar a nadie; ha tenido que pasar mucho tiempo para decidir contar estas cosas.

Otro de los eventos que siempre había estado colgando entre mis recuerdos, no con claridad, pero que no dejaba de aflorar de vez en cuando, vino después de muchos años, a tener sentido. Ya de adulta volvieron algunas memorias que ayudaron a poner estos fragmentos juntos de forma que tuvieran lógica. Esto es algo que me ocurrió muchísimas veces cuando pequeñita. Confundida por no poder interpretarlo correctamente, pensaba que aquello era solo un sueño. Muchos años más tarde, a través de unas conversaciones con mi padre, tuve la oportunidad de descubrir una increíble conexión, la que sirvió para terminar de entenderlo, pero lo dejo para otra oportunidad. *El Perro que ladraba a la medianoche.*

La Puerta del Ático

Capítulo 1

S i nos detuviéramos a pensar y a reflexionar al menos una vez al día, podrías ver y comprender muchas cosas que usualmente no sabemos que existen. La vida es mucho más de lo que te imaginas y para comprenderlo, tienes que mirar con los ojos del alma.

— Alicia, mi amor. ¿Dónde estás? — preguntaba Tom sin escuchar respuesta. — ¿Estás en casa? Alicia ven, tengo noticias increíbles. — Continuaba casi gritando, para que su esposa le escuchara, pero era tanta la alegría de Tom que ni cuenta se había dado de que Alicia yacía dormida en la hamaca que colgaba entre dos árboles muy grandes en el patio de atrás.

— Pero Alicia, ¿dónde te has metido? — Tom exaltado por la noticia que había recibido, aún no era capaz ni de respirar normal, pero al correr los minutos y no recibir respuesta de Alicia, decidió marcarle. Tal vez tendría más suerte con el teléfono.

El teléfono sonó y a los pocos segundos una voz desde el otro lado le contestó:

— Aló — dijo Alicia con voz calmada.

— Pero Alicia, ¿dónde estás? Llegué a casa y te he llamado a gritos y me he dado cuentas de que no estás — dijo Tom aceleradamente.

— ¿Has llegado a casa? Pero si yo estoy en casa, me senté a descansar un rato en la hamaca y me he dormido. — Tom escuchando lo que Alicia decía, volteó lentamente a mirar por el ventanal al patio de atrás y de inmediato vio a su esposa que estaba en la hamaca, tratando de bajarse.

— Oh, no te vi, solo llegué a casa y te grité muchas veces, pensé que estabas arriba. Voy para allá, no te muevas.

— Está bien, pero ¿qué es lo que pasa que estás como loco?

— Alicia mi vida, me la han dado, ¡la beca es mía!

En lo que Tom terminaba de salir al patio de atrás, ya Alicia se había bajado de la hamaca y corría a abrazar a su esposo.

Tom era un científico joven que había trabajado para la universidad en el departamento de estudios médicos por varios años, y había postulado varias veces para una de esas becas de posgrado y no había corrido con suerte, hasta ese día. Para él era muy importante, tenía grandes pretensiones sobre un estudio que llevaba planeando por años y pensaba que, si tan solo tuviera el tiempo para dedicarle, podría realmente probar su teoría.

Alicia a su vez se había titulado de profesora, le encantaban los niños, por lo que había decidido dedicarse a los más pequeñitos. Era la profesora de kínder en la escuela del pueblo. Todos la querían porque era muy especial, nunca le faltaba una sonrisa en ese rostro angelical que ella tenía. Desde antes de que se casara con Tom, ya había decidido que tendrían hijos de inmediato y ella no tenía miedo a hacerlo, es más, quería tener muchos hijos, todos los que ellos pudieran tener. Pero su futuro no decía lo mismo.

Llevaban cinco años casados y no había podido quedar en estado. Habían tratado casi de todo y nada había dado resultados, por lo que Alicia había comenzado a deprimirse lentamente. Nadie lo había observado porque ella sabía disimular muy bien, nunca se mostraba triste para los demás, pero cada vez que estaba sola, le bajaba un cansancio y lo único que quería era dormir.

Alicia sabía de las intenciones de Tom y siempre lo había apoyado, pero había pasado tanto tiempo que ya casi ni se acordaba de eso de la beca, lo que ahora sería un poco más complicado que lo que lo hubiera sido cinco o cuatro años atrás.

— Alicia, mi vida, nos han dado la beca, ¿lo entiendes? Esto es increíble, aún no lo puedo creer — decía Tom a su esposa mientras la abrazaba y la levantaba por los aires, mostrando su felicidad por lo que había ocurrido.

— Sí, es verdad, es increíble. Y ¿cómo sucedió? No recuerdo que hayas aplicado nuevamente, ¿o si lo hiciste? — preguntó Alicia.

— Pues no, pero tomaron la aplicación de la vez anterior, ya que lo habían dejado como pendiente y al revisar mi expediente para lo del ascenso se dieron cuenta de que nunca me habían dicho que sí o que no. Y así pasó que se reunieron y me han llamado para informarme de que al fin lo han aprobado. — Tom no dejaba de sonreír y exclamar por lo contento que estaba.

— Me alegro mucho mi amor, sé que esto es lo que has querido desde siempre. Será magnifico, ya lo verás — dijo Alicia con tono dulce.

— En realidad estoy feliz, no sabes cuánto. Esto ha venido en el mejor momento, sé que es lo mejor.

Los dos caminaron en dirección a la casa, tomados de la mano y llenos de felicidad. La vida estaba sonriéndoles, lo que era importante después de tantas penas. Alicia y Tom no habían podido embarazarse y a pesar de muchos tratamientos médicos, los resultados eran siempre los mismos, no podían concebir. Sin dejar de lado que la parte económica también les había afectado, ya que habían gastado todo lo que tenían en tratamientos de fertilidad, dejándolos a los dos como quien dice, sin respaldo. Sin embargo, las cosas antes de ponerse mejor, tendrían que empeorar.

Las semanas siguientes fueron de muchos trámites y documentos que Tom tendría que presentar y otras tantas legalidades antes de proceder, pero estaban los dos muy contentos, incluso Alicia había recuperado un poco su buen humor y ya algunas personas cercanas a ella lo habían notado.

— Hola Alicia. ¿Cómo estás? Escuché la noticia, me parece genial — dijo Debbie cuando se vieron en la escuela. Ella era su amiga y confidente desde que había llegado a ese pueblo.

— Hola, pues ya ves, se la han dado, finalmente. Esto es muy bueno para la carrera de Tom, lo necesitaba — dijo Alicia.

— ¿Y tú?, ¿tú cómo lo sientes? ¿Crees que es algo bueno también? — dijo Debbie.

— Por supuesto que sí, esto es lo que siempre habíamos querido. Tom le ha dedicado mucho tiempo a ese proyecto, era justo que alguien lo notara. ¿No lo crees?

— Claro que sí, si lo pregunto es por ti, porque él tendrá algo en que volcarse y pasará más tiempo en eso, y tú… bueno, no sé qué pasará contigo y me preocupa.

— Todo está bien, no te preocupes, que aún puedo solucionar mis cosas. — Alicia sonrió.

— Entonces todo está bien. Deberíamos celebrar este fin de semana, le diré a Peter si tiene tiempo y saldremos a comer el sábado ¿te parece?

— Suena entretenido, le comentaré a Tom y te dejo saber.

El tiempo del recreo de los niños había terminado y era hora de volver a la sala. Alicia disfrutaba al máximo sus momentos con los niños, era su consuelo a la triste verdad de no poder tener sus propios hijos y, aunque ya había llorado lo suficiente, siempre tenía esa pena y rabia a la vez por no comprender qué diablos estaba mal, por qué no podía tener hijos. Era una de esas cosas muy difíciles de comprender.

Alicia también había tenido sus planes, pero estos fueron perdiendo fuerza a medida que los años y los intentos fallidos por embarazarse, iban sumando peso en su vida.

Ella había pensado antes de casarse que tal vez, una vez que ellos estuvieran establecidos y ya que hubieran ahorrado un poco de dinero, podría abrir una escuela de arte infantil. El dibujo y la pintura habían sido siempre parte integral de su vida. Esto era innato en ella, le encantaba dibujar y pintar animales y paisajes, pero ya las intenciones de abrir aquella escuela de arte habían desaparecido de sus pensamientos. No veía la necesidad, ya que no tenía hijos a quienes dedicarles más tiempo, que fue el punto en donde nació la idea, un trabajo que le permitiera estar con sus propios hijos.

Tom por su parte, pensaba que esto era lo mejor que podría haberles pasado. Aunque él no decía mucho, sabía y comprendía el dolor de su esposa, porque también era el suyo. También quería hijos y más que nada quería ver de vuelta aquel semblante en la cara de su esposa, esa de la que se había enamorado un día, con un resplandor lleno de vida y que ahora se apagaba lentamente. Pero esta noticia traía nuevos bríos y él sabía que la relación necesitaba algo para cambiar de ambiente e infundir nuevas ideas.

Todo parecía estar bien, el proceso de beca estaba ya encaminado y los ánimos de Tom y Alicia estaban mucho mejor, que hasta habían dejado de lado todo lo que se refería a hijos, al menos por esas semanas, ya que habían estado muy ocupados con la tramitación. Pero esto les caía bien, necesitaban un descanso, estar lejos de la presión constante de estar preguntando. ¿Por qué?

Pero nada ocurre porque sí, siempre hay algo que es el propósito real de cada acontecimiento en la vida y, Tom y Alicia, lo comprenderían muy pronto.

El tiempo pasó muy rápido y para eso a finales de agosto, casi dos meses más tarde desde que recibieron la noticia, Tom recibió la cita para ver al comité que le daría oficialmente la designación y todo lo demás relacionado a la beca para su proyecto.

Capítulo 2

prender a ver más allá de tus ojos no es una fácil tarea, es como querer infundir sentimientos en algo incapaz de tenerlos, pero cuando te abocas a aprender a sentir primero, es muy probable que el resultado sea poder ver todo eso que antes no veías.

— Tom ¿estás listo? El café está servido, no quiero que te atrases, ya sabes cómo está el tráfico por estos días. Todo mundo está loco con la vuelta a clases ya al doblar la esquina. — dijo Alicia, quien se había levantado muy temprano ese día.

— Ya, ya voy, solo me hago el nudo de la corbata y ya está — contestó Tom desde arriba. Estaba más nervioso que nunca, a pesar de que nada podía salir mal. Ya había llenado todos los documentos y aquello era solo una formalidad, pero, de todas formas, él estaba nervioso.

— Está bien, pero te estás tardando demasiado, no tendrás tiempo de desayunar si no bajas de una vez. — Le gritó Alicia mientras sorbía su taza de café.

— Ya, no me reprendas más, aquí estoy y aún tengo tiempo de sobra. Mmm… esto se ve delicioso — dijo Tom mientras se sentaba a tomar su desayuno junto a Alicia.

— Entonces quedamos en eso, me irás a ver a eso del mediodía y almorzaremos juntos ¿correcto? — dijo Tom, mientras se despedía de su esposa dándole un beso en la frente.

— Sí, ahí estaré, pasaré la mañana con Debbie. Iremos de compra por nuevos suministros para la clase, ya casi ni tiempo me queda y la lista es larga. — Le contestó Alicia.

Tom se alejó en su auto y Alicia continuó con sus cosas. Todo parecía estar bien, aunque todo estaba a punto de cambiar y ellos no tenían ni la menor idea.

Mientras Alicia terminaba de arreglarse escuchó un ruido en la ventana que la obligó a mirar, pero no vio nada. Poco rato había pasado cuando escuchó el mismo ruido, miró otra vez, pero de nuevo, no había nada.

Cerró la puerta del dormitorio y bajó a la planta inferior. Hizo un par de cosas en la cocina y cuando ponía los platos en el lavavajillas el bendito ruido ocurrió nuevamente. Esta vez no tuvo que mirar a ninguna parte ni buscar el origen de aquel ruido, ya que lo estaba viendo enfrente de sí misma. A través de la ventana había un pájaro azul, hermoso, que picoteaba el vidrio. Parecía estar en buena forma, no se veía herido o nada por el estilo, solo que picoteaba una y otra vez. Alicia lo miró con un poco de confusión, ella no había visto un pájaro así en su jardín nunca, aunque el patio y el antejardín estaban preciosos y llenos de flores y arbustos, y hasta había mucha comida para aves. No, ella no había visto un pájaro así antes.

Alicia conocía muy bien qué tipo de ave era, a pesar de no ser muy popular en el área. Era por supuesto muy probable que viviera por ahí cerca, o que estuviera de paso. El arrendajo azul se veía un poco más grande que otros pájaros y su color era vibrante, estaba claro que había cautivado su atención. Solo fue un par de segundos, tal vez, los que ella miró con detención a esta criatura y luego el pájaro voló. Alicia tomó su bolsa y fue a reunirse con Debbie, para hacer las compras de útiles y otras cosas que necesitarían para el nuevo año escolar.

Mientras conducía, Alicia se preguntó si el ruido que habría escuchado en su dormitorio habría sido causado por el mismo pájaro. Se le hacía raro, pero claro que no había una razón específica, sino que simplemente encontraba raro que un pájaro tocara el vidrio dos veces arriba y continuara abajo, en la cocina, era como si quisiera que Alicia le viera, que notara su presencia. Pero, en fin, Alicia no pensó más de lo que era, un hecho curioso, solo eso.

Mientras hacía las compras junto a Debbie, Alicia no pudo contener la necesidad de contarle a su amiga sobre aquel curioso hecho, pero lo que Alicia no esperaba era la reacción de Debbie.

— Sabes, algo curioso ocurrió esta mañana en casa, justo antes de salir.

— ¿Curioso? ¿Qué es lo que ocurrió? — preguntó Debbie.

— Estaba en mi pieza, arreglándome antes de bajar y escuché un ruido extraño. Era como un golpeteo, no muy fuerte, pero lo suficientemente fuerte como para llamar mi atención.

— ¿Estaban golpeando a la puerta?

— No, en realidad fue en el vidrio. Pude comprenderlo cuando bajé, porque lo volví a escuchar y claro, ahí lo pude ver.

— ¿Qué era?

— Era un pájaro azul que picoteaba el vidrio de la ventana de la cocina — dijo Alicia con un tono un tanto divertido.

— ¿Estás bromeando?

— No, de verdad era uno de esos arrendajos azules.

— No me refería a eso, sino a que un pájaro te golpeo la ventana — dijo Debbie.

— ¿Y qué hay de raro en eso? Me pareció curioso. El pajarito estaba muy lindo, por cierto.

— Bueno, ¿qué no sabes? Cuando un pájaro te golpea la ventana, es porque está trayendo una noticia importante.

— ¿Qué dices? Ahora tú estás bromeando. Sabes que yo no creo en esas cosas.

— Si lo sé, pero te digo, los pájaros no andan picoteando los vidrios, solo ocurre cuando te traen un mensaje.

— ¿Mensaje?

— Sí, ya lo verás. Alguien querido por ti quiere que sepas que recibirás un mensaje y debes estar preparada.

— Ay Debbie por Dios, no digas más. Hoy me haces reír más de la cuenta. ¿Quién podría mandarme un mensaje? ¿Y con qué motivo?

Las dos amigas continuaron sus compras y a ratos Debbie le volvía a insistir en eso del mensaje, era como si ella lo hubiera tomado como motivo para bromear con Alicia aquella mañana. La verdad era que Debbie era muy, pero muy supersticiosa. Creía en todas las cosas que por ahí se contaban. En cambio, Alicia, ella era muy religiosa y solo creía en su doctrina y Dios. Pero entre lo que Debbie creía y lo que Alicia quería creer, había una línea muy delgada, la cual podría cruzarse fácilmente en el momento que Alicia le diera un poco más de atención a hechos "curiosos", como ella los llamaba.

Al momento de despedirse, Debbie le dijo a Alicia:

— Bueno, disfruta el almuerzo con Tom y no lo tomes en broma, me cuentas si algo ocurre, pues estoy segura de que lo del pájaro azul, ha sido un mensaje.

— Está bien, lo tendré en cuenta. Te dejo, estoy un poco tarde.

Alicia se marchó del centro comercial, tenía apuro por llegar al estacionamiento y así poder dejar todas las bolsas con las compras que había hecho. Luego caminaría un par de millas para llegar al restaurante donde almorzaría con Tom.

Una vez en el estacionamiento, dejó todas las bolsas en el auto y se sacó la chaqueta que llevaba encima, ya el día había abierto y la temperatura había subido. Las dos millas que caminaría la harían sudar, eso lo sabía, por lo que la chaqueta no tenía lugar.

Cerró el auto y se puso los audífonos para comenzar la caminata. Alicia gustaba de la vida al aire libre, hacía ejercicios cada vez que era posible y las caminatas eran a diario, donde se pudiera y por el tiempo que tuviera, y esta oportunidad no era diferente de las otras. Puso su música preferida y comenzó. Al salir del estacionamiento tomo una de las calles paralelas a la avenida principal, con la sola idea de no estar respirando tanto esmog que provenía de los autos, además siempre había mucha congestión en la avenida principal.

Al cruzar la calle vio a un anciano que pedía limosna en la esquina. Era un hombre mayor, tirillento, flaco como que no había comido en semanas. Tenía una cara de hombre triste, pero a pesar de su condición, su cara lucía limpia y afeitada. Se le hizo difícil a Alicia no notar la presencia del hombre sentado, él tenía un cartel que decía: *"Si me ayudas, viviré un día más"*, esto le llamó mucho la atención ya que usualmente no se veían muchos mendigos o pordioseros en la ciudad. Alicia cruzó la calle y no le quedó de otra que pasar cerca del hombre y cuando pasaba cerca, el hombre le habló.

— Señorita, ¿usted no tendría un peso que me regalara? — dijo el hombre con tono humilde.

— Oh, déjeme ver — respondió Alicia, mientras se registraba el bolsillo buscando por dinero. Ella llevaba solo su tarjeta de banco y su teléfono, siempre lo hacía así, para evitar cargar su bolsa. Alicia encontró un billete de cinco dólares y se lo dio al hombre. Él se lo agradeció al recibirlo y ella continuó su camino, pero a los pocos pasos, escuchó que el hombre la llamaba.

— Señorita, señorita, espere… tenga esto — dijo aquel hombre.

— Por favor, no tiene que molestarse — contestó Alicia.

— No tengo otra forma para agradecerle, tome esto, creo que es linda, ¿no lo cree? — dijo el viejo mientras dejaba algo en las manos de Alicia.

— ¿Una pluma? Mmm… sí está linda. Muchas gracias, pero no tenía que molestarse — dijo ella tratando de ser amable. Alicia estaba sorprendida por lo que tenía en sus manos. Era una pluma de color azul.

— Sí, es una pluma de un arrendajo azul, se le cayó esta mañana cuando me cantaba una canción, aquí mismito donde he estado sentado.

— Ah, está bonita, muchas gracias, la llevaré conmigo, pero ahora debo irme — concluyó Alicia y siguió su camino.

Ya no volvió a mirar atrás, no quería, algo la había incomodado que hasta un escalofrío se le había pasado por el cuerpo. No sabía si era producto de que el viejo le hablara o de lo que el viejo le dijo. Ella evitaba siempre pensar más de la cuenta en cosas que no tenían importancia, a veces trivialidades, pero en esta ocasión, ni aunque lo quisiera, podía dejar de pensar en esa extraña coincidencia. ¿Una pluma de un pájaro azul? ¿Era una coincidencia?

Capítulo 3

*P*odemos vivir la vida sin estar en ella? Caminamos cada día con la
intención de llegar a mañana, ¿pero no es acaso erróneo no pensar
en que lo que dejas aquí hoy, no estará mañana? Cada momento de nuestras
vidas es una nueva oportunidad para entender, apreciar y disfrutar de lo
que se es en ese momento.

— Hola mi amor, te has tardado, llevo rato esperando por ti. —
Tom saludó a Alicia.

— ¿De verdad? No pensé que me hubiera tardado tanto, solo he
caminado dos millas, nada más — le respondió ella.

— ¿Y cómo estuvo todo? ¿Muchas compras? — agregó Tom, quien
estaba un poco más alterado que de costumbre. Se sentía nerviosísimo.

— Estuvo bien, compramos todo lo que necesitábamos, si a eso te
refieres. ¿Te pasa algo? Te noto nervioso, no creo que sea solo por mi
tardanza ¿o sí?

— ¿Yo? ¿Nervioso?, no cómo crees.

A Tom le pasaba algo. Era evidente que no estaba tranquilo y no
sabía cómo decírselo a Alicia. Esto sería algo completamente inesperado,

pero algo que ambos no habían contemplado. Continuaron el almuerzo con muy poca plática entre ellos. Alicia había tomado el coraje de contarle lo que le había pasado con el mendigo, cuando estaba de camino, a lo que Tom no le había prestado mucha importancia, ya que su cabeza no pensaba nada más que en lo que tendría que decirle a Alicia.

— ¿No te sorprende lo del viejo? — preguntó Alicia.

— La verdad no. ¿Qué tiene de raro que te pida un par de pesos? Era mendigo, ¿verdad?

— Sí, pero no es eso lo raro, sino lo de la pluma.

— ¿Cuál pluma? ¿De qué hablas? — replicó Tom, lo que lo ponía al descubierto ante Alicia. No la había escuchado.

— ¿Dónde estás Tom? Te he estado hablando y te conté todo y no me has puesto atención. ¿Qué es lo que te pasa? ¿Salió algo mal en lo de la finalización de la beca? — preguntó Alicia, ya que era obvio que algo estaba fuera de lugar.

— Sí, todo bien. Mmm…, bueno… — balbuceó Tom, entrecortando la conversación.

— Tom, ¿qué es lo que pasa? Es obvio que algo no está bien, no soy una niña, soy tu esposa, así que ya dímelo, qué me estás poniendo muy inquieta.

— Es sobre la beca, es algo que no sabía y que no pensé nunca en que tendría que discutir.

— ¿Qué es lo que pasa?

— Bien, todo ha sido aprobado. Comienzo dentro de noventa días.

— Ok, entonces, ¿cuál es el problema? — Alicia se veía confundida con la poca claridad que Tom estaba expresando.

— La beca no es aquí, sino en otro lugar. — Tom no levantó la cabeza ni por un segundo.

— ¿Cómo que es en otro lugar? ¿Dónde es exactamente? Tom, explícate, por favor, que no entiendo. — Alicia estaba muy seria y sostenía firmemente la pluma azul entre sus manos.

— Es eso, que me han dicho que la beca para el estudio de mi proyecto ha sido aceptada y que es en otro lugar, no es aquí en la ciudad, sino en otro pueblo, más al norte. Para ser más exacto, a cinco horas de acá, por lo que está considerado que nos mudemos a vivir allá. Por eso de los noventa días para comenzar.

— Pero ¿cómo es que esto no lo sabías desde antes?

— Te lo juro que no. No se me pasó ni por la mente pensar, que ellos podrían mandarme a otra sede.

— ¿Entonces significa que tenemos que dejar nuestra casa? ¿Qué hay de mi trabajo, sabes que lo quiero mucho? ¿Cómo puedes decirme esto ahora? — Alicia estaba molesta y se lo había dejado sentir a Tom, es más, las otras personas que estaban ahí almorzando lo habían notado también, pues el tono de voz estaba más que subido.

— Creo que es mejor que vayamos a casa y hablemos ahí. La gente nos está mirando. — Tom levantó la mano para pedir la cuenta, mientras Alicia ya se iba parando para irse.

— Tengo que ir por mi auto — dijo Alicia con tono seco.

— Está bien, te llevo hasta el estacionamiento para que lo recojas.

Salieron del restaurante sin decir palabra alguna, ella estaba triste, enojada y muy confundida y Tom por su parte, también tenía conflicto. Era algo que había esperado por tanto tiempo, pero el dejar su casa, amigos y forzar a que Alicia dejase su trabajo, no era algo que deseaba hacer. Definitivamente las cosas podían cambiar en un instante sin darte ningún aviso. Sabía que tendrían que conversarlo más y llegar a una determinación, lo que, es más, ni siquiera sabía si a esas alturas podía echar pie atrás.

— Alicia, no te enfades conmigo, créeme que no sabía nada, no fue hasta hoy que leí el documento en donde dice que nos darán el dinero para el cambio de vivienda, por eso es lo de los noventa días, para buscar donde vivir.

— Es que me parece increíble que no lo hubieran mencionado. ¿Qué es lo que se supone que debo hacer yo ahora? ¿Dejar todo botado? Ni siquiera hay tiempo suficiente para que la escuela busque un remplazo para mi puesto.

— Alicia, lo sé. Sé que todo es confuso, pero es importante saber dónde estamos parados y la pregunta que debemos hacernos es si basados en este requerimiento, la beca sigue siendo algo importante. Yo comprendo que no es llegar y partir, tenemos nuestras vidas y amigos acá, esta es nuestra casa.

— ¿Tú crees que tenemos algo de tiempo para pensarlo? — preguntó Alicia ya con un tono más suave viendo que su esposo tenía las mismas inquietudes que ella.

— Tomaremos este fin de semana para pensarlo mejor y así tener una respuesta para el lunes. — Tom caminó hasta donde Alicia estaba y la abrazó fuertemente.

La tarde transcurrió en silencio. Tom sentado mirando la televisión de la salita y Alicia sentada cerca de la ventana en su sillón, haciendo como que leía un libro. La verdad era que ninguno de los dos sabía qué hacer. Se les hacía un nudo en el estómago pensar en dejar la casa por la que tanto habían trabajado. Para Alicia dejar la escuela, sus alumnos, su entorno y amistades, era muy duro.

Era verdad que en cinco años que llevaban viviendo en aquel pueblo habían construido un estilo de vida, el que disfrutaban al máximo. A pesar de esto, los últimos dos años habían sido un poco más complicados. Mucho tiempo gastado en médicos y tratamientos de fertilidad que no dieron buenos resultados dejando a los dos agotados y decepcionados por esos hijos que habían decidido no venir. Pero de ahí a pensar en dejarlo todo... eso era aún peor.

Alicia miraba de reojo hacia el jardín y sus pensamientos se arrancaban sin poderlos detener. No podía dejar de pensar en aquel mendigo, el viejo de harapos que le regaló una pluma. ¿Por qué una pluma? Y además, azul. No podía dejar de preguntarse qué relación había entre lo que había pasado en la mañana cuando vio al pájaro azul picoteando en la ventana, con lo que Debbie le había dicho y más con lo que aconteció después.

¿Era todo eso solo coincidencias? Necesitaba hablar con Debbie, nunca se había sentido tan inquieta como en esa ocasión. Algo le molestaba y tenía que saber qué era.

— Hola Debbie, necesito hablar contigo. Ha ocurrido algo que no esperábamos — dijo Alicia por el teléfono.

— No me asustes, ¿qué ha pasado? ¿Estás bien? — respondió Debbie.

— Sí estoy bien, pero tengo una angustia horrible. Me ha quedado aquello que me dijiste esta mañana, lo del mensaje. ¿Qué clase de mensaje crees que sea?

— ¿De verdad, estás preocupada por lo que te dije? Esa no era mi intención, lo siento.

— No, estoy hablando en serio, es que Tom me ha dado una noticia un tanto perturbadora.

— ¿Qué ha pasado? ¿Lo de la beca no salió?

— Pues eso es exactamente, la beca salió y es en otra ciudad.

— ¿Cómo?

— Así como lo escuchas. ¿Entiendes por qué estoy como estoy?

— Qué problema, ¿y qué has pensado? O más bien, ¿qué harán?

— No lo sabemos aún, pero no puedo dejar de pensar en ese pájaro de la mañana y luego tú, diciendo eso de que era un mensaje. Es más, ni siquiera sabes lo que pasó después.

— ¿Qué paso después? Cuéntame.

— Bueno, al salir del estacionamiento y cruzar la calle me topé con un pordiosero, un hombre viejo ahí en la esquina pidiendo limosna. La cosa es que le di cinco dólares que tenía en el bolsillo y cuando ya me iba, me llamó para darme algo a modo de agradecimiento, a pesar de que le dije que no era necesario, él insistió.

— ¿Y qué fue lo que te dio el hombre?

— No me lo creerás.

— Habla ya, que tengo escalofríos.

— Pues me dio una pluma.

— ¿Una pluma? ¿Estás hablando en serio?

— Muy en serio, más serio de lo que te imaginas, tanto así que te estoy llamando. ¿Quieres saber más? La pluma es azul, él dijo: *"Es una pluma de un arrendajo azul, se le cayó esta mañana cuando me cantaba una canción, aquí mismito donde he estado sentado"*.

— No te lo puedo creer, parece una historia de suspenso.

— No bromees, que esto me tiene muy confundida.

— Si no estoy bromeando, creo que todo esto tiene mucho suspenso. Pero volviendo a lo del mensaje, puedo hacer un par de llamadas y preguntar más sobre esto, mi madre y mi tía saben mucho.

— Te lo agradezco, la verdad que no lo haría si no fuera por esta extraña coincidencia en la que todo envuelve a un pájaro azul y, lo que lo hace más raro, es que no tenemos pájaros azules en esta área, ¿me entiendes?

— Claro, no te preocupes. Y no te pongas a pensar que estás cambiando tu fe al querer indagar más. Te conozco lo suficiente como para saber que esto de preguntarme te está matando. — Debbie le dijo esto a Alicia sabiendo de antemano cómo se sentía ella.

— Pues tienes razón en algo, no estoy muriendo, pero tengo algo dentro que no me deja estar en paz.

Capítulo 4

*D*espués de cada tormenta sale el sol, después de cada tristeza, vuelves
a sonreír. Al morir el día, otro llegará y así la vida continúa moviéndose hacia adelante. A veces dejarse ir con el flujo de las cosas es lo mejor
que uno puede hacer, después de todo siempre terminamos atravesando todo
lo que haya que atravesar.

Alicia despertó muy temprano aquella mañana de sábado. Se puso
su chaleco preferido y bajó a preparar café. Tom se había ido a la cama
muy tarde, por lo que seguía dormido, como si estuviera solo en el segundo sueño. Alicia ya estaba más calmada y aunque no sabía qué sería
lo que terminarían decidiendo, esa ansiedad se había apaciguado. Mientras esperaba por el café, decidió salir al jardín de atrás. Caminó por todas partes y observaba cuidadosamente cada rincón, incluyendo los árboles y los arbustos. Cuando por fin terminó de recorrer toda la parte de
atrás, entró a la casa y el café ya estaba listo. Tomó un jarro y lo llenó de
café, le agregó un poco de leche y mientras comenzaba a sorberlo, volvió
a salir al jardín.

La mañana no estaba tan cálida, el sol seguía alumbrando como cada día, pero la intensidad de sus rayos, ya no abrigaban ni menos sofocaban, como en los meses previos. Se sentó en la banca, junto al rosal y desde ahí miraba y recorría su jardín, le parecía increíble pensar en todo el trabajo que le había tomado para tenerlo como estaba.

Cuando llegaron a esa casa, cinco años atrás, no había jardín, es más, no había mucho de nada. La casa había sido nueva construcción por lo que les había tocado partir de cero, pero ellos así lo habían querido. Disfrutaron cada momento en que trabajaron juntos en la casa. Los fines de semana eran los mejores, las salidas al centro para comprar materiales, los viajes a los criaderos de plantas, y lo que más le gustaba a Alicia, el contacto con la tierra, la jardinería era su *hobby* preferido.

Era claro que había muchos recuerdos y emociones que no eran fáciles de dejar atrás. En esa casa ella había soñado con tener muchos hijos, en esa casa había hecho ilusiones y también en esa casa había recibido la noticia de que esos hijos nunca vendrían. ¿Por qué? Ella no lo sabía y aunque se había arrodillado ante Dios muchas veces para pedir por un milagro, ese milagro no había llegado.

Alicia continuaba observando, ella sabía lo que estaba buscando, buscaba encontrar la más mínima muestra de que pájaros azules estuvieran viviendo en su jardín o en los alrededores. Esto sería una respuesta a esa inquietud que la llevaba a pensar que ese pájaro azul había aparecido de la nada y eso sin contar lo que había pasado, lo del viejo aquel.

Una hora pasó y escuchó que Tom la llamaba desde dentro, Alicia volteó a mirar y le contestó que ya iba. Una vez adentro tomaron desayuno y las tensiones estaban más bajas, por lo que la conversación se dio de inmediato.

— ¿Qué haremos hoy? — preguntó Tom.

— Bueno, creo que podemos ir a comprar más semillas para los pájaros, que ya no quedan, y también podríamos ir a recoger algunas cosas al mercado. ¿Te parece? — dijo Alicia en un tono muy amigable.

— Claro, iremos.

— Tom, yo sé que tendremos que decidir qué hacer, ¿crees que podríamos dejarlo para mañana? Hoy solo quiero descansar y hacer las cosas como de costumbre — dijo Alicia.

— Está bien, entonces mañana veremos cómo salimos de esta.

La plática continuó y se hizo amena. Por un buen rato continuaron hablando como normalmente lo hacían cada fin de semana. Después de terminar el desayuno se vistieron y se marcharon a hacer sus cosas. Mientras iban de camino a uno de los criaderos, el teléfono de Alicia sonó.

— ¿Aló?

— Hola Alicia, ¿cómo estás? Espero que te sientas mejor y, más aún, después de que te dé esta noticia.

— Sí, estoy mucho mejor, más tranquila. Pero dime, ¿de qué noticia me hablas?

— Bueno, ¿recuerdas que te dije que le preguntaría a mi mamá o a mi tía si había algo más qué saber en cuanto al dichoso pájaro azul? Pues sí lo hay.

— ¿Lo hay? O sea que te han dicho más del asunto, ¿correcto?

— Sí, correcto. ¿Tienes tiempo ahora o estás ocupada?

— Estamos en el auto, pero Tom maneja, así que puedes contarme lo que quieras.

— Lo que pasa es que se considera muy buen augurio cuando un pájaro hermoso llama tu atención, se dice que es el que trae noticias de un cambio bueno. Cuando le conté a mamá lo que te ocurrió, ella dijo de inmediato que era algo muy bueno. Sería otra historia si el pájaro fuera uno de esos negros, chocara y cayera enfrente de la ventana, lo que no sería un presagio bueno. Como ya ves, no tienes nada de qué preocuparte.

— Muchas gracias Debbie, de verdad, es muy bueno saber que, en cualquier caso, esto sería algo positivo. — Alicia quería ser cortés, pero tan solo de pensar que todo eso de la beca en otra ciudad fuera la noticia, ella no le veía nada bueno, sino todo lo contrario.

— De verdad espero que te sientas mejor. Y dime, ¿ya han visto lo que van a hacer? Yo le comenté a Peter y me dijo que si querían rentar la casa, él tenía un buen prospecto de arrendatario. Llegó un gerente nuevo y anda buscando casa, no niños, pero sí un gato.

— Mmm… la verdad aún no hemos conversado, pero esto que me dices de seguro sería una alternativa. Ni siquiera lo había pensado.

— Bueno, entonces hablamos más tarde, ¿te parece? Tal vez quieras venir a cenar a casa, puedo hacer lasaña, tu plato favorito.

— Déjame le pregunto a Tom y te marco. Debbie, muchas gracias de nuevo.

— Ni lo digas. Chao.

Tom solo había escuchado la mitad de la conversación, así que con tono de curiosidad le preguntó a Alicia de qué se trataba la llamada. Ella le contó a la rápida, pero sí habló más despacio cuando le dijo que tal vez podían rentar la casa por el periodo que ellos estuvieran fuera. Tom tampoco lo había pensado antes, pero no dijo nada en ese momento, solo calló.

El día transcurrió sin mayores complicaciones, incluso compartieron la cena con sus amigos y rieron como nunca. Les hacía falta pasar un rato con amigos y olvidar un poco las tensiones, eso estaba claro.

Además, le sirvió a Tom hablar con Peter, sobre todo por lo que él comentó de que podía rentar la casa por un periodo de tiempo, para ver si lo de la beca era lo que él quería, de esa forma no tendrían que mudarse del todo, podrían volver cuando el contrato terminara o tomar otras decisiones después de un tiempo.

Esto le sirvió a Tom, ya no se sentía tan acorralado a tomar decisiones inadecuadas dadas las circunstancias. Por otro lado, Debbie le comentó a Alicia que en el sitio de internet de la escuela, había un enlace a un foro comunitario de los profesores. Ahí ella podía ver si había alguna posición disponible en el área donde Tom estaría trabajando, y no tendría que aplicar nuevamente, solo sería pedir un traslado. Por supuesto que era una buena idea, lo que a Alicia le provocó una sensación de tranquilidad y alegría y así pudo disfrutar el resto de la velada.

Se fueron a casa, tardísimo, cansados de haber reído y compartido. Ambos cayeron en un profundo sueño, el cual les hacía falta después de tanta ansiedad en los últimos días. El domingo llegó y aunque no despertaron muy temprano, los dos estaban de mejor ánimo. Durante el desayuno, Alicia le comentó a Tom la idea de Debbie, lo cual a los dos les pareció muy buena y también conversaron de la posibilidad de hacer lo que Peter les había mencionado. Las dos ideas en realidad servían, pues les proporcionaban solución al problema que ambos tenían, el cual poco a poco parecía irse achicando mágicamente.

Alicia tomó la computadora apenas terminó el desayuno y se puso a buscar en el lugar que su amiga le había indicado y qué gran sorpresa se llevó cuando leyó uno de los anuncios.

— Tom, ¿cómo se llama el lugar donde está situada la sede en donde tendrías que trabajar? — preguntó Alicia desde el sillón, en la salita donde se había acomodado a buscar información.

— *Cold Spring*, es el mismo lugar que tiene el lago grande, ¿recuerdas? Esa vez que íbamos en dirección al norte, pasamos por un pueblo con un lago enorme en mitad del lugar. Es ese mismo, pero la universidad está más al norte, como a 15 minutos de ese punto.

— ¿Estás completamente seguro? — volvió a preguntar Alicia, esta vez con voz más incrédula que antes.

— Sí, ¿por qué lo dudas?

— Es que no creerás lo que estoy viendo. — Tom se levantó de la silla en donde descansaba para ir a donde Alicia estaba, ya se había inquietado por la actitud de su esposa.

— ¿Qué es lo que has encontrado?

— Pues, aunque no lo creas, hay una posición para profesora de kínder en la misma ciudad, se abrió hace solo una semana y aún nadie ha contestado.

— ¿De verdad? ¿O me estás tomando el pelo?

— No Tom, no bromearía con esto, me parece increíble que haya un ofrecimiento de trabajo justo ahí y para profesora de grado preescolar, es que no me lo esperaba.

— Mmm… ¿Crees que sería buena idea ver qué tal andan los arriendos en el lugar, solo por curiosidad? Tal vez no es mala idea tener información.

— Claro que no, déjame que tomo nota de esto y me pongo a buscar lo otro.

Alicia se veía entusiasmada y cambió su búsqueda de trabajo por la de casas para arrendar. No pasó mucho tiempo y se topó con un aviso casi imposible de pasar inadvertido.

— Tom, escucha esto — dijo Alicia — *Casa de Campo disponible, dos dormitorios, dos baños, sala, comedor, cocina, solárium pequeño en la parte de atrás de la casa, jardín y garaje.* ¿No te suena como muy parecido, a lo que nuestra casa es? — preguntó Alicia con voz incrédula de lo que leía.

— Bueno, sí, es como la descripción de lo que tenemos. ¿Tiene fotos? — preguntó Tom.

— No fotos, pero dice que la mostrarán hoy después del mediodía — dijo Alicia — ¿Crees que podríamos ir a verla? Después de todo aún no son ni las 9 de la mañana, nos daría muy buen tiempo para ir y así tendremos una idea más clara del lugar.

— Alicia ¿estás hablando en serio?, ¿de verdad quieres ir a ver la casa? ¿Esto significa que estás aceptando la idea de tomar la beca? — Tom estaba muy sorprendido con lo que Alicia estaba diciendo.

— Tom, creo que antes de tomar una determinación, cual sea la dirección, debemos informarnos y saber, para así tomar la decisión correcta ¿No piensas que es lo mejor? — le dijo Alicia mirándolo seriamente.

— Creo que tienes razón, entonces vamos a ver qué encontramos — respondió Tom.

No mucho rato después de aquella improvisada conversación, Alicia y Tom partían rumbo a Cold Spring, a ver la casa de campo que estaba disponible, además podrían recorrer el resto del pueblo, pasar por fuera de la escuela y también de la universidad. El día estaba hermoso, aunque la temperatura no subiría de los 55 grados, estaba como para llevar un chaleco de tejido liviano. El viaje se hizo placentero, la autopista dejaba al descubierto todo ese hermoso paisaje y sus colores maravillosos que avisaban que el cambio de estación se estaba acercando.

Capítulo 5

A veces nos esforzamos en ir en contra de lo que es nuestro destino. Peleamos por cambiar el curso de lo que debe acontecer, sufrimos pensando que todo está mal y maldecimos todo lo que nos pasa, sin pensar por un instante que tal vez nuestra vida no sería la misma sin esas experiencias. Antes de gritar sería mejor reflexionar y aprender a aceptar.

Tom y Alicia habían llegado a la dirección en cuestión, pero no parecía que fuera lo que estaban ofreciendo, esta casa lucía mucho más grande que la del aviso. Tom echó marcha atrás y estacionó un poco más arriba, pensando que tal vez tenía la dirección equivocada, así de este modo podrían ver si había algún letrero en las otras casas contiguas.

— Nada luce como de dos dormitorios. Todas estas casas son inmensas — dijo Tom sorprendido.

— Sí es verdad, creo que lo mejor será que llame por teléfono, tal vez alguien conteste y nos den la dirección correcta. ¿Pero no crees que el vecindario es hermoso? — agregó Alicia que no dejaba de mirar a la hermosa avenida llena de plátanos orientales.

— Bueno, entonces marca ahora, así no perdemos el tiempo en buscarla nosotros mismos.

— Está bien, ahora mismo llamo — respondió Alicia.

Alicia marcó el número que aparecía en el aviso y por fortuna alguien le contestó de inmediato. Se le veía a Alicia hablar y hasta sonreír y no tomó mucho tiempo antes de cortar la llamada. Tom de inmediato le preguntó:

— ¿Y qué te han dicho?

— La dirección es la correcta, lo que pasa es que la casa que está para alquiler está en la parte de atrás de la casa principal. El dueño ha dicho que pasemos el portón, que ahí la veremos — dijo Alicia — además, sonaba muy amable.

— Está bien, entonces caminemos a la casa. Espero que estés en lo correcto y no sea una bendita broma o algo así, no me gustaría pasar un fiasco. — Tom se veía un poco nervioso, pero comenzó a caminar junto con Alicia hasta llegar enfrente de la casa que originalmente habían visto.

Era más bien una casona enorme. Tres pisos se veían desde afuera y parecía que era del estilo *Tudor,* la arquitectura se notaba a leguas. Había un muro de piedra de cantera, alto y lleno de enredaderas que cubrían la mayor parte de la visibilidad hacia el interior. El portón principal era grande y alto, de seguro era algún tipo de acero, muy viejo, ya que se veía en algunas partes la corrosión por el paso del tiempo.

Cuando llegaron al frente de la casa, Alicia se acercó a buscar el timbre, pero no fue necesario, el portón comenzó a abrirse lentamente, dejando al descubierto un hermoso jardín que bordeaba una vereda, la cual llevaba hasta la entrada principal. Por la misma entrada, hacia la mano derecha estaba la entrada de autos, y a corta distancia en la misma dirección, había un estacionamiento en donde cabían unos cuantos vehículos. Aún no podía ver en dónde diablos estaba la "casa de alquiler", tomando en consideración que todo eso fuese real, porque ya parecía un poco raro, como quien dice, todo era demasiada coincidencia.

De pronto la voz de un hombre los sacó a ambos del estado de observación en que se encontraban.

— Por acá, sigan por favor — dijo aquel hombre de unos sesenta y cinco años por lo menos. Tenía una cara sonriente y parecía muy educado.

— Hola, somos Alicia y Tom, le enviamos un correo esta mañana avisando que vendríamos a ver la casa disponible para rentar y acabo de hablar por teléfono, creo que con usted — dijo Alicia, quien se notaba contenta, aún sin ver la casa. El barrio y la belleza del lugar habían causado una buena impresión en ella.

— Mucho gusto, sigan adelante. Sigamos por el corredor. — El hombre les indicó con la mano que avanzarían por un corredor que seguía a continuación de la casona y se perdía detrás del estacionamiento.

Los tres caminaron un par de minutos, pasaron por la piscina y las canchas de tenis. Luego llegaron frente a una corrida de magnolios inmensos y, casi perdidos entre ellos, había una pequeña puertezuela de madera. El señor la abrió y los tres pasaron para quedar al frente de una hermosa casita de campo. Parecía como salida de un libro de pinturas. Parecía literalmente como hecha a lápiz, cada detalle estaba hecho a la perfección.

— Qué bella casa tiene usted acá — dijo Tom, tratando de entablar conversación, mientras el hombre abría la puerta con un manojo de llaves que colgaban de un llavero de metal.

— Gracias, sí es verdad, esta casa es muy bonita y cómoda, siempre la mantenemos en perfecto estado. A los dueños no les gusta que se descuide, aunque no esté rentada — dijo el hombre.

— ¿Los dueños? — replicó Alicia.

— Sí, los dueños no pasan mucho tiempo aquí, más bien ya casi nunca vienen, pero las órdenes son esas, la casa debe lucir inmaculada todo el tiempo.

— Entonces usted no es el dueño — dijo Tom.

— No, pero soy el encargado de rentar la propiedad y de todo lo que pase por aquí. Para lo que sea bueno, mi nombre Tobías. — El hombre extendió la mano para saludar a Tom y luego a Alicia.

Seguido a esto entraron en la casa para encontrarse con la sorpresa de que la distribución era muy parecida a la de su casa. Caminaron y vieron todo lo que la casa tenía. La rentaban amueblada y eso era tremendo, ya que facilitaba enormemente la acción de mudarse. Alicia recorrió la cocina y también abrió la puerta al patio, todo estaba perfecto. Tom por su parte había ido a ver los dormitorios y cuando venía de vuelta notó una puerta en el centro del pasillo, la puerta estaba cerrada con llave o al menos eso parecía, cosa que constató cuando trató de abrirla y no pudo.

— Bueno, ¿y qué les parece la casa? — preguntó el señor Tobías al ver que los dos se miraban las caras, parados en el centro de la cocina.

— La casa es increíble, todo está precioso — dijo Alicia.

— Sí, la verdad es que la casa está en excelente condición, es mucho más de lo que esperábamos, por lo que me estoy preguntando si la cantidad de renta apuntada en el anuncio ¿ha sido un error? — comentó Tom con timidez, pensando que Tobías haría pronto una corrección.

— No, el anuncio está correcto y el precio del alquiler es el que ahí sale. ¿Es acaso muy alto para ustedes? — preguntó el hombre con extrañeza.

— No, es que, de solo ver esta casa, me da la impresión de que el valor del alquiler podría ser más alto. Solo eso — respondió Tom.

— ¿Y a usted señora, qué le parece la casa? — Le preguntó el hombre a Alicia, quien permanecía ahí mirando a sus alrededores.

— ¿A mí? Oh, la casa es muy bonita y todo está bien. Le explicaré cuál es nuestra situación.

Alicia comenzó a explicarle al señor lo de la beca, el cambio de trabajo, su casa y todo lo demás. La conversación se alargó sin que ellos lo notaran, hasta que se dieron cuenta de que mucho rato había pasado, porque la luz del día comenzaba a atenuar. Tobías les había contado prácticamente de todo, desde la vida de los dueños, la de los muchos arrendatarios y claro, unas cuantas más historias acerca del pueblo, pero lo que no les había contado era algo que ellos descubrirían más adelante.

Nadie más se hizo presente para ver la casa en todo el tiempo que ellos estuvieron allí. Así que cuando Tom había dicho que ya era tarde y que debían irse, el hombre les dijo:

— Tom y Alicia, si toman la decisión de aceptar el trabajo, creo que este será el mejor lugar para ustedes, se los puedo garantizar. A veces hay que tomar riesgos en la vida para poder explorar otras experiencias que nos darán nuevos conocimientos. ¿No es acaso de lo que se trata tu proyecto de investigación? ¿Buscar nuevos descubrimientos? — dijo el hombre parado cerca de la puerta de entrada.

Mientras se disponían a salir, Alicia volteó y dio una última mirada hacia el interior y cuando estaba afuera, debajo del portezuelo, le preguntó a Tobías:

— Don Tobías, esa puerta que estaba cerrada al final del pasillo, ¿a dónde lleva? — Alicia se alejó un poco más de la entrada para mirar la casa desde el exterior. Buscaba ver si había otro piso más arriba.

— Ah, la puerta esa, bueno esa puerta está cerrada porque ahí se han guardado cosas que eran de otras personas y que han ido quedando desde hace tiempo. La puerta al ático está cerrada siempre y no deben preocuparse por ella, solo es un ático viejo y lleno de cachureos, nada más que eso.

— Pues si es así, no veo el problema — respondió Tom, pero Alicia seguía mirando hacia el techo de la casa y pudo ver que el ático tenía una ventana y estaba como en el centro, justo debajo de la viga principal que sostenía el techo.

— ¿Y nunca suben allí? Debe estar lleno de polvo — dijo Alicia.

— Lo cierto es que a veces, solo cuando necesitamos guardar cosas, pero normalmente no. Así que no crean que serán molestados para entrar al ático. No hay necesidad — dijo Tobías cuando ponía llave a la puerta y apagaba la luz de afuera, tirando de una cadenita que colgaba al lado de la lámpara.

Alicia y Tom se despidieron del administrador y se dispusieron a tomar la carretera de vuelta a la ciudad. La tarde se les había ido solo en ese lugar, no habían tenido tiempo de recorrer o mirar nada más que la casa de alquiler, pero estaba claro que los dos habían disfrutado de la conversación con don Tobías y de todas las historias que habían escuchado. Un poco antes de llegar a la casa, Alicia le preguntó a Tom si no le había parecido algo extraño lo de la puerta cerrada, la puerta al ático, y Tom le respondió:

— Pues no, no veo nada raro en ello. Creo que pasaría lo mismo en muchos lugares en los que arriendan con muebles, ¿no crees?

— ¿Cómo? No entiendo.

— Me refiero a que incluso en nuestro caso, si fuéramos a arrendar la casa a otra persona, tendríamos que usar una de las habitaciones para poder guardar todas nuestras pertenencias personales, ropa, decoraciones, en fin, qué sé yo, todo eso que es más privado, ¿entiendes?

— Ah, ya entiendo, pues, así como me lo dices tiene mucho sentido — dijo Alicia.

— ¿Y a qué viene eso? — preguntó Tom.

— Nada, solo me llamó la atención la puerta cerrada.

— Así como don Tobías lo dijo, no creo que sea un problema.

— Yo tampoco, solo preguntaba. La verdad, creo que deberías aceptar.

— ¿Aceptar? ¿Te refieres a la casa? — preguntó Tom.

— No, al trabajo. Y después de eso podemos decir que sí a lo de la casa, ¿no lo crees?

— ¿Entonces ya no estás triste? ¿Qué hay de tu trabajo?

— No, no estoy triste, todo ha sido un poco de sorpresa, pero creo que es el camino a seguir, después de todo ha sido tu sueño desde siempre y ahora que se ha dado, no debemos dejarlo ir.

— ¿Estás segura Alicia? No quiero presionarte, solo quiero lo mejor para los dos.

— No, todo está bien, creo que será un buen cambio de aire, algo adentro me lo está diciendo.

— Entonces rentaremos nuestra casa y así no tendremos que deshacernos de nada. Llamaremos a don Tobías a primera hora por la mañana. ¿Te parece?

— Sí, creo que es lo mejor. Yo comenzaré la aplicación para traslado hoy mismo y le enviaré un correo a don Tobías para que sepa que tomaremos la casa. — Alicia sonreía con ternura, como cuando era más joven y hacían planes pensando en el futuro.

— ¡Es increíble que estemos haciendo esto!, pero me siento muy contento, no quería empujar por algo sin que tú sintieras que también lo querías.

— Todo está bien — dijo Alicia sosteniendo la mano de Tom con firmeza.

— Tú sabes que te quiero y cada día es más grande mi amor ti, si tan solo hubiera podido darte todo lo que querías… las cosas habrían sido diferentes.

— De qué estás hablando, no sigas. Tú me lo has dado todo y soy muy feliz. No sigas echándote la culpa de lo que no la tienes. Ya he aceptado que no será pasible y eso es todo, pero siempre te he tenido a ti, de ti me enamoré y contigo seguiré por siempre. No lo dudes.

— Te quiero Alicia, eres mi vida.

— Yo también te amo.

Capítulo 6

Sin saber exactamente lo que queremos, caminamos por la vida haciendo memorias y construyendo sueños, los que muchas veces no llegan. Cuando se entiende que la vida es algo diferente de lo que se ha pensado, las cosas cambian y el verdadero significado de nuestra existencia toma lugar. La felicidad no es una cosa que se pueda encontrar, la felicidad es un estado en el cual sentimos plenitud.

Las semanas transcurrieron muy rápido y los preparativos de mudanza estaban organizados. Alicia, ya había ordenado todo lo que se llevarían y todo lo que dejarían guardado en la casa. El arriendo se lo habían dado al nuevo gerente que había llegado a la compañía donde Peter trabajaba, con el cual ya se habían reunido y hablado, y se mudaría dentro de una semana, un día después de que ellos dejasen la casa para irse a *Cold Spring*. Alicia y Tom estaban muy a gusto con su forma de ser. Sentían una buena vibración viniendo de él, además no tenía familia, solo un gato y era un poco viejito, por lo demás todo se veía bien.

Tom estaba muy ansioso de comenzar, aún no tenía claro muy bien cómo sería todo, pero tenía las ganas. Sabía que habría otras personas ayudándole en el proceso, incluso alguien que serviría como ayudante secretaria, o algo así. La sede de la universidad, la cual finalmente habían visitado, era muy bonita, desde el punto de vista arquitectónico. Una estructura levantada por allá en los 1700, con un estilo gótico marcadísimo. Sus cúpulas altas y torres se dejaban ver desde la carretera principal. Situada en el medio de una gran cantidad de acres, la universidad se dejaba ver majestuosamente, por lo que dos corridas de árboles frondosos marcaban la vía hasta la entrada principal. La oficina y el laboratorio que le habían asignado a Tom estaba en la parte posterior de la universidad. La vista desde su oficina daba directo a un pequeño parque, con una laguna y mucha fauna libre alrededor.

Para Alicia todo había ido rápido esas semanas. El traslado de su trabajo fue casi instantáneo, ocurrió de un día para otro. En la escuela todos lo sentían mucho, lo mismo que las amistades que ella había hecho, pero a la vez todos decían lo mismo, que era parte de prosperar y además donde ella se mudaba no era demasiado lejos para sus amigos, más bien les sonaba como una nueva destinación a donde ir y disfrutar. Ella había recogido sus cosas días atrás con la intención de tomarse unos días libres antes de la mudanza, lo que le ayudaría a manejar mejor su tiempo, ya que tendría que ir varias veces a Cold Spring antes del día oficial de la mudanza.

Alicia estaba contenta después de todo, ya la incertidumbre se había ido y solo excitación le quedaba. Sabía que era parte del sueño de Tom poder hacer esa beca y por qué no decirlo, de ahí podría salir el doctorado, del que poco hablaban por solo pensar en lo costoso que este podría ser. Alicia tuvo que viajar a la nueva escuela antes de su día de comienzo en el nuevo trabajo, y pudo darse cuenta de que la gente era muy buena y amable con ella, desde la directora hasta el encargado de la limpieza.

En general todo era más placentero en ese pueblo. Cada día que viajó a Cold Spring, pasó por la casa nueva a dejar cosas. Don Tobías ya les había dado la llave para que dejaran sus pertenencias, ya que después de todo, la casa estaba vacía. En cada una de esas oportunidades, Alicia pasaba por el mercado local y compraba cosas para la despensa y las llevaba a la casa nueva, pues quería sentirse en casa cuando se mudaran definitivamente.

En una oportunidad, Alicia había llevado lámparas para poner en la sala, así se sentiría aún más en casa siendo las mismas de su casa actual. Para cuando había terminado de instalar las lámparas y guardar otras cosas que había llevado, se dispuso a cerrar y apagar todo para irse. Cuando salió y se subió a su auto, ya una vez de camino a la salida, miró por el espejo retrovisor y pudo ver que las luces de la sala estaban encendidas.

¿Pero cómo va a ser? Se preguntó Alicia, quien estaba segura de que había apagado todo antes de cerrar la puerta. Pisó el freno y comenzó a echar marcha atrás, estacionó y se bajó del auto en dirección a la entrada para tirar de la cadena de la luz, y qué susto se llevó cuando al encender la luz, justo ahí pegado a la pared, vio a don Tobías.

— Pero Dios mío, es que casi me mata del susto. Don Tobías, ¿es usted? — dijo Alicia muy exaltada.

— Perdón, no quise asustarla señora Alicia, es que vi que se devolvió y pensé que algo le ocurría, es por eso que vine a ver si necesitaba ayuda.

— Pues, no es nada, solo que dejé las luces de la sala encendidas y decidí volver a apagarlas. Aunque sí le diré que estoy segura de haberlas apagado. — Alicia no dejaba de temblar, a pesar de que ya habían pasado unos minutos, su corazón seguía latiendo aceleradamente.

— Me hubiera llamado y yo hubiera venido a apagar las luces, no es problema para mí, ya sabe que puede contar conmigo — dijo el hombre.

— Muchas gracias, lo mantendré en cuenta por si me ocurre en otra oportunidad, aunque ya solo queda una semana y estaremos aquí de tiempo completo.

— Me alegro mucho, será bueno tener vecinos, hace falta gente joven por estos lados. — El hombre sonrió y así se le vio alejarse, mientras Alicia entraba de carrera a la casa para encontrarse con que no había luces encendidas.

Un escalofrío recorrió su espalda y solo atinó a salir rápidamente, sin pensarlo dos veces. Ya en el auto, no quiso volver a mirar atrás. No podía dejar de pensar en lo raro que había sido lo que había ocurrido y, más aún, cuando encendió la luz de la entrada y vio a don Tobías parado ahí, inmóvil, como esperando a que ella le hablara. Uff, Alicia sintió algo que no sabía cómo describirlo, pero definitivamente hacía que los pelos de la espalda se le erizaran como agujas de puercoespín.

Cuando llegó a casa y vio a Tom, le dio un fuerte abrazo y tuvo toda la intención de contarle lo que había sucedido, pero algo sintió en su interior que le hizo decidir que, en realidad, no tenía propósito el decirle algo de lo que ni siquiera ella estaba segura. Sabía que había sentido algo extraño, pero no podía dejar de lado las circunstancias, estaba sola, había oscurecido y además tenía cincuenta mil cosas en la cabeza, con todo eso, cualquier cosa podría parecer extraña.

Los días pasaron inadvertidos y el día de la mudanza llegó. Desde temprano por la mañana, Debbie y Peter llegaron a la casa llevando el desayuno, café con unos sándwiches del restaurante preferido y, cómo no, unos pasteles dulces para alegrar la reunión. No era mucho lo que llevaban, pero no dejó de llenar uno de esos camiones pequeños para mudanzas. Entre las cajas de ropa y artículos personales, habían llenado bastante, pero cuando cargaron todo lo relacionado a trabajo, ¡oh, Dios! Claro era que tenían una inmensa colección de libros y documentos, no solo Tom, pues Alicia no se quedaba atrás. La vajilla de la cocina y las plantas queridas de Alicia terminaron por llenar lo que sobraba de espacio.

— Bueno, ya está listo, todo cargado. ¿Falta algo más? — preguntó Peter, quien había puesto la última planta dentro del camión.

— No veo las bicicletas. Alicia ¿es que ya te las has llevado? — agregó Debbie.

— Sí, las llevamos la semana pasada, pensando que sería bueno para no ocupar demasiado espacio, y creo que ha sido perfecto, ya que no veo el espacio para ellas aquí — comentó Alicia, quien inspeccionaba la carga.

— Entonces ahora por fin podemos tomar desayuno. El café definitivamente estará frío si esperamos más rato — dijo Tom, fregándose las manos, ansioso de echarle el diente a uno de esos sándwiches.

Finalmente, se sentaron a tomar el desayuno. Conversaron y rieron por cerca de una hora, era sábado y el nuevo arrendatario estaría llegando esa tarde, lo mismo que ellos a su nueva casa. Todo estaba bien, todo se sentía normal, solo que Alicia de repente hizo el comentario de que era mejor irse para no llegar tarde, porque no quería volver a llevarse una impresión como la del otro día.

— ¿A qué te refieres con eso? — preguntó Tom, con extrañeza en su mirada.

— Oh, no es nada, una estupidez que recordé, solo eso — dijo Alicia, comprendiendo que había dicho algo que no debía, ya que había decidido no decirlo cuando tuvo la oportunidad.

— Pero, ¿por qué no me habías dicho nada? ¿Qué es lo que te ocurrió? — insistió Tom.

— A ver, sí. Ya cuéntanos qué fue lo que te pasó, porque para que te lo sigas recordando, tiene que haber sido importante — agregó Debbie.

— Ya, qué pesados, si no es nada — dijo Alicia.

— Bueno si no fue nada, por qué no nos cuentas el estúpido hecho y ya — dijo Peter como queriendo tranquilizarlos a todos.

— No es nada, solo que hace unas semanas en uno de esos días en que llevé cosas a la casa, me tuve que devolver porque había dejado las luces encendidas — dijo Alicia.

— ¿Y eso fue todo? Entonces, ¿qué fue lo que no quisieras que te pasara ahora? — insistió Debbie, quien claramente no le creía que esa era toda la historia.

— De verdad que no pierdes oportunidad, que les digo que no hay nada más que contar, solo eso. Bueno, es que de verdad me pareció haber apagado todas las luces y ya, eso es.

— Quieres decir que tú apagaste las luces y estas se encendieron solas cuando te habías ido, ¿eso? — dijo Tom.

— Sí, eso es todo.

— ¿Y eso te ha dado susto? — Todos comentaban y reían al mismo tiempo. — Es que no debes preocuparte, eso pasa muy seguido en casas viejas, más como esa que es de tanto tiempo atrás, los interruptores de la electricidad son viejos y a veces no quedan bien tomados y se mueven — dijo Tom y luego agregó:

Recuerdo que en la casa de mi abuela, la luz de la cocina siempre se encendía y se apagaba sola. No fue hasta después de cursar la educación superior, que un día estando de visita decidí cambiar el bendito interruptor que nunca se quedaba en donde lo ponían, y ahí se acabó *el fantasma de la cocina*, que es como todos le llamaban.

Todos rieron y a pesar de que Alicia también disfrutaba del momento, sabía en su interior que no había sido solo eso, el ver a don Tobías parado ahí enfrente de ella al encender la luz, la había dejado simplemente sin respiración y helada como el hielo. Pero eso no lo comentaría a nadie, al menos no ese día.

El momento de partir llegó y unas cuantas lágrimas se arrancaron de los ojos de Alicia, pero nada más que eso, solo la sensación del momento. A partir de ahí comenzaba otra parte importante de sus vidas, que no siempre era como se pensaba. A veces las cosas vienen de un modo diferente, pero todo aquello que ha de venir para ti en esta vida, sin duda llega.

Después de un placentero recorrido de tres horas y un poco más, Tom y Alicia llegaron a su nueva casa. En la entrada había un canasto de regalo, lleno de frutas y otras regalías que don Tobías había dejado, además una tarjeta que decía "Bienvenidos a su nueva vida".

Alicia y Tom se sentían felices ese día, no había mucho de qué preocuparse, todo estaba en calma y en orden, lo único que tenían esa tarde era el tiempo para estar juntos y disfrutar de ese momento. Salieron a caminar, comieron afuera y luego volvieron a casa, y cuando ya tarde esa noche se fueron a dormir, Alicia le preguntó a Tom:

— ¿Cómo te sientes?

— Bien, ¿y tú?

— Estoy bien, es más, creo que muy bien. Siento algo dentro pero no sé qué es, creo que puede ser la alegría de que finalmente, empezarás eso que habías deseado por tanto tempo.

— ¿De verdad tan importante es para ti que pueda hacer esto?

— Sí, lo es. Verte feliz es mi vida.

— Lo mismo digo yo, daría cualquier cosa por hacerte más feliz aún, tú sabes.

— Sí lo sé, pero créeme, en este preciso momento soy muy feliz.

Capítulo 7

El miedo es uno de los más grandes enemigos que la humanidad tiene. Todo lo desconocido se vuelve un miedo para la mayor parte de la gente, pero es un error pensar que, porque no se sabe o no se conoce, tiene que ser algo que nos provoque miedo. Para algunos en cambio, lo desconocido solo significa la posibilidad de descubrir algo nuevo. El miedo no debería ser hacia lo descocido, sino a lo que ya se conoce y se sabe que nos puede dañar.

— Mi amor, apúrate que llegarás tarde. No sé qué haces que no terminas de salir — decía Alicia, quien estaba a punto de subirse a su auto para irse al trabajo.

— Ya, ya voy. No me retes como a un niño, que no lo soy, o luego me verás llorando. — Tom bromeó mientras salía de la casa para alcanzar a darle un beso a su esposa.

— Ya no te hagas, sabes que si no te grito, te quedarás otro rato adentro haciendo quién sabe qué — replicó Alicia.

Esposa y esposo se despidieron antes de dejar la casa con destino cada uno a sus respectivos nuevos trabajos. Entusiasmados y felices comenzaban esa nueva etapa en sus vidas.

Tom tuvo una linda bienvenida, la gente que trabajaría con él, estaba esperándolo esa mañana. Habían preparado algo así como un almuerzo extraoficial, el que compartirían a eso del mediodía, como para conocerse entre sí. También había otro profesor que venía de lejos y también era su primer día en el departamento. Aunque no sería parte del proyecto de Tom, era interesante compartir con otra persona nueva en la universidad, así como él.

Por su parte Alicia, fue saludada desde temprano por sus colegas y luego por el que sería su curso preescolar. Ella, que adoraba a los niños, estaba feliz de ver que había muchos niños en la clase y que eran todos muy cariñosos. Alicia no tardó en sentirse en casa y ya para el medio día, había adoptado a por lo menos 24 *sobrinos* nuevos.

Esa tarde, Alicia volvió primero a la casa, pues su jornada terminaba a las 3 de la tarde y aún no tenía actividades extra escolares, por lo que pasó por el mercado para recoger algunos víveres y llegó a casa a eso de las cuatro y media. Recogió el correo y entró a la casa. Una vez adentro, caminó hasta la cocina y desde ahí trató de observar hacia la casona. Tenía un poco de curiosidad del porqué casi nunca veía a don Tobías y, cuando sí lo veía, era por las tardes, por lo general después de las cinco. Pero en esta ocasión llevaba días sin verle, de eso estaba segura, ya que el correo estaba apilado en el buzón de afuera.

De hecho, aquello no debía ser de su incumbencia, ya que quién sabe dónde estaba y por qué razón, de todos modos, la gente que limpiaba la propiedad siempre andaba por los alrededores. Los jardines siempre estaban bien cuidados y en general todo lucía en orden. Alicia se dispuso a cocinar la cena y había puesto música de la que ella gustaba, también se había servido una copa de vino blanco. Pelaba y cortaba vegetales y, de reojo, miraba hacia la casona. No sabía por qué, pero Alicia había desarrollado cierta curiosidad por don Tobías.

Al cabo de una hora llegó Tom a casa y la acompañó a terminar de preparar la cena, luego él rellenó la copa de Alicia y se sirvió una para él. Se sentaron juntos y cenaron mientras comentaban lo ocurrido en el primer día de trabajo de ambos. Exhaustos se fueron a la cama sin más que decir de su primer día. Todo había ido de maravilla, tanto en la escuela como en la universidad.

Eran las dos y media de la madrugada cuando Tom despertó asustadísimo. De inmediato se sentó en la cama y prendió la luz. Esto hizo que Alicia despertara también.

— ¿Qué pasa? ¿Estás bien? — preguntó Alicia.

— No sé, algo me despertó, creo que estaba soñando. Sí, tiene que haber sido un sueño — dijo Tom, quien se notaba claramente asustado.

— ¿Y qué soñabas? Tiene que haber sido algo feo para que te despertaras de ese modo.

— En realidad no lo recuerdo — dijo Tom. Pero sí recordaba muy bien lo que había sentido, solo que no tenía intención de decírselo a Alicia, pues el pánico cundiría y solo llevaban ahí una noche.

— Entonces tratemos de volver a dormir, aún nos queda bastante tiempo — dijo Alicia. — Tal vez fue el vino, seguramente fue eso — reafirmó.

— Sí, puede ser. Buenas noches otra vez. — Tom la besó con suavidad.

Las horas pasaron y la mañana llegó, ya era tiempo de despertar, pero Tom había despertado hacía un buen rato, mucho antes que Alicia, y eso sí que era un caso raro. Tom jamás despertaba temprano, había sido un dormilón toda su vida y si lo dejaban, podía dormir el día entero.

Finalmente, se levantó casi al mismo tiempo que Alicia, por lo que ella no se dio cuenta que él llevaba horas despierto ahí en la cama, en silencio y sin moverse para no despertarla a ella.

El desayuno fue más sencillo para Tom esa mañana. No tenía hambre, pero trató de disimular comiendo un poco de todo lo que Alicia había preparado. Lo que no podía evitar era estar callado y eso Alicia lo notó. Ella lo miraba a menudo con ganas de preguntarle qué era lo que le pasaba, pero no quería empezar con un *interrogatorio*, el que sabía terminaría en nada, además, a ella tampoco le gustaba que la atosigaran con preguntas. *¿Quién no tiene uno de esos días?* Pensó.

Todo continuó como estaba supuesto, ella en la escuela y él en la universidad. Y así, todo siguió de manera cotidiana. Los dos iban al día a día, como quien dice, de a poco acostumbrándose al cambio, al pueblo y a esa nueva vida.

Los fines de semanas salían a conocer y aunque la temporada más fría ya había llegado del todo, era totalmente impresionante salir a admirar esos bellos paisajes como a eso de las tres de la tarde a orillas del lago, era como estar mirando una gran obra de arte, pintada por esos grandes pintores de renombre. Nada extraño ocurrió por casi un mes, Alicia había sabido que don Tobías estaba fuera de paseo en algún otro lugar o algo así, y eso calmaba su inquietud, hasta la tranquilizaba el no verle por ahí. Él no había hecho nada malo o algo que disgustara a Alicia, solo era esa extraña sensación que ella percibía cuando lo veía, sobre todo después de aquella noche.

Para celebrar que ya estaban cumpliendo un mes, habían invitado a Debbie y a Peter, quienes habían llegado ese sábado temprano, dispuestos a pasar todo el fin de semana con ellos. Salieron, pasearon, cenaron y por la noche se sentaron al calor de la chimenea. A eso de las nueve de la noche, Tom se dio cuenta de que le quedaba poca leña, por lo que decidió ir a buscar en ese momento y no esperar a que fuera más tarde. Peter salió con él para ayudarle a traerla.

— Pero que silencio hace aquí, es increíble. ¿Cómo puedes dormir? — preguntó Peter.

— Te acostumbras y luego sientes que es muy relajador. La verdad es que no se nota la bulla de la ciudad hasta que la dejas, eso está claro.

— ¿Y qué tal los vecinos?

— Pues casi nunca se ve gente, solo los que hacen limpieza y mantenimiento, ni siquiera al administrador vemos muy seguido.

— Ah, pues esta noche están, así que tal vez les veamos mañana — replicó Peter mientras le apuntaba a Tom a que mirara hacia la casona. Las dos chimeneas de la parte de atrás de la casa estaban humeando.

— Mmm, creo que es la primera vez que veo las chimeneas echar humo, seguramente debe haber gente — respondió Tom, sin antes pegar una mirada hacia el estacionamiento; él estaba seguro de que no había visto autos esa tarde. Entraron con los brazos cargados de leña y la dejaron al lado de la chimenea. Ahora sí tenían para seguir por un buen rato.

— Alicia, ¿has visto a don Tobías esta tarde? — preguntó Tom.

— No. ¿Por qué? ¿Pasa algo?

— No, solo que me llamó la atención el ver las chimeneas humeando, Peter fue quien lo notó, yo ni cuenta me había dado.

— ¿De verdad? Es que yo no he visto a nadie en esa casa desde que llegamos, es más, ni siquiera a don Tobías he visto. ¿Recuerdas cuando te dije que le había visto?, la verdad es que me pareció verle, pero no estoy segura. El señor que hace el mantenimiento luce muy parecido a él si le miras por detrás — dijo Alicia.

— ¿Cómo lo sabes?

— Es que lo he visto ayer y lo he confundido con don Tobías. Por eso lo sé.

— Mmm…bueno, no es nada que sea de nuestra atención, mañana veremos a los vecinos, solo espero que sean amables y simpáticos.

La conversación tomó calor y los cuatro disfrutaron recordando momentos que habían pasado juntos. Se reían como no lo habían hecho desde hacía rato. Alicia había rellenado la tabla de queso dos veces y la botella de coñac que Tom había abierto, casi iba por la mitad. Entre recuerdos y carcajadas, la noche avanzó, pero un estruendoso golpe los sacó de su sitio más rápido de lo que se puede describir.

— ¿Qué diablos fue eso? — dijo Peter.

— No lo sé, pero iré a mirar, algo muy pesado se ha caído.

— ¿Tal vez uno de los árboles? — replicó Alicia, quien había recibido un gran apretón en el brazo por parte de Debbie y aún no se decidía a soltarla.

— Ya, creo que todo estará bien, Tom ha ido a ver lo que ha pasado — le dijo Alicia con voz suave.

— Lo siento, me he asustado mucho, es que ha sido tan fuerte.

— Además, es el silencio campestre que lo hace aún peor, se lo había comentado a Tom cuando estábamos afuera — dijo Peter.

Tom regresó sin noticias. Les dijo que había mirado afuera por todas partes y ahí todo estaba en orden. Seguido a eso, revisó las habitaciones, la cocina y también el solárium; todo estaba en orden. Debbie le dijo a Tom:

— ¿Y no revisarás el pasillo del fondo? Por ahí no has ido

— No creo que sea necesario, esa es la puerta al ático y está cerrada con llave. Nadie ha subido quién sabe desde cuándo — respondió Tom.

— ¿Al ático? ¿Esta casa tiene ático? Wow, no me lo imaginé, no parece. Y no me dirás que no has subido — le dijo Debbie a Alicia.

— No, no se puede, está cerrado con llave. Según nos dijeron, los dueños lo dejaron como lugar para guardar y ahí han ido guardando cosas de otros arrendatarios, algo así nos dijo el administrador. Pero la respuesta a tu pregunta es no, no hemos subido.

— A mí no me gustan los áticos, en la casa de mi abuela siempre se decía que en el ático vivían los que penaban por la noche. ¡Ay no!, no quiero ni acordarme que me muero de miedo — exclamó Debbie, quien era miedosa a morir.

— ¿De verdad? Eso es lo que decían los viejos de antes, creo haber oído muchas otras historias en mi familia, pero no veo por qué tendríamos que tener miedo de algo inerte como lo es un lugar para guardar. Además, nadie entra o sale sin que nosotros sepamos, eso está claro, así que por esa parte estamos bien — Alicia mostró una sonrisa tratando de amenizar un poco.

— Bueno, ¿entonces nos tomamos el último trago antes de que este fantasma nos eche a dormir? — preguntó Peter con tono burlón.

— Claro que sí, por qué no, además mañana es domingo — dijo Tom mirando a Alicia.

— Está bien, uno más, pero luego nos vamos a dormir. Ya es pasada la medianoche y no quiero que los vecinos que nos ven por primera vez piensen que estamos de amanecida — dijo Alicia.

— Sí, uno más y nos vamos a la cama que ya me ha entrado el miedo — dijo Debbie.

Tom se sentó y tomó la botella de coñac para llenar el vaso de Peter y de él. Alicia hizo lo mismo, con una botella de vino blanco que acaba de descorchar. Pero en ese preciso instante en el que servía las copas, nuevamente el estruendo horrible se dejó escuchar. Gritos y copas volaron por los aires, sin poder controlar la impresión. Los cuatro se miraban las caras sin poder decir palabra alguna. Tom, que no había soltado la botella, pero había regado coñac por todas partes, solo miraba a Alicia, como tratando de saber qué debía hacer, si salir corriendo o quedarse sentado. En eso, Peter se paró y dijo:

— ¿Pero qué diablos es este maldito ruido? ¿Ah?, esto no es de afuera, estoy seguro de que fue más cerca. — Peter se fue al lado del solárium a revisar, mientras los otros aún no decían palabra alguna, estaban como pasmados e inmóviles.

— Tom, ven acá, ayúdame a encender todas las luces y buscaremos para saber qué diablos es lo que ha ocasionado ese ruido.

— Voy.

Los dos revisaron cada pulgada del lugar, las puertas, las ventanas, las paredes, todo fue minuciosamente revisado, hasta que Peter llegó a la puerta que iba al ático. Forcejeó por un momento para tratar de abrirla, pero nada, la manija no cedía para ningún lado. Luego se agachó para tratar de mirar por el ojo de la cerradura, pero todo estaba oscuro y no podía ver nada.

Los dos amigos volvieron a la sala para encontrar a Debbie y Alicia muy juntitas, esperando a saber qué diablos era ese ruido que parecía como si un gran mueble hubiese sido tumbado. Pero nadie supo que más decir y calladamente recogieron las cosas y se fueron a dormir.

El domingo por la mañana fue otra historia cuando Tom decidió ir a golpear a la casa de los vecinos, es decir, a la casona donde vivían los dueños, pues quería que alguien más investigara eso del ruido, porque no le pareció bien del todo que no hubiese encontrado nada de nada. Para Tom, esto ameritaba la intervención de los dueños o del administrador.

Tom tocó el timbre una y otra vez, luego dio la vuelta y fue por el costado de la casa a tocar la puerta de servicio, pero nadie contestaba. Se fue al estacionamiento para mirar si había algún vehículo, lo que le diría si había alguien en casa o no. No había nada, ni vehículos, ni gente en la casa.

Por otro lado, ellos trataron de pasar el día cómo pudieron. De cuando en cuando, Peter hacía alguna broma y así se fueron soltando un poco, pero como quien dice, la preocupación estaba por lo alto y Tom solo quería ver a uno de los dueños o a don Tobías para que alguien le diera una explicación. Alicia por su parte permaneció la mayor parte de la mañana muy callada, en realidad sentía que no tenía nada que decir, porque lo que debía haberle dicho a Tom tiempo atrás, no se lo había dicho. Tal vez eso habría sido lo correcto y no guardárselo para sí misma.

Capítulo 8

*D*e niños adorábamos las sorpresas. Para los cumpleaños y Navidad esperábamos por sorpresas. Si nos portábamos bien, recibíamos sorpresas. En fin, la vida estaba llena de sorpresas que nos traían satisfacción. A veces me pregunto yo:

¿A dónde se fue toda esa excitación para con la vida y sus sorpresas?

El día y los amigos se fueron. Alicia y Tom se quedaron mirándoles mientras ellos se alejaban. Tom había dejado ir la preocupación solo en apariencia, no había querido darle más alarde al asunto, porque no sentía que era lo correcto, pero sí que estaba necesitando de ver ya fuese a los dueños o a don Tobías. Quería respuestas, después de todo, a él no le agradaban esas cosas. No era miedoso ni creía en espíritus o cosas así, pero lo que había ocurrido, para él, tomaba otro color, era más bien algo que le incomodaba.

Alicia en cambio, antes de dar vueltas y caminar hacia la casa, miró con detenimiento la casona y le dijo a Tom:

— Tú viste humo anoche, ¿verdad? ¿O era el coñac hablando?

— De qué hablas Alicia, me ofendes. Claro que vi humo y no una, sino las dos chimeneas estaban trabajando — contestó él.

— Está bien no te enojes, es que me parece raro que en todo el día no hayamos visto a nadie. ¿No crees que deberíamos ir a tocar la puerta?

— No creo que valga la pena, después de todo no he visto llegar a nadie. Mañana de seguro vemos a alguien y podremos aclarar este asunto. Vamos, volvamos a la casa, que se está poniendo frío.

— Sí, vamos — respondió Alicia estirando su mano para alcanzar la de Tom.

La cena esa noche fue más callada que de costumbre. Era como si tratasen de estar alertas en caso de que otro ruido ocurriera, así esta vez no los encontraría desprevenidos. Pero nada ocurrió, lo mismo que al día siguiente y los demás días. Todo siguió tranquilo, pero para el día jueves Alicia había vuelto a casa un poco más temprano que los demás días, porque en la escuela había conferencia de padres en la tarde, para cursos más grandes.

Aprovechó para hacer cosas en el jardín de atrás. Quedaba poco tiempo antes de que la nieve se dejara caer por esos lados y aún faltaban cosas que guardar y recoger, por lo que trataba de hacer esas cosas cuando tenía tiempo extra. De pronto escuchó la máquina que cortaba pasto, de esas un poco más grandes, como un tractor y salió casi corriendo a la parte del frente de la casa para ver a la persona que la estaba usando.

— ¡Señor, señor!, óigame — repetía Alicia moviendo las manos para que el hombre que cortaba el pasto la viera.

— Perdón señora, casi que no la veo. ¿En qué la puedo ayudar? — preguntó el hombre.

— Es que necesito ver a don Tobías — dijo Alicia.

— ¿Tobías? Mmm… No, él no está por estos días — respondió el hombre. — Pero si necesita algo y le puedo ayudar, me lo dice y ya.

— Gracias, creo que esperaré a que alguien de la casa grande llegue. ¿Sabe usted que le ha pasado? Hace buen rato que no le veo — preguntó Alicia.

— Ah, bueno, eso estará difícil, hace mucho que no vienen y cuando lo hacen, todos estamos un mes antes trabajando extra. A la señora Eva le gusta todo extremadamente limpio — dijo el jardinero.

— Entonces, ¿me está diciendo que no están aquí? Porque nosotros anoche vimos humo en las dos chimeneas.

— Imposible señora, la casa está cerrada. Venga, si quiere le muestro.

Alicia incrédula de lo que sus oídos escuchaban, caminó detrás del jardinero en dirección a la casa. Fueron a la parte de atrás y el hombre sacó las llaves y abrió una de las puertas que estaba en el corredor. Una vez abierta caminaron y llegaron a la cocina, en donde todo estaba intacto, los mesones limpios y nada fuera de lugar. Continuaron hacia la sala, en donde una de las chimeneas estaba. El hombre fue derechito a mirar a modo de mostrarle a Alicia que estaba limpia y en efecto, no había cenizas ni nada, parecía estar sin uso desde hacía mucho tiempo. Esto fue lo único que pudo comprobar, aparte de mirar a los alrededores y ver que todo tenía cobertores blancos, parecían sabanas, pero eran más gruesos, como para impedir que el polvo arruinase los muebles.

Alicia iba de salida muy callada y confundida y el jardinero le dijo:

— Señora si tiene algún problema, no dude en llamarme, tome, este en mi número de teléfono y a la hora que sea me puede localizar, como no está el administrador, yo le puedo ayudar — se ofreció el hombre. — Mi nombre es David y corto el pasto cada semana, además de barrer y mantener limpia la propiedad.

— Gracias David, lo tendré en cuenta. — Alicia no sabía cómo tomar lo que acaba de comprobar. Esto sí que era una gran sorpresa y lo sería aún más para Tom cuando ella se lo contara esa tarde.

— Hola cariño, ¿cómo estás? — dijo Tom saludando a Alicia.

— Bien, con una gran sorpresa para ti, pero tienes que sentarte o te caerás — dijo Alicia, quien ya no podía esperar más para contarle lo que había pasado.

— ¿De qué hablas? ¿Qué ha pasado?

— Es que he hablado con el jardinero, David se llama, y es muy amable. Pues le hablé al escuchar que cortaba el pasto, para preguntarle por don Tobías y así la conversación se dio y qué crees — dijo Alicia haciendo la pausa — ¿quieres adivinar?

— Mi vida, ¿me vas a decir de qué se trata? La verdad no quiero jugar, hoy no.

— Está bien, ¡no hay nadie!

— ¿Nadie? ¿A qué te refieres con eso?

— A eso, a que no hay nadie en la casona. No lo ha habido desde hace un buen tiempo.

— ¿Cómo lo sabes? ¿El jardinero te lo ha dicho?

— No solo me lo ha dicho, sino que me ha mostrado la casa. He estado adentro. Todo está cubierto y cerrado. Las chimeneas están limpias, ni cenizas ni nada. ¿Qué te parece?

— Mmm… — Tom solo la miraba, pero luego le dijo — si estás pensando que fue producto del alcohol, estás equivocada, sé muy bien lo que vi, además yo no fui quien lo notó primero, fue Peter quien lo vio y luego me lo enseñó a mí.

— Sí, lo sé, no estoy diciendo que no lo hubieras visto, es lo mismo que el horrible ruido ese, todos lo escuchamos, pero no encontramos nada, ¿correcto?

— Sí, ¿a qué quieres llegar con todo esto Alicia?

— A nada en concreto, solo que todo esto es muy extraño, ¿no te parece?

— Claro que me parece y me está incomodando bastante.

— Está bien, ya no te enfades, solo estaba haciendo el comentario.

— ¿Y no se te ocurrió preguntarle a él, si alguno de los inquilinos anteriores había reportado algo similar a lo que nosotros hemos pasado? — dijo Tom.

— No, la verdad no. Pero si le veo mañana lo haré, tal vez él tiene alguna idea de lo que puede ser.

Nuevamente comieron en silencio, no tenían mucho más de qué hablar. Luego miraron un poco de televisión, mientras Alicia revisaba cosas para el día siguiente y Tom hacía apuntes.

3:35 de la madrugada.

— Alicia, ¡despierta!

— ¿Qué pasa?

— Shhh… no hagas ruido, solo escucha — dijo Tom en voz baja.

— ¿Qué es lo que debo escuchar? — preguntó Alicia.

— ¿Qué no lo escuchas? Pon atención — dijo Tom. — Están arrastrando algo.

— ¿Qué dices? ¿Dónde? — Alicia trataba de escuchar, pero no podía, sus oídos no escuchaban nada.

En eso Tom se levantó y caminó despacio. Se dirigió a la cocina, cogió la escoba y la tomó por el medio. Era lo único que tenía a mano que pudiese servir en caso de tener que defenderse. Caminó por la sala y por el solárium, mirando al techo. Él sabía que lo que estaba escuchando venía de arriba, sí, del ático.

Después de unos veinte minutos no hubo más ruido. Tom esperó un rato más y luego volvió a la cama. Ahí estaba Alicia sentada y comenzó a hacer preguntas. Tom trataba de responderle, pero no tenía más respuestas, porque sencillamente no las había. Él sí había escuchado esos ruidos y estaba seguro de que venían de arriba.

Alicia trató de volver a recobrar un poco más de sueño, lo mismo que Tom, y así continuaron hasta que el despertador sonó a las 6 de la mañana.

— Tom, ¿podemos hablar?

— ¿Qué es lo que pasa? La verdad, no estoy de humor, ya sé que me dijiste que no habías escuchado nada, pero yo sí escuché, era como si estuvieran arrastrando cajas pesadas, así lo sentí.

— Solo quería decirte que… — Alicia quería decirle a Tom que ella se había guardado hacer el comentario cuando aquella noche se llevó la tremenda sorpresa al ver a don Tobías cuando encendió la luz, pero abruptamente cambió de parecer.

— ¿Qué querías decirme?

— Ay se me ha ido la idea, sé que te quería decir algo y ya no lo recuerdo. Lo siento.

— Mmm…

Ninguno de los dos mencionó otra palabra durante el desayuno. Luego se marcharon cada uno a sus respectivos trabajos y todo se volvió una rutina diaria. Por lo menos dos o tres noches a la semana, Tom despertaba en mitad de la madrugada. Que si había escuchado cajas, que si pasos o que si golpeaban el techo. Todo se le hacía una situación difícil. Alicia había notado que esto les estaba afectando y tan solo iban por el segundo mes.

No podía entender cómo don Tobías no había vuelto por ahí, o cómo era que nadie más escuchaba lo que Tom escuchaba. Alicia terminó contándole a Debbie lo que estaba pasando y pidiéndole consejo. Pero Debbie, quien no quería decir las palabras inadecuadas, solo callaba. Tom por su parte, un día se sentó a comer su almuerzo en el jardín de la universidad, al lado del lago y su ayudante se le acercó.

— ¿Te puedo hacer compañía? — preguntó Rose.

— Sí, claro.

— Te he notado muy estresado estas últimas semanas, ¿todo bien en casa?

— Mmm… — Tom la miró de frente y su primer impulso fue decirle que no debía hacerle preguntas de índole personal, pero rápidamente se dio cuenta de que las preguntas venían a consecuencia de su comportamiento, el cual probablemente estaba siendo afectado.

— Perdón, no he querido entrometerme en lo que no me incumbe, pero te he notado ido, preocupado — dijo la asistente.

— No, tú debes perdonarme a mí, lo siento. Sé que he estado comportándome de una manera extraña — dijo él. — Es que me está pasando algo insólito, no tengo otra palabra para describir los hechos.

— ¿De qué se trata? ¿Qué es lo que te está ocurriendo?

— Es que no sé ni siquiera cómo tomarlo, o si decirlo o no. A ese extremo es que esto me está complicando — dijo Tom, con tono muy nervioso.

— Si quieres, puedes contarme. Es obvio que algo te está perturbando, tal vez pueda darte algún consejo o darte mi opinión.

Tom comenzó a relatarle los eventos que habían sucedido en la nueva casa y además le dijo las cosas que le parecían muy raras, como lo del administrador, que no lo habían vuelto a ver. En fin, le relató por largo rato y ella lo escuchó tranquilamente. Después Rose le dijo que al día siguiente ella le llevaría algo que le interesaría y que tal vez eso le podría ayudar. Aunque Tom se quedó en ascuas por saber qué era eso de lo que Rose hablaba, no hizo más presión. Esa tarde durante la cena, Tom pensó en contarle a Alicia lo de su conversación con Rose, pero prefirió callar y esperar a ver de qué se trataba.

Al día siguiente, Tom se había levantado más temprano que de costumbre, como una hora antes de que el despertador sonara. Últimamente no dormía bien, los ruidos en la noche no lo dejaban descansar, pero había decidido no hacer más comentarios ya que Alicia no los escuchaba, o al menos eso decía ella. Tom sabía que algo fuera de lo normal estaba ocurriendo, de otro modo, la única explicación sería pensar que él estaba perdiendo la razón, por lo que eso lo traía de cabeza.

Contando los minutos se fue a su trabajo, Tom quería ya saber qué le tendría Rose. Al llegar a la universidad, estacionó el auto como de costumbre y caminó por la avenida de árboles. La brisa estaba helada y se veían algunos copitos comenzar a caer por todas partes. La primera nevada estaba en puerta y aunque muchos gustaban de la nieve, era claro que, en áreas del norte como esa, las caídas de nieve siempre eran más significantes. Aquello le advertía que probablemente se iría a casa a eso del mediodía, dependiendo que cuántas pulgadas estuvieran anunciando para esa noche.

— Hola, Tom. ¿Cómo estás? — preguntó Rose, quien lo alcanzaba desde atrás.

— Ah, hola, bien. No te había visto. ¿Cómo ves lo de la nevada de esta noche? — Tom trataba de hacer conversación para no ir de frente a preguntarle por lo otro, claro que se moría de ganas de saber qué era lo que ella le llevaría.

— Bueno, es la primera nevada, será un poco mala, como lo usual — contestó Rose. — Sabes, te he traído eso que te dije, apenas entremos te lo muestro.

— Ah, ¿me has traído algo? Ah, sí ya recuerdo. ¿Y qué es? — preguntó Tom, que tenía la curiosidad de saber y no alcanzaba a esperar a entrar a la oficina.

— Ya lo verás, no te apures.

Una vez dentro del edificio, Rose se apresuró a sacar de su bolsa un libro y se lo dio a Tom.

— ¿Un libro? ¿Esto es lo que me decías? — preguntó Tom. Aquello sí que era una sorpresa. ¿Qué diablos podía decir un libro acerca de lo que él estaba atravesando?

— Sí, es un libro muy interesante si tienes tiempo para leerlo, pero si no, puedes ir directo al episodio número cinco, se llama "*Las Almas Perdidas*".

— ¿De verdad quieres que lea un libro?

— Sí, verás que su contenido es muy interesante. Ya lo comprenderás.

Rose tomó su bolsa y siguió a su escritorio. La mañana continuó como de costumbre hasta que a eso del mediodía dieron la orden de cancelar el resto de la jornada, por los estragos que la nieve produciría. Habían anunciado casi un pie de nieve para la primera tormenta de la temporada.

Tom llegó a casa y puso su bolso con cosas donde siempre lo ponía, pero antes sacó el libro que Rose le había dado y lo puso en la mesita de la sala junto al sillón, en donde pensaba sentarse después de la cena.

Había decidido que le daría una ojeada, para que ella no se fuese a sentir mal, pero lo que Tom no sabía, era que la sorpresa que se llevaría sería más grande que cualquiera que hubiese recibido antes.

Capítulo 9

Quién puede decir que no es supersticioso? Creer en las historias que contaba la abuela suele conectarse con las memorias del pasado, cuando uno era niño, pero si de alguna forma esas historias no fueran exactamente del pasado, sino del presente y te estuvieran pasando a ti, ¿qué sentirías? ¿Cómo lo explicarías? ¿Tu sentido de la vida cambiaría? A veces hay que abrir la mente porque de lo contrario puede que las situaciones te obliguen, lo que es peor.

— ¿Y este libro? "*Las Almas Perdidas*", ¿es tuyo? — preguntó Alicia, después de que lo había tomado en sus manos.

— No, no es mío, me lo han prestado. Rose piensa que debo leerlo, aún no sé muy bien para qué, pero le daré una ojeada dentro de un rato. Primero debo terminar algunas cosas. — Tom le contestó desde el computador en donde estaba sentado.

— Me imagino que ya sabes de qué se trata, ¿verdad? Es como una recopilación de historias cortas, por lo que estoy leyendo en el prólogo. Pareciera que está basado en historias recolectadas de hechos verídicos. Mmm… me tendrás que contar si es bueno, tal vez podría leerlo yo también, el título tiene algo que me llama la atención — comentó Alicia.

Tom sabía que de alguna forma ese libro tenía conexión con lo que estaba aconteciendo en la casa, pero no podía decirle nada Alicia sin saber primero de qué se trataba todo eso.

— Está bien, te diré si es bueno cuando lo lea — dijo Tom.

Pasó un rato y finalmente terminó lo que estaba haciendo. Luego fue a la sala y tomó el libro para comenzar a leerlo. Hizo como todo lector, primero revisó el índice, luego leyó el prólogo, y procedió a leer un poco de la primera historia. Pudo darse cuenta de inmediato que se trataba de relatos que se asociaban con espíritus y cosas raras, tema del cual Tom no era nada fanático. Él pensaba que la gente siempre exageraba las cosas y nunca buscaban la verdadera razón a aquello que podía malinterpretarse. Claro, él era más bien adepto a la ciencia, desde el punto de vista de que él era un estudioso de la ciencia y sus estudios solo concluían hechos e información de datos reales. Pero Tom pronto comprendería que, aunque fuese el estudioso más grande del mundo, había cosas que no podría explicar, más bien, cosas que le cambiarían la perspectiva de la vida.

Página uno, dos, tres… y ya estaba buscando por el capítulo cinco, el cual Rose le había indicado. Comenzó por leer el título que decía: *"La Maldición de la Mansión Walsh"*. La historia contaba que, por allá en 1756, una de las familias de dinero de la zona había comprado esos acres y construido la casa grande y varias otras estructuras, como las caballerizas, los garajes y tres casas de huéspedes. También decía que la familia había sido muy buena con la gente del área. Habían creado trabajos y ayudado mucho en la comunidad. Contaba la historia que la señora Walsh era una hermosa mujer y que tenía tres hijos, pero que cuando llegó a vivir a la zona, se había embarazado de un cuarto y que soñaba con que fuera niña.

Tom leyó más y más y se enteró de que a mediados del embarazo, el señor Walsh había tenido un gran disgusto con uno de los trabajadores y que había terminado mal. Todo mundo se había enterado y a pesar de que el trabajador había sido el que había agredido al patrón, no faltó quien cambiara la historia. Pero lo que importaba era que el hombre murió al caer y golpearse la cabeza en el suelo, por lo borracho que estaba. Desafortunadamente para el caso, el hombre había dejado a una esposa y también hijos.

La esposa, muy molesta y contrariada por lo que había ocurrido, fue en busca del señor Walsh, pero no lo encontró a él, sino a la esposa. Se sabía en el pueblo en ese entonces, que la esposa del trabajador no era de trigo limpio, más bien gente del mundo oscuro, que practicaba magia negra, según decían.

La visita a la mansión Walsh no fue buena. Al no encontrar al dueño, habló con la esposa, demandando dinero y bienestar de por vida para ella y sus hijos. La señora Walsh le dijo que ella no podía ayudarle, que tendría que hablar con su esposo. Esto no le pareció nada bien a la mujer y comenzó a discutir con ella. Las cosas escalaron y se armó un conflicto mayor, tanto que la señora Walsh tuvo que pedir ayuda para que sacaran a la mujer de ahí. Cuando iba saliendo, un momento antes de dejar la propiedad, esta le dijo que no se olvidaría de ella y que pronto lloraría lágrimas de sangre, que la maldecía de por vida y para todas las vidas.

El caso es que el libro relataba más detalles y Tom estaba sumamente concentrado en el tema, pero ya con lo que había leído, tenía una sensación un poco desagradable en el estómago, como quien teme lo peor. Y así fue, continuó leyendo para aprender que, a los pocos meses de ese suceso, la señora Walsh murió en un gran incendio. Este se produjo en una de las casas de huéspedes que ella arreglaba para la llegada de familiares al nacimiento de su futura hija, ya que ella decía que ese embarazo era diferente de los otros tres, por lo que creía que finalmente el deseo de tener una niña se le haría realidad.

La noticia fue muy sonada en la zona y todo el mundo la lloró por mucho tiempo. Después del incendio nada fue como antes. Todos decían que una maldición había caído en la familia y esto le había afectado tanto al esposo, que casi ni salía de la casa. El tiempo pasó y los hijos crecieron y nunca más hubo un descendiente de los Walsh que fuera mujer. Todos los hijos se casaron y continuaron el linaje, pero ninguno de ellos tuvo hijas. Y así se hizo la historia de la maldición de los Walsh.

Hasta este punto, Tom estaba muy metido en la historia y hasta pena había sentido, pero cuando prosiguió fue que comenzó realmente a ver la asociación de la historia con lo que él estaba viviendo. Según contaba la escritora que había hecho la recopilación de historias, mucha gente había tratado de vivir en esas tierras, pero nadie duraba, todos terminaban yéndose por el miedo a todo lo que tenían que pasar.

Decían que los espíritus rondaban sin descanso y que la casa estaba embrujada. Contaba la historia, que una de las casas de huéspedes había sido restaurada y que con el tiempo la habían usado para guardar las cosas que pertenecieron a los dueños originales, ya que la casa siempre era vendida con una cláusula especial. Esta cláusula no permitía demoler aquella propiedad, por lo que la gente deducía que era esa la casa en donde la señora Walsh había muerto quemada.

Tom pensaba para sí mismo lo horrible de la historia y lo triste que era para la familia y sus descendientes. En las próximas páginas, leería relatos de personas que habían vivido en la casa por periodos cortos en los últimos 30 años. Nunca nadie había durado mucho tiempo, siempre terminaban yéndose. Los ruidos, las luces y los espíritus no dejaban que nadie ocupara esa casa por largo tiempo.

La sensación que Tom tenía no era buena, pero él, más que nada, sentía una angustia enorme. Sentía pena y tristeza, pero no sentía miedo, al contrario, no podía dejar de pensar en ese bebé que nunca llegó y en el dolor de la madre al morir en el incendio.

Tom no pudo dormir aquella noche, esperaba que los ruidos comenzaran en cualquier momento y para evitar la horrible sensación, había decidido no dormir. Como a eso de las dos de la mañana el sueño le ganó y cayó profundamente dormido hasta la mañana siguiente, cuando Alicia trataba de despertarlo diciéndole:

— ¿Es que no te vas a levantar? Es tarde. De seguro llegas atrasado.

— ¿Qué hora es? Me he quedado dormido — exclamó Tom, quien salió de volada al baño para prepararse para el trabajo.

— Son las 6:30, aún tienes un poco de tiempo. Tu café está listo y te he dejado la ropa sobre la cama — le gritaba Alicia, quien ya había dado el agua en la regadera.

Un beso y un abrazo y Tom salió más rápido que un cometa, no quería llegar tarde ese día en especial, pero parecía que no importaba su intención, porque todo estaba más lento sin importar lo que él hiciera. Las maquinas apenas y salían a limpiar las calles y los caminos estaban como quien dice imposibilitados.

Al ver que no avanzaba, Tom llamó a la oficina muy preocupado porque iba tarde. Ese día alguien de la ciudad iba a reunirse con él para revisar el estudio en el que estaba trabajando. El teléfono sonó, sonó y nada, nadie contestó. Entonces decidió marcar al celular de Rose; después de todo ella era su asistente.

— Rose, ¿estás en la oficina? Estoy tarde, estas benditas calles están muy malas, nada se mueve. — Tom no podía parar de hablar mientras Rose al otro lado del teléfono trataba de decirle que la escuchara.

— Tom, cuando calles, me dejas hablar. ¿OK? — dijo Rose.

— Perdóname, es que no quería llegar tarde, por lo de la reunión. ¿Qué es lo que me decías?

— Bueno trataba de preguntarte si no has leído el memo, que si has abierto tu correo — dijo ella en un tono más tranquilo.

— La verdad, no he visto nada. Salí a la carrera porque, no me creerás, pero me he quedado dormido y Alicia tuvo un buen trabajo para despertarme. Y déjame decirte que en parte la culpa es tuya.

— ¿Cómo que mi culpa? ¿De qué hablas?

— Sí porque me he quedado hasta tardísimo leyendo el libro que me has dado.

— Ah, ¿entonces lo has leído?

— Sí, no todo, pero lo que tenía que leer sí. Me ha tomado varias horas.

— ¿Y qué piensas ahora?

— Mira, tú sabes que para mí es muy difícil validar hechos así y de la nada atribuírselos a espíritus que no han encontrado el descanso eterno, o como le digan.

— ¿Entonces no crees que lo que estás experimentando en la casa tenga algo que ver?

— Tengo que ver otras alternativas, tal vez todo esto que la gente dice, es provocado por personas reales, para que las historias continúen. O quién sabe, aún no puedo decir qué espíritus viven en la casa, pero te lo dejaré saber apenas lo confirme. — Tom echó a reír.

— Bueno allá tú, te he puesto en bandeja la respuesta a tus preguntas, pero si no quieres creerlo, eso es cosa tuya. Ah, además hoy no trabajamos, está escrito en el memo y la cita se ha cambiado para la semana que viene. El mal tiempo continuará.

— ¿Estás hablando en serio? Me siento como un estúpido — dijo Tom.

Tom finalmente detuvo el auto para buscar dónde dar la vuelta y poder volver a casa. Cuando llegó, bajó del auto y entró, ahí le esperaba Alicia, quien tomaba una taza de café al lado de la chimenea. Tom lucía cansado y parecía que algo no andaba bien, por lo que Alicia le dijo que se recostara un rato. Después de todo, no podrían salir a ninguna parte, porque habían anunciado más nieve.

Ese día corrió sin mayores eventos, por lo que pudieron descansar y amenizar solo en casa. Por la tarde cenaron y miraron televisión, mientras la nieve caía suavemente, dejando un manto blanco sobre el suelo y motas que parecían de algodón sobre todos los árboles. La noche estaba en silencio y se sentía mucha tranquilidad.

2:35 de la madrugada y Tom despertó. Se movió con cuidado para no despertar a Alicia y fue ahí, en ese momento, que volvió a escuchar lo que lo había despertado. Un *toc-toc*, muy suave, casi inaudible que se repetía. Esta vez trató de seguir el sonido para ver de dónde venía. Se levantó muy despacio y caminó hasta la cocina. Se detuvo y esperó; nuevamente toc-toc. Esta vez siguió el sonido por el pasillo hasta llegar al final para toparse con la puerta al ático. Tom sintió cómo un escalofrío le recorría la espalda y con rapidez volteó en busca del interruptor de la luz, el que encendió con toda rapidez.

Se quedó parado enfrente de la puerta esperando por aquel sonido, pero los minutos pasaron y nada. Decidió volver a la habitación y en el preciso instante que daba la vuelta, el bendito *toc-toc* sonó otra vez.

Tom se giró tan rápido como pudo y lo primero que atinó a hacer fue agarrar la manilla de la puerta y forcejear. Trató y trató y nada, no pudo moverla ni un poquito, es más, la puerta ni siquiera se sentía como una puerta normal. Era algo mucho más sólido, como si fuera de metal, por lo fría que se sentía.

Cansado del intento, decidió irse a la cama de una vez, después de todo, la bendita puerta no abría. No había caso, tendría que buscar otra forma, pero no sería hasta cuando la mañana llegara. Tom entró en la habitación y se metió en la cama lo más despacio que pudo, pero Alicia ya estaba despierta.

— ¿Y has visto lo que era? — dijo ella con voz baja.

— ¿Estabas despierta? ¿Lo has escuchado? — preguntó Tom muy extrañado.

— Pues claro, si estaban golpeando la puerta. ¿O no? — dijo ella.

— Pero es que apenas se escuchaba. ¿Por qué no has dicho nada antes?

— ¿Para qué? Es suficiente con que tú te levantes, ¿no lo crees?

— ¿Estás bromeando? ¿O me estás diciendo que has escuchado que golpeaban la puerta?

— Pero si te lo he dicho, claro que lo escuché.

— Alicia, ¿has escuchado ruidos otras noches?

— Pero claro que sí, ¿o crees que solo tú los escuchabas?

— ¿Qué cosa es esto? ¿Por qué no me lo habías dicho?

— Simplemente porque no quería que te preocuparas más y así, tal vez, sin darle más importancia, esto hubiera terminado. Pero parece que no, ¿verdad?

— Pero Alicia, debiste haberlo dicho, no te guardes estas cosas, no quiero que te sientas mal tú sola, o que estés preocupada sin tener a quien contarle.

— Bueno, en eso tienes razón. ¿Qué crees que sea todo esto?

— Mira, no quiero que comencemos a pensar en cosas que son ilógicas, estoy seguro de que debe haber una explicación. Aunque…

— Aunque, ¿qué?

— Es que le he comentado a Rose, mi asistente, y por eso es que ella me dio el libro.

— Ah, el libro que estabas leyendo anoche.

— Sí, ese mismo.

— Y… ¿qué dice el libro? — preguntó Alicia.

— Cuenta la historia sobre esta propiedad, en realidad la historia de los propietarios originales, por allá en 1700.

— Mmm… y ¿has descubierto algo que nos pueda ayudar a solucionar este problema?

— La verdad, no. Pero ahora sé la historia de la casa. Tal vez quieras leerlo, así comprendes lo que te digo — contestó Tom.

— Si tú consideras que debo, lo haré.

Al día siguiente, Tom y Alicia permanecieron en casa nuevamente ya que la tormenta había dejado bastante nieve en las calles y eso imposibilitaba que los residentes de ese pueblo pudieran movilizarse normalmente, sino todo lo contrario, la gente debía salir a limpiar sus casas, despejar áreas y vehículos para hacer más fácil la salida.

Tom en realidad no salió a limpiar, sino que salió en busca de algo que le sirviera para abrir la condenada puerta del ático.

— ¿A dónde vas, Tom?

— Voy a ver si tengo algo que necesito en la cajuela del auto.

— ¿Qué es lo que necesitas? Tal vez te puedo ayudar.

— Busco la barreta de acero.

— Ah, eso, ¿y para qué la quieres?

— Abriré esa puerta cueste lo que cueste. No pasa de hoy.

Alicia no dijo nada, solo lo miró de frente sin hacer comentario. Ella sabía exactamente dónde estaba la barreta, pero no dijo nada. Tal vez, en cierta forma, Alicia sentía temor o no quería descubrir lo que podrían encontrar al abrir la puerta. Ella había estado escuchando desde el comienzo muchos ruidos y golpeteos en la puerta, e incluso se había acercado a ella varias veces para tratar de escuchar. No sabía con claridad lo que estaba sintiendo, pero se le hacía cada vez más difícil no pensar que la única explicación para todo aquello era que ahí había espíritus y no estaban felices.

Tom volvió sin nada en las manos y le preguntó nuevamente a Alicia si sabía dónde estaba la barreta, pero Alicia no dijo mucho, es más, le ofreció un desatornillador que ella tenía en la cocina, pero Tom más bien se molestó, cuestionándole cómo podría abrir la puerta con algo tan pequeño. Al rato él se fue afuera y se puso a palear nieve, limpió los autos e hizo un pasillo desde la casa hasta la salida. Mientras, Alicia se había instalado en el solárium a leer el libro, ni siquiera tuvo que preguntar en dónde leer, ya que Tom había dejado el separador marcando la última página que había leído.

La primera impresión que Alicia se llevó fue al leer el título de la historia "*La Maldición de la Mansión Walsh*". Se quedó ahí por largo rato leyendo la historia y aunque todo eso sonaba a historias que la abuela contaba, no podía dejar de pensar que lo que estaba ocurriendo en su casa era muy real. Seguía analizando una y otra vez todo lo que, como decía ella, no cuadraba exactamente.

Alicia leyó toda la historia y sintió lo mismo que Tom, tristeza, y más bien, preocupación por cómo los hechos pasaron. Pensaba en esa criatura que no pudo nacer y comprendía lo horrible que debió haberse sentido la señora Walsh, después de desear con tantas ansias a ese bebé. Alicia lo sabía porque ella misma había soñado con un bebé por largo tiempo y había hecho tanto por conseguirlo para al final terminar vacía y sin nada.

El resto del día Tom y Alicia hablaron de la historia y lo más increíble es que no sintieron nada de miedo, pero lo que ambos sí sentían era una aflicción dentro de sí, y no sabían muy bien por qué, después de todo, aquello había pasado hacía muchos años. ¿Qué podría quedar de todo eso ahí? Tal vez solo eso, la historia y nada más.

Estaba claro que no sería esa noche en la que dejarían de ser escépticos para convertirse en crédulos de historias fantasmagóricas, pero esa noche sí sería el comienzo de una nueva historia, la cual tendría un final increíble.

Capítulo 10

Lo increíble de la vida es que muchos pasan por ella sin ni siquiera haber vivido un poco. No siempre el lado cómodo y seguro es el más indicado. Poder arriesgar y cruzar barreras te dará la fuerza necesaria para vivir plenamente, aprendiendo la verdadera razón de la existencia.

La normalidad regresó al día siguiente y, los trabajos de cada uno, volvieron a sumergir a Tom y Alicia en esa vida atareada de antes. No volvieron a comentar sobre el asunto, pero ambos cada vez que miraban al fondo de ese pasillo, veían la puerta al ático. Alicia sabía que, en algún momento, los ruidos volverían y sería en esa oportunidad en la que tal vez Tom encontraría la barreta y abriría finalmente esa puerta. Solo que hasta entonces tendrían que lidiar con el asunto.

Dos semanas después de aquella tormenta, Alicia vio al jardinero y se fue de corrido a preguntarle algo.

— Don David. ¿Cómo está? No le había visto por estos lados — dijo Alicia, con voz entrecortada, pues iba corriendo para alcanzarle.

— Señora. ¿Cómo está? ¿Todo bien en la casa? — respondió el hombre.

— Sí y no, necesito saber cómo ubicar a don Tobías, tengo preguntas que hacerle y el teléfono que me ha dado, no trabaja.

— Ah, pues va a estar difícil, no me lo sé de memoria, tendré que buscarlo en casa. Es que el hombre ha estado medio malito de salud, por eso no ha regresado por estos lados. Además, es invierno y por aquí todo se duerme en invierno.

— Mmm…pues yo le agradeceré que busque el número, de todas formas, tengo preguntas y quiero hablar con él.

— Cómo no señora, pero dígame si hay algo en lo que le pueda ayudar.

— Pues verá, tenemos ciertos ruidos que están haciéndose un problema, ya que ocurren en mitad de la noche. Y, por favor, no me vaya a salir con alguna de esas historias… porque no creo que sea nada parecido. Es por eso que queremos abrir la puerta que está cerrada. Mi esposo piensa que es posible que algún animal pequeño haya entrado y esté viviendo ahí, por lo mismo que es invierno.

— Mmm… ¿ruidos? ¿Qué clase de ruidos diría usted? — preguntó David un poco asombrado.

— Bueno, ruidos, cómo le podría explicar… solo son ruidos como si alguien estuviese arriba. Sí, definitivamente se siente como si alguien estuviera en el ático.

— Si quiere yo le ayudo a abrir la puerta, o puedo ir a la casona a ver si hay llaves para esa puerta. Como usted quiera — dijo David.

— Creo que sería buena idea buscar la llave primero, ¿no lo cree? Así no le hacemos daño a la puerta — dijo Alicia.

El jardinero le dijo a Alicia que iría a buscar las llaves a la casona y que luego la alcanzaría en su casa para ver lo de la puerta. Alicia se fue a la casa ansiosa de que el hombre volviera pronto y así, al fin, poder abrir la puerta al ático. Pero no todo saldría como ella lo estaba pensando.

El jardinero volvió para decirle que no había encontrado las llaves, pero que haría el intento de abrirla. Él le dijo que a veces las puertas viejas se podían abrir con solo sacar el perno que juntaba las bisagras, pero para la mala suerte de ellos, la puerta no tenía las bisagras expuestas, sino para adentro, y no se podían ver. David trató de todas formas, desde intentar desarmar la chapa, hasta empujarla a ver si se movía, pero todo fue en vano, la chapa estaba sellada por dentro y no se podían explicar cómo diablos habían tenido acceso al ático.

Ahora todo cambiaba para Alicia, no solo estaba lo de los ruidos y todas las cosas extrañas que acontecían, sino que se le sumaba este obstáculo, que ya colmaba todo lo imaginable. ¿Cómo diablos habían hecho para cerrar esa puerta si ni cerradura tenía por fuera? Se preguntaba Alicia.

Cuando David se despedía de ella, aprovechó para hacerle un comentario que la dejaría pensando en si realmente vivir ahí había sido la mejor decisión o si se habían equivocado.

— Señora Alicia, y ¿qué tan feo está eso de los ruidos?

— ¿A qué se refiere David?

— Es que la última vez que la casa estuvo alquilada, los inquilinos solo duraron un mes y se fueron sin decir palabra. Un día lunes vine a trabajar y ya todo estaba vacío. Por eso le pregunto, para saber si se irán pronto. La verdad es que ustedes son muy buenas personas y me gusta ver gente en la casita.

— Lo cierto es que no hemos pensado en irnos en lo más mínimo — respondió Alicia.

— Qué pena si dije algo que no debía. Es que con eso de que aquí penan, nadie dura en la casa. Debe ser que los espíritus no quieren gente en su casa — dijo David.

— ¿Penan? ¿De verdad usted cree en eso? Yo siempre he pensado que las historias son aumentadas por las personas a través del tiempo y así se convierten en leyendas de las que usualmente algunas personas caen presas — dijo Alicia.

— Sí, usted tiene razón, pero no me va a negar que algo debe haber, después de todo, la gente que ha vivido aquí, se ha ido porque no han podido vivir en paz. ¿Acaso no les está pasando lo mismo a ustedes? — dijo el jardinero.

— Creo que de cierto modo tiene razón, esto de la puerta está muy extraño, no logro imaginarme cómo cerraron esa puerta si no hay forma de abrirla por fuera, más bien quiere decir que la puerta se cerró por dentro, ¿no le parece?

— Podría ser, así evitarían que personas viviendo en la casa intentaran subir al ático.

— Mmm, tendrían que haber salido por la ventana, si esa fuera la respuesta. — Alicia salió rápido al patio a mirar al techo de la casa. Quería ver la ventana del ático para poder sacar mejores conclusiones. David salió junto con ella.

— Yo creo que tengo una escalera así de larga, guardada en uno de los graneros. Iré por ella — dijo el jardinero mientras calculaba lo alto que tendría que subir para poder inspeccionar la ventana.

Alicia esperó por él ansiosamente, a esas alturas lo único que quería era ver qué diablos había en ese ático.

— Ya señora Alicia, yo creo que con esta llego arriba, además es la única que encontré — dijo David.

— Se ve bastante larga, yo creo que sí sirve — dijo Alicia esperando a que David terminara de asegurarla contra la pared.

— Señora Alicia, déjeme que yo me suba, no vaya a ser que se caiga o le pase algo, ¿se imagina? Qué problema — dijo David poniendo el primer pie en el peldaño de la escalera.

— Pero no tiene que hacerlo, después de todo fue mi idea — dijo Alicia un poco molesta, porque ella quería realmente ver lo que había arriba. — Está bien, pero yo subiré después de usted, también quiero echar un vistazo.

— Sí, cómo no, pero quiero asegurarme que está firme y bien puesta.

— Está bien.

Pasó un instante y David ya estaba arriba limpiando uno de los cristales de la ventana para mirar hacia dentro.

— Señora Alicia, solo hay cajas y pareciera que unos muebles están cubiertos con linos.

— ¿Y usted cree que la ventana se puede abrir? — preguntó Alicia.

— Malas noticias, es una de esas que no se abren, no veo manilla alguna. Mmm… qué raro está todo esto — dijo David. — ¿Quiere subir y verlo usted misma?

— Sí claro, tiene que haber alguna forma de abrir esa ventana.

David descendió por la escalera para dejar que Alicia subiera y lo verificara por sí misma. La situación se complicaba más con cada cosa que intentaban hacer para conseguir acceso al ático. No le parecía a Alicia que esto se tratara solo de prevenir que alguien entrara arriba, más bien se sentía como si alguien desde adentro quisiera protegerse de los de afuera. De hecho, la puerta había sido cerrada por dentro y lo mismo la ventana. ¿Cuál habría sido el propósito real? La interrogante se hacía cada vez más grande.

— ¿No se le ocurre alguna idea para entrar? — preguntó Alicia, sin dejar de mirar hacia el ático.

— Bueno, podríamos quebrar uno de los cristales, pero eso no sería suficiente para entrar. Creo que habría que romper unos cuantos — dijo David calculando cuánto espacio necesitaría para poder entrar.

— Sí, eso está difícil, porque tendríamos que cubrirla con algo, tal vez debemos pensar en otra forma — dijo Alicia considerando que quizá lo mejor era decirle a Tom. — Se lo preguntaré a mi esposo.

David bajó y pronto removió la escalera del lugar. Se despidió y le dijo a Alicia que cuando pensara en algo, lo llamara, que él vendría a ayudarle, pero cuando se iba yendo volteó a decirle algo a Alicia:

— Señora, mi esposa siempre dice que cuando los difuntos no están en paz, hay que prenderles una vela blanca y orar por ellos. Tal vez no sería mala idea que usted prendiese una velita, puede ser que se calmen y no hagan más ruidos.

Alicia solo lo miró y se despidió de él moviendo la mano, para luego entrar a la casa. Caminó derecho al pasillo y se quedó parada frente a la puerta del ático. Terminó sentándose en el piso, mientras continuaba reflexionando acerca de todo lo que estaba ocurriendo. De pronto, sin quererlo, comenzó a hablarle a la puerta: "¿Me preguntó que habrá detrás de ti? ¿Por qué no quieres que nadie sepa qué es lo que guardas allí dentro? Yo no creo que sea algo malo, siento algo muy diferente y sé que pronto lo descubriré. No debes temer de nosotros, no hemos venido a quitarte nada, solo estamos de paso".

Alicia no se dio cuenta de que se había dejado llevar por ese sentimiento, quedándose ahí por largo rato, platicándole toda su vida a la puerta. Pero cuando miró el reloj en su muñeca, comprendió que había perdido la noción del tiempo y se paró rápidamente diciendo: "Por dios, se me ha ido el tiempo en contarte cosas y tú probablemente te habrás aburrido de escuchar tantas estupideces". Seguido a eso, Alicia dio media vuelta para irse y en ese preciso instante escuchó un ruido.

Ella volteó de inmediato a mirar la puerta, acercó sus manos y las puso sobre ella, luego dijo:

— ¿Has sido tú quien ha hecho ese ruido? — Alicia esperaba algo, no sabía qué, pero esperaba una respuesta. A los pocos segundos, el ruido se escuchó nuevamente.

— ¿Entonces eres real? ¿Me entiendes? ¿Me has contestado?

Alicia muy exaltada por lo que parecía una respuesta, continuó parada frente a la puerta, para ver si esta le respondía una vez más, pero esperó y esperó, y no hubo ningún otro ruido.

Tom llegó ese día a casa para encontrarse con Alicia muy exaltada, quien apenas podía expresarse claramente y contarle lo que había pasado.

— Alicia, Alicia mi vida, si no paras y me explicas despacio, no podré entenderte — dijo Tom, interrumpiendo la conversación acelerada que Alicia llevaba por sí sola.

— Oh, lo siento, es que esto es increíble, no sabes lo que ha pasado.

— Claro que no lo sé, es lo que tratas de contarme, ¿verdad?

— Sí, es que en la mañana vino David, el jardinero y le pedí que me abriera la puerta del ático...

Alicia trató de relatarle lo mejor posible todo lo sucedido esa mañana, y él la escuchaba con mucha atención, pero cuando llegó a la parte donde le contó que la puerta le había respondido, entonces Tom la interrumpió:

— A ver, espera un momento. ¿Cómo es eso de que la puerta te respondió? Por dios Alicia, qué estás diciendo, veo que esto se está volviendo algo más complicado de lo que pensé — dijo muy preocupado.

— Bueno, no la puerta, tonto, sino el espíritu que vive allí — dijo ella.

— ¿Y desde cuándo hablas de espíritus que yo no me había enterado? Alicia, aquí no hay espíritus, los espíritus no existen. Estoy seguro de que solo es algún animal haciendo su casa en el ático por los meses de invierno. Tú no creerías lo ingeniosos que son cuando se trata de entrar a un techo.

Alicia al ver la reacción de Tom, decidió dejar el tema ahí, no hablar más del asunto, ya que su esposo estaba mostrando claramente una posición incrédula ante dichos eventos.

Los días pasaron y Tom habló con un par de personas para que vinieran a revisar el techo y los alrededores de la casa. También había enviado un correo a la misma dirección donde habían mandado sus documentos para procesar el alquiler, demandando atención de inmediato, que dicha situación no podía prolongarse más.

Por su parte Alicia, que llegaba siempre un par de horas más temprano que Tom, había decidido tomar el otro camino. Ella sí sentía que había algo ahí, aunque no sabía si era un espíritu o un fantasma, o algún ente, o como fuera que le llamaran. Lo que sí sabía era que estaba segura de que le había respondido y que, definitivamente, ahí había algo. Por eso era que había comprado velas blancas y encendía una cada día por un par de horas. También cada vez que pasaba por fuera de la puerta, miraba y le saludaba. Aunque sonaba como algo que solo una persona en algún estado mental alterado pudiera hacer, ella, Alicia, sentía que no, que realmente había algo allí detrás y quería ganarse su confianza.

Para la mala suerte de Tom, las dos personas que habían ido a la casa, habían quedado muy intrigados con el motivo de que no hubiera acceso directo al ático, y sin poder subir era muy difícil decir si había algún animal viviendo allí. Uno de ellos, había revisado la casa por fuera y le dijo que no veía señales de acceso, que lo único que pudiera ser, era entrar desde el interior de la casa, pero este hombre al ver la puerta prácticamente sellada, le dijo que no podía hacer nada por él, que algo más raro estaba pasando ahí, y salió prácticamente corriendo del lugar.

Tom un poco confundido, seguía buscando la forma de que todo aquello fuera solo una estupidez. Quería encontrar la razón de los ruidos tan ansiosamente, que pensaba en eso todo el tiempo, sin poder hallar una solución que satisficiera su ansiedad. Cada vez que pensaba que a lo mejor podría tratarse de espíritus, su cabeza daba vueltas y vueltas para terminar en un conflicto interno muy grande.

Un par de días más tarde, Tom y Alicia nuevamente despertaron en mitad de la noche, para ser más exactos, a eso de las 2:30.

— ¿Lo escuchas? — preguntó Alicia.

— Sí.

— ¿Y no vas a ir a ver?

— ¿Para qué quieres que vaya? Si no puedo hacer nada — respondió Tom con seriedad.

— Entonces iré yo — replicó Alicia.

Alicia se levantó de la cama y se fue a la cocina, encendió la luz y tomó un vaso de agua. Lo bebió y luego se fue al pasillo. Cuando estuvo delante de la puerta, al final del pasillo, volvió y se sentó, así como la vez anterior y luego preguntó:

— ¿Qué es lo que pasa? ¿Necesitas algo? Si tan solo pudieras decir me que me entiendes, sería mucho mejor — dijo Alicia, ahí sentada enfrente de la puerta. — Me imagino que debes sentirte sola, ahí dentro por tanto tiempo. Yo lo sé, porque a veces me siento sola y no he estado confinada a un solo lugar como tú. — Alicia continúo hablando bajito, como por cinco minutos más hasta que lo increíble ocurrió.

— Tom, ¡ven de inmediato! ¡Tom! — exclamó Alicia, exaltada.

Tom llegó a donde Alicia estaba y le dijo:

— ¿Qué es lo que pasa?

— Es que no vas a creerlo, se ha encendido una luz, no muy brillante, más bien tenue.

— ¿Qué dices? ¿Dónde? ¿Qué luz? — Tom preguntaba.

— Aquí, debajo de la puerta. Ven y siéntate a mi lado.

— Pero Alicia, cómo vas a creer eso, lo que me estás diciendo no puede ser. Mi vida, estás nerviosa.

— Por favor, ven y siéntate a mi lado. No digas nada, solo siéntate sin decir nada. Hazlo por mí — dijo Alicia mirándole profundamente. Alicia sabía lo que había visto y quería que él lo viera también.

— Este que ves aquí a mi lado es Tom, mi esposo. — Alicia comenzó a hablar delante de la puerta otra vez y Tom hizo el intento de detenerla, pero Alicia lo miró y le apretó la mano, como queriendo decir "espera, dame la oportunidad".

— Él es muy bueno y es muy inteligente. Nosotros nos queremos mucho. Sabes, él también está preocupado por ti, solo queremos ayudarte. — Alicia hablaba sin quitar la mirada de la puerta, más exactamente, en la parte de abajo, en donde había visto la luz aquella.

De pronto, Alicia no podía creer lo que veía y menos Tom. La luz comenzó a hacerse visible poco a poco y el resplandor se veía por debajo de la puerta.

Alicia dijo:

— Ah, veo que sigues ahí, me da gusto, porque de esta forma Tom puede hablarte también. — Alicia empujaba a Tom para que dijera algo, mientras él le hacía morisquetas negándose a hablarle a la puerta.

— Tom, ¿no le dirás ni siquiera un "hola"? — Alicia dijo en voz alta, empujando a Tom a iniciar la conversación.

— Alicia, está bien le diré "hola", pero nada más, no creo que tenga sentido — dijo Tom.

— Pues sí lo tiene, ella nos entiende, ¿verdad? — Y cuando Alicia dijo esto, precisamente en ese instante la luz se hizo mucho más intensa y ahora sí que era muy difícil poder ignorar el hecho.

— ¡Lo ves! Nos entiende — dijo ella. — ¿Verdad que nos entiendes? — preguntó de nuevo Alicia y la luz volvió a bajar y subir la intensidad; se entendía que había un tipo de comunicación. Claro que para Tom esto era inaudito, lo más increíble que su mente pudiese comprender. Tom muy tímidamente se reacomodó un poco en la posición en que estaba sentado y dijo:

— ¿De verdad puedes entendernos? — La luz bajó y subió su intensidad. Tom volvió a preguntar: — ¿Eres realmente un espíritu? — Y lo mismo volvió a ocurrir, la luz subió y bajó la intensidad, pero cuando preguntó una vez más, la luz de apagó y ya no volvió a encenderse.

Tom estaba atónito por lo que acababa de presenciar, era sin duda algo que ya no podía obviar, era verdad, había algo allí y ese algo definitivamente parecía ser un espíritu real. Al darse cuenta de que ya no había más respuestas, los dos volvieron a la cama, pero no podían dormir.

Las preguntas eran tantas, que Alicia no podía esperar a que amaneciera para comenzar a indagar. Al día siguiente la actitud de Alicia era la de querer buscar más información, en cambio, la de Tom…, la actitud de Tom era un poco incierta.

— Mi amor, no has comido nada. ¿Qué te ocurre? — dijo Alicia.

— No tengo hambre — dijo Tom.

— ¿Estás preocupado por lo que ha pasado? No deberías estarlo, no siento que es nada malo.

— Alicia, ¿puedes escucharte? Estás hablando de lo que pasó anoche. Anoche estábamos los dos sentados, hablándole a quién sabe qué. ¿Tú crees que eso es normal? — dijo Tom un poco exaltado.

— Sí lo sé, no es normal, pero ¿quiénes somos nosotros para saber qué es normal y qué no lo es? ¿No crees que es tiempo de abrirnos un poco a esto y comprender que no lo sabemos todo? Claramente hemos experimentado lo que muchos llaman actividad paranormal y no lo puedes negar.

— Pues sí, es que no sé qué creer — dijo Tom.

— No tienes que creer nada, solo aceptar lo que pasó, eso es todo. Aceptar Tom, solo eso — dijo Alicia mientras se paraba de la mesa.

— Pero no tienes que molestarte, esto es complicado.

— ¿Y tú de verdad piensas que esto es complicado solo para ti? Porque no es así. Yo no sé cómo podría llegar a comprenderlo, pero no puedo ignorar que ha pasado. Y si puedo de alguna forma indagar para ayudar, lo haré, no lo dudes, porque algo se podrá hacer, estoy segura — dijo Alicia determinantemente.

Tom no dijo nada más y se terminó de servir su desayuno para luego irse al trabajo.

Lo mismo hizo Alicia.

Capítulo 11

odos tenemos momentos en los que desertamos, queriendo evadir posibles experiencias, sufrimientos o responsabilidades que no nos sentimos capaces de enfrentar. La actitud con la que las cosas se tomen ayudará a que lo que enfrentes, sea más fácil de llevar. La vida está llena de momentos en los que una decisión puede cambiar el resto de tu vida.

Dos semanas más tarde, la compañía de propiedades encargada del alquiler, había mandado a una compañía de construcción para que revisara toda la propiedad, en busca de animales que pudiesen estar viviendo en la casa. Pero nada estaba fuera de orden y no había indicios de animales entrando o saliendo de la propiedad.

Cuando Tom habló con ellos y les preguntó por qué no entraban al ático para revisar allá, la respuesta fue un tanto sorprendente. Le dijeron que no podían tratar de abrir esa puerta por nada del mundo. Tom muy inquieto por esa respuesta, insistió preguntando cual era la razón, a lo que el hombre dijo que no sabía, pero que no podía entrar o tratar de abrir la puerta.

Antes de que ellos se marcharan, Tom le preguntó nuevamente desde cuándo conocían esa propiedad y el hombre respondió que, desde hacía unos cinco años, pero que no había tenido gente viviendo en la casa desde hacía cuatro. Esto era lo que Tom podría llamar como definitivo, era obvio que algo había ahí y que la gente encargada sabía de ello, pero que no harían nada. Después de eso, decidió hablar con Alicia y ver qué hacer.

—Alicia quiero preguntarte algo —dijo Tom.

— ¿Qué es lo que pasa? —contestó Alicia mientras preparaba la cena.

—He estado pensando y tal vez deberíamos buscar otro lugar. Creo haber visto una casita para alquiler en el otro lado del pueblo, por donde está la pastelería, ¿recuerdas?

—Mmm… ¿y por qué nos tendríamos que mudar? —dijo Alicia volteándose para mirar de frente a Tom.

— ¿No crees que sería lo mejor? —Tom trataba de ser sutil con las palabras, pero en realidad quería dejar el lugar, esto que estaba ocurriendo no lo dejaba vivir en paz.

—No lo creo Tom, creo que estás huyendo, eso es lo que creo.

—No estoy huyendo, solo creo que esto no está bien. ¿Qué hay si un día aquello que está en el ático decide hacerte daño? ¿Ah? ¿Has pensado en eso? Pues yo sí y me preocupo. Moriría sin ti —dijo Tom con mucha tristeza y preocupación en sus palabras.

—No te pongas así, nada me pasará y lo que ahí está, no es malo, siento algo dentro de mí que no sé cómo explicarlo, pero he estado leyendo y creo que lo correcto es quedarse y ver cómo ayudar. Siento que estaba destinado a suceder, todo esto, el cambio y todo lo demás, pero no sé la razón.

—Alicia, ¿has considerado que puedes estar un poco vulnerable?

— ¿Vulnerable? ¿Por qué dices eso? —preguntó Alicia seriamente.

—Digo yo. No lo sé en realidad, pero esto es como una nueva atención en tu vida, después de aquella devastadora noticia.

—Tom, son dos cosas totalmente diferentes y no tienes que preocuparte, ya he aceptado que no tendremos hijos, o al menos, que no podré concebirlos, pero creo que en algún momento podríamos considerar la opción de adoptar. Pero aún no, es solo uno idea.

— ¿De verdad lo considerarías? Me da mucho gusto que estés cambiando de parecer —dijo Tom sorprendido de lo que Alicia le decía.

—Pues la verdad es que he tenido mucho tiempo para pensar, podría pasarme la vida enojada con mi fortuna, pero no pienso que de eso se trata la vida. He aprendido que cuando ocurren cosas que no deseamos, si vamos en contra, duele aún más, o se hacen más difíciles, pero cuando aceptas, es como si algo adentro se calmara y así todo se siente mejor.

—Me alegro mucho de que estés pensando de esta forma. —Tom abrazó a su esposa muy fuerte y luego la besó.

— ¿Recuerdas cuando al comienzo de nuestra relación pasábamos mucho tiempo cerca y salíamos y disfrutábamos de todo lo que hacíamos juntos? —preguntó Alicia.

—Sí lo recuerdo. ¿Por qué lo dices?

—Porque creo que, con el afán de buscar un hijo, nos olvidamos un poco de lo que éramos nosotros mismos, y siento que ahí debemos volver, a ser nosotros mismos y recordarnos cada día por qué estamos juntos, por ese amor que sentimos.

—Pero yo te sigo queriendo exactamente igual que antes —dijo Tom.

—Lo sé, yo también, pero creo que desde que nos mudamos acá, hemos recobrado esa afinidad que nos unió en un principio. Pasamos más tiempo juntos, salimos más, cocinamos, en fin, hacemos muchas más cosas juntos, no pasamos tanto tiempo separados como en la ciudad.

— ¿De verdad crees que estábamos distanciados?

—Sí, me sentía sola, claro que no lo sabía bien, pero ahora lo sé —dijo Alicia con voz firme. —Tom, no intentes cambiar o arreglar lo que está pasando, solo déjate llevar, creo que será lo mejor, lo siento dentro.

—Está bien mi amor, no volveremos a discutir este tema.

Esta conversación trajo mucha reflexión para Tom, quien no se había dado cuenta de ciertas cosas y de las que tal vez Alicia tenía razón. Él siempre quería tener una solución a todo y si había un problema, tenía que encontrar la forma de arreglarlo, siempre era así. Pensaba que, si él no hubiera insistido en ver tantos doctores y especialistas, tal vez Alicia no hubiera estado tan triste, pero no servía de nada pensar en el pasado, más con lo que Alicia le había dicho, lo mejor sería que pensara en cómo dejarse llevar por la situación y no ir en contra de ella.

Ya estaba en puerta la temporada de Navidad y por todas partes las decoraciones hacían su debut. Esta era la temporada favorita de Alicia, ya que le encantaba decorar la casa, tanto adentro como afuera. Para Tom la Navidad era algo que había aprendido a disfrutar con Alicia, ya que él no era católico, más bien ateo, pero esto no fue motivo para que Tom no le tomara gran gusto a la temporada navideña, disfrutando de todo lo que ella traía: decoraciones, reuniones, comidas especiales y por qué no decirlo, las galletas de miel que Alicia hacía, receta de su abuela, *¡por Dios que eran deliciosas!*, decía él.

Aún faltaban un par de semanas para la Nochebuena y ya habían decorado el árbol de Navidad y todos los alrededores de la casa. Todo se veía muy lindo y así se lo había dicho su mejor amiga. Debbie y Peter los habían visitado el fin de semana anterior y aunque nada raro ocurrió cuando ellos estaban en la casa, las bromas y preguntas no se pudieron evitar. Además, Alicia siempre mantenía informada a Debbie de todo lo que acontecía, e incluso en esta oportunidad, Debbie le había llevado salvia blanca para que quemara en la casa, como consejo de su madre. Ella había dicho que eso era muy bueno para ahuyentar malos espíritus.

Ya Alicia había leído tanto sobre cómo manejar actividades paranormales que a veces pensaba que todo estaba equivocado, porque no sentía miedo o nada parecido cuando veía la luz encendida por debajo de la puerta del ático.

Las cosas en casa no habían cambiado para nada, lo que sí había cambiado era Tom, quien dejaba libremente que Alicia conversara con la puerta, o más bien, con el espíritu que vivía detrás de la puerta. Él muchas veces se sentaba en la sala y desde ahí la miraba. Alicia se sentaba al frente de la puerta cada noche, sin faltar ninguna. Conversaba y le contaba historias de lo que había pasado en la escuela ese día.

Hasta Alicia parecía divertirse contándole y ya casi nunca le pedía respuestas, ella sabía que ese espíritu era real y estaba ahí. Luego de un rato, le daba las buenas noches y la luz se apagaba lentamente hasta quedar en nada y ella se iba. Tom ya no decía nada, siempre aparentaba estar haciendo algo, ya fuese con sus apuntes o su computador, pero él no había vuelto a sentarse con ella desde aquella vez.

—No lo puedo creer, ¡es que hemos comprado la tienda entera! —dijo Alicia.

—Eran muy buenas ofertas, ¿cómo resistirse? Además, no veo el daño, buscaremos la forma de consumir todo lo perecible pronto. —Tom sonrió.

—Sí ya veo, terminaremos como bolas de manteca rodando por la casa.

—Ay Alicia, no digas eso que puedo verme rodando, pero igual nos comeremos las galletas, están deliciosas.

—Bueno, pero no muchas, hay que dejar para mañana, de lo contrario Debbie y Peter comerán las sobras.

—Sí lo sé, trataré de dejarles algo —dijo Tom con tono burlón.

—Tom cuando lleguemos a casa, yo terminaré la cena y tú enciendes el fuego, ¿te parece? —dijo Alicia a punto de encender el auto.

Era 24 de diciembre y Alicia y Tom volvían a casa después de una increíble salida de compras. Al día siguiente, sus amigos vendrían a pasar el día de Navidad con ellos, por lo que Alicia había preparado una comida especial, junto con muchos dulces y otros picadillos para entretenerlos. Esto era algo que hacían desde hacía años, se juntaban los cuatro y compartían la tarde del 25, ya que Debbie y Peter celebraban la noche del 24 con sus familiares.

Una vez en casa, Tom se apresuró a encender el fuego en la chimenea y luego se fue a la cocina a ofrecerle ayuda a Alicia con la cena. Pero Alicia tenía todo bajo control y mandó a Tom a que se relajara y se sentara a disfrutar de la chimenea, mientras ella preparaba un plato de entremeses. Alicia se fue a la sala llevando el plato en las manos y allí le esperaba una copa de vino blanco que Tom le había servido. La tarde estaba comenzando y se preveía que ambos la disfrutarían, pero mientras brindaban chocando las copas algo pasó.

Tom, que estaba sentado más afuera, tenía la vista más amplia entre la cocina, el pasillo y la sala, y en ese preciso momento su mirada se fue en dirección al pasillo y vio cómo el resplandor por debajo de la puerta al final del pasillo, se incrementaba poco a poco. Pensó por un momento si decirle a Alicia o no, puesto que él sabía que eso la distraería, pero al mismo tiempo Tom sintió algo más, sintió que esta vez la conexión era con él, de otro modo, la luz se habría encendido mucho antes y Alicia lo habría notado.

No dijo nada en ese momento y todos continuaron hablando; estaban haciendo recuerdo de viajes y vacaciones que habían hecho antes de casarse, hasta llegar a la conclusión de que les vendría bien programar uno nuevo para el verano. Tom mantenía un ojo en Alicia y el otro en la puerta. La luz continuaba encendida, como llamando su atención.

La alarma del reloj de la cocina sonó indicando que era tiempo de apagar el horno y Alicia se paró de su asiento y fue en esa dirección. Tom estaba al pendiente de mirar si la luz seguiría encendida o no cuando Alicia pasara por ahí.

Y en efecto, fue como Tom había pensado y sentido. La luz se esfumó cuando Alicia pasó por el pasillo y no se volvió a encender hasta que volvió a sentarse en la sala.

Mientras reían y conversaban, Tom continuaba mirando al pasillo.

— ¿Crees que lo que vive en el ático pueda sentir? —Le preguntó a Alicia.

— ¿Sentir? ¿A qué te refieres con sentir?

—Es que desde que hemos estado aquí, charlando y comiendo, la luz ha estado encendida y me hizo sentir algo extraño —dijo Tom.

—Oh, y no me habías dicho nada, pues claro que siente. Ahora se siente más en compañía que antes —dijo Alicia.

—Pero si es un espíritu. ¿Por qué aún sigue aquí y no se ha ido a descansar?

—Quién sabe, pero lo que sé es que está mucho más tranquila ahora que nos conoce —replicó Alicia.

— ¿Por qué te refieres al espíritu como ella? ¿Qué te hace sentir que es "ella" y no "él"? —preguntó Tom.

—No lo sé exactamente, pero sentí que era mujer, es más, yo sí creo que sea el espíritu de la mujer que murió aquí, como lo cuenta la historia de esta propiedad.

—Pero cómo va a estar aquí por tanto tiempo, sería increíble y muy triste a la vez.

—Es una pena que no encontré nada más sobre la señora Walsh, la librería no tenía información y los archivos del diario local menos —dijo Alicia.

—Sí, es verdad. Yo busqué información en los archivos de la universidad y no hay nada. Hubiera sido interesante saber un poco más.

—Yo también lo creo.

Los dos continuaron conversando un rato más y luego, a eso de las seis de la tarde, Tom fue afuera por más leña y Alicia preparó la mesa para cenar.

—Tom, ¿traerás la botella de vino o necesitamos otra? —preguntó Alicia.

—Llevo esta, aún queda la mitad.

—Ok, la cena está servida, ven que se enfría.

—Ya voy. —Tom caminaba llevando la botella en una mano y las copas en la otra. Finalmente, se sentó y pudieron cenar, pero de pronto fueron interrumpidos.

— ¡Alicia! No digas o hagas nada, ni siquiera te muevas —dijo Tom, quien miraba perplejo al pasillo detrás de ella.

— ¿Qué pasa Tom? ¿Por qué estás así?

—Alicia, que no hables, ya te explicaré —contestó Tom.

Tom había palidecido por lo que su cara se veía casi transparente. Estaba mirando de frente algo difícil de creer.

—Tom, ¿qué es lo que ocurre? Por favor, no me tengas en ascuas que me entra la intranquilidad. ¿Te sientes mal? ¿Estás enfermo? —

Alicia continuaba haciendo preguntas mientras Tom seguía sentado allí como un zombi.

—Alicia, escucha. No te asustes, pero te diré algo que te exaltará. —Alicia ya no aguantaba más y la expresión de su cara lo decía todo. — Mira, lo que pasa es que tú sabes que la puerta al ático está cerrada, ¿verdad? —preguntó Tom y Alicia respondió de inmediato.

—Pero por supuesto que lo sé. —En ese momento, Alicia hizo un movimiento brusco para voltearse y mirar hacia el pasillo, pero Tom le sostuvo la cara imprevistamente.

— Pero, ¿qué pasa? ¿Por qué me sostienes? —dijo ella.

—Alicia, escúchame. Te soltaré la cara, pero quiero que me escuches primero. No te asustes, pero la puerta del ático se ha abierto. — Alicia no podía creer lo que escuchaba. Tom le soltó la cara de a poco y ella no se movió. Estaba paralizada.

—Tom, ¿qué hay? ¿Ves algo? —preguntó Alicia.

—No, no veo nada, solo la puerta que lentamente se abrió un par de pulgadas, pero se puede ver claramente que está abierta. —Alicia quería ver, pero tenía esa sensación dentro que le daba temor.

—No te asustes —dijo Tom mientras le sostenía la mano.

Alicia se giró para ver lo mismo que estaba mirando su esposo. La puerta en realidad estaba abierta, permitiendo que la luz que provenía desde adentro, soltara un resplandor casi dorado. Tom miró a Alicia y se paró de la mesa, Alicia lo siguió. Caminaron en dirección del pasillo y llegaron frente a la puerta.

— ¿La vas a abrir? —preguntó Alicia.

—Creo que es eso lo que quiere, de lo contrario continuaría cerrada.

—Sí claro, tienes razón, pero ten cuidado —dijo ella.

— ¿Cuidado a qué o de qué? ¿No eres tú la que piensa que ella es buena?

—Sí, pero puedo estar equivocada.

—Alicia, finalmente podremos ver que hay arriba, tal vez ahora ella o él quiere que veamos, de lo contrario no nos dejaría entrar, ¿no lo crees? —dijo Tom.

Con mucho cuidado Tom puso su mano en el borde de la puerta y la abrió. Lo primero que vieron fue la escalera que subía y la lámpara de pared que estaba a un costado. La escalera se veía limpia, era de madera oscura y las paredes estaban empapeladas con algo como tela brocada, con un diseño floral en tonos dorados. Había un pasamano al lado izquierdo y ambos lo cogieron cuando comenzaron a subir. Se tomaron su tiempo para llegar arriba y, una vez en el ático, Tom y Alicia miraron a su alrededor, observando cada detalle de lo que ahí había. Hacia el lado izquierdo había una línea de cajas apiladas y al otro lado, lo que parecían muebles cubiertos con lienzos blancos.

Tom vio que había una lámpara en medio del techo y caminó hasta llegar a ella; luego la encendió. La luz era más baja que lo normal, pero alumbraba lo suficiente como para ver con más detalle. Alicia comenzó a moverse libremente y se acercó a las cajas para examinarlas más detalladamente. Tom se fue hacia el otro lado y empezó a descubrir el resto de las cosas.

Lo primero que descubrió fue una silla mecedora y luego una consola de caoba y otros muebles pequeños. También había una cuna de bronce, muy linda, por cierto, y que se veía como nueva. Alicia encontró cajas llenas de ropa de bebé y otras con muchos libros. Había una caja sellada que no pudo abrir.

—Tom, ¿me ayudas con esta? Está pesada y tiene sellante en la tapa —dijo Alicia tratando de acarrear una de las cajas hacia el centro de la habitación.

—Seguro, no la cargues tú, no te vayas a hacer daño —replicó Tom.

Tom movió la caja hasta el centro y Alicia se sentó en el piso dispuesta a revisar su contenido. Tom siguió hurgueteando entre las demás cajas.

—Tom, ven. Mira esto, es increíble. ¡Son fotografías! —exclamó Alicia.

— ¿Fotografías? ¿De quién?

—Creo que son de los que eran dueños de esta propiedad, son antiguas. —Tom fue a sentarse y revisar junto a Alicia lo que ella había encontrado.

Los dos perdieron la noción del tiempo sumergidos en todo lo que habían encontrado. En la caja no solo había fotografías, sino que había muchos artículos personales de la señora Walsh. Ella se llamaba Emilia Walsh y era hermosa. Era una mujer de cabellos rizados y dorados, con ojos color miel y tez rosada. Aparentemente alta, o al menos de buen porte, por lo que se apreciaba en una fotografía junto a su esposo y sus tres hijos varones. Había una fotografía en la que ella estaba sentada, en la misma mecedora que estaba ahí en ese lugar, su esposo estaba a su lado, por lo que Alicia dedujo que ahí en esa fotografía, ella ya estaba embarazada.

Buscaron y leyeron cartas y notas que estaban en la caja y casi al final, encontraron algo envuelto en lo que parecía un lienzo o tela. Cuando lo sacaron pudieron ver que parecía ser el diario de la señora Walsh, en la tapa decía *Emilia Walsh*. Alicia hojeó alguna de las páginas y descubrió que, en él, la señora Walsh había escrito notas para su hija que

aún no nacía. En una de las páginas leía: "Para Isabella, mi preciosa niña".

Capítulo 12

Toda historia tiene un final, no importa cuánto tiempo pase o cuántas cosas ocurran, el momento en que todo termina siempre llega y, de la misma forma, siempre el final es el comienzo de algo nuevo. Nuestra historia se hace a medida que avanzamos, el secreto de recibir lo mejor, es estar siempre abiertos a creer y ver más allá de lo que es visible.

Después de aquella increíble noche, Tom y Alicia se fueron a dormir agotados tanto por la impresión como por la búsqueda de más cosas. Sabían que corrían el riesgo de que cuando bajaran, quizá no podrían volver a subir porque la puerta se cerraría nuevamente, por eso Alicia le había preguntado si podía llevarse consigo el diario que habían encontrado. Quería saber más, aunque claro estaba, que lo devolvería cuando terminara de leerlo.

Tom no pensó que eso fuera algo malo o algo que pudiese afectar la relación que claramente tenían con el espíritu de Emilia Walsh.

Al día siguiente, cuando Tom despertó, lo primero que hizo fue correr a ver si la puerta seguía abierta y para su sorpresa, esta continuaba abierta, por lo que tuvo que decidir si aquello sería parte de la conversación esa tarde o no.

Tom volvió a la cama y le dijo a Alicia que la puerta seguía abierta y le preguntó qué opinaba acerca de contarles o no a Debbie y Peter, sobre lo que había ocurrido. Alicia lo pensó por un rato y para cuando estaban ya sentados desayunando, le dijo a Tom lo siguiente:

—Sabes, creo que no debemos comentar nada. Siento que todo lo que hay arriba es más privado y de alguna forma nos lo ha compartido a nosotros, no creo que esté bien mostrárselo a otras personas, aunque estas, sean nuestros amigos —dijo Alicia.

—Estoy de acuerdo contigo, tengo la misma sensación —dijo Tom.

Los amigos llegaron y compartieron toda la tarde amenamente, sin mucho qué comentar sobre el ático o la bendita puerta, o cualquier otro raro acontecimiento como la visita anterior. Alicia había guardado debajo de su almohada el pequeño diario y Tom se había encargado de poner unas cajas al frente de la puerta del ático, para prevenir que nadie pudiera ver la puerta abrirse.

Todo transcurrió sin mayores novedades. De cierto modo, ambos, Tom y Alicia, estaban un poco impacientes de que la tarde terminara, no porque no estuviesen disfrutando sino porque tenían curiosidad de leer más en el diario de Emilia Walsh.

La noche llegó, tanto ese día como muchos más y los dos se iban a la cama temprano, donde leían un poco más sobre la vida de Emilia y las notas que ella había dejado para su hija. Una de ella decía así:

"Querida Isabella, sé que vendrás muy pronto y mis brazos están ansiosos por sostenerte y mis labios por besarte. Mis plegarias han sido escuchadas y la gracia de Dios ha sido concebida".

Las hojas del diario estaban llenas de relatos en los que la madre le contaba a su hija que aún no llegaba, las aventuras que ella y su padre habían vivido, y la llegada de sus hermanos. Había algo especial en esas letras, algo que los forzaba a sentir que Emilia Walsh presentía que ella de alguna forma no vería crecer a su hija. Tom y Alicia compartían el mismo sentimiento de que parecía que la conocieran de toda una vida, aunque solo la habían visto en fotografías.

La vida de ellos continuó y Alicia guardó ese diario debajo de su almohada por semanas, hasta que una noche llegaron al final de los relatos. Lo último escrito decía:

"Querida Isabella, puedo sentir tristeza dentro de mí y no sé qué hacer o cómo detenerla, pero quiero que sepas, que siempre estarás en mi corazón, no importa cuántas vidas pasen, yo sé que algún día podrás venir finalmente".

Los dos sollozaron después de leer lo escrito y Alicia le dijo a Tom:

— ¿Crees que ella perdió a su bebé a raíz de la discusión con la mujer esa?

—Es imposible que ella haya escrito esto, si todo dice que ella murió en el incendio. Lo que pudo haber pasado es que ella sobrevivió al incendio y a raíz de eso, eventualmente enfermó y perdió a su hija — dijo Tom pensando en todo lo que sabían.

—Mmm, sí es verdad, podría ser así. La inhalación de humo es muy seria. Y quién sabe, tal vez la tristeza de perder a su hija la dejó sin ganas de vivir —agregó Alicia.

—Tienes razón, después de todo ella se refiere al incendio en esa parte que dice "...hechos abominables acechan a la familia y quieren impedir que tú vengas".

—Claro, eso debe ser, pero no dice mucho más —dijo Alicia.

—Pobre Emilia y claro, pobrecita la pequeña Isabella, quien nunca llegó —dijo Tom conmovido por las palabras que sus ojos leían.

Al día siguiente después de haber terminado de leer el diario de Emilia Walsh, Alicia subió al ático, el cual permaneció abierto y cuya puerta nunca más se cerró, para devolver el diario, así como se lo había prometido cuando lo tomó prestado.

Cuando estaba arriba, miró alrededor y comenzó a hablar en voz alta y le dijo:

—Sé que estás aquí y que me escuchas, quiero que sepas que estamos muy tristes por todo lo que les pasó, lamentamos que la pequeña Isabella no haya podido venir. Creo que dejaré tu diario en otro lugar. —Alicia miraba a su alrededor y de pronto su mirada se fijó en la cuna de bronce, la cual estaba arrumbada en la esquina. —Listo, creo que este será un buen lugar. —Alicia removió el lino que cubría la cuna, la movió más al centro de la habitación y después sacudió un poco las cobijas que la camita tenía. Luego dejó el diario sobre la almohada.

—Creo que este lugar necesita un poco de atención, todo tiene polvo. ¿Quién sabe por cuánto tiempo no se limpia? Algo ha de hacerse —dijo mientras bajaba las escaleras.

Alicia sin hacer mayores comentarios, incorporó el ático a su casa. Lo ordenó, limpió y se preocupó de que hubiera luz en la noche; también ponía flores frescas cada vez que compraba para el piso de abajo. Alicia había cambiado, era como una nueva persona, sus pensamientos sobre su fallido intento por tener un hijo se habían ido. Disfrutaba de la clase de vida que tenía y sus alumnos la adoraban, lo mismo que sus compañeros de trabajo.

Tom por otro lado, sabía lo que Alicia había hecho con el ático, después de todo, ellos no estaban haciendo algún daño o nada parecido y a él le gustaba, subía los fines de semana y se sentaba a leer por largos ratos, incluso algunas veces se quedaba dormido y Alicia subía a buscarle. La actitud de Tom había cambiado y su percepción sobre lo que era real y lo que no, también. La relación con Alicia estaba mejor que nunca y disfrutaban muchísimo todo el tiempo que pasaban juntos. Su trabajo en la universidad iba muy bien, por lo que sus primeras publicaciones sobre las investigaciones estaban ya en camino.

Como quien dice, la vida les sonreía a Tom y Alicia, sin lugar a dudas esa temporada era una de las buenas y era muy posible que la cosecha fuese aún mejor.

Los meses de invierno estaban pronto a concluir, aunque el clima permanecía frío, se podían apreciar los primeros brotes que comenzaban a hacer su aparición en árboles y arbustos. Ese sábado Alicia se había levantado con la idea de empezar a recoger un poco en el jardín de atrás. Siempre después de que la nieve se iba, quedaba mucho qué limpiar; hojas y palos secos aparecían por todas partes. Se preparó un café, cogió su chaleco y salió con sus guantes a limpiar el patio.

Tom no estaba en casa esa mañana, le habían invitado a un torneo de golf, que era su deporte favorito, pero volvería temprano, después del mediodía. No dejaba que nada ni nadie ocupara el tiempo que era de ellos.

Mientras Alicia afanaba en su limpieza, escuchó la máquina de cortar pasto, era don David, el jardinero. Alicia se empinó a través de la reja de atrás y por entremedio de los arbustos pudo constatar que era él y al poco rato escuchó que le hablaban.

—Buenos días señora, ¿cómo está?

—Buenos días don David, finalmente se le ve por estos lados —dijo Alicia.

—Sí, es que el servicio no comienza hasta que la nieve se derrite del todo, de otra forma no es mucho lo que podemos hacer. ¿Y cómo va todo? ¿Pudo resolver lo del ático? —preguntó el jardinero con tono de curiosidad.

—Oh, eso, todo bien —respondió Alicia sin dar mayores explicaciones.

—Entonces, no más ruidos, me alegro —dijo el hombre. — ¿Y ya se enteró?

— ¿De qué?

—El administrador vuelve mañana.

—Ah, don Tobías, qué bueno, eso quiere decir que se ha recuperado. Me alegro mucho —dijo Alicia.

—Así mismo, ya está de vuelta. Señora, ¿le puedo hacer una pregunta? —dijo el jardinero.

—Claro, dígame.

— ¿Por qué le llama Tobías? —dijo el hombre.

—Ah, bueno, porque así se llama. ¿Por qué le diría Tobías si ese no fuera su nombre? —contestó Alicia.

—El administrador no se llama Tobías, o no hasta donde yo sé —dijo David mirándola seriamente.

— ¿Cómo que no se llama Tobías? ¿Y cuál es su nombre? —preguntó Alicia muy extrañada de lo que escuchaba.

—Su nombre es John.

— ¿John? No, definitivamente estamos hablando de dos personas distintas —dijo ella.

—Sí, el nombre es John Jefferson, un hombre más bien bajito y rellenito, por ahí en sus cincuenta, creo yo. Muy amable, por cierto.

—No, el hombre que nosotros conocimos era delgado y alto, por ahí como de unos sesenta o sesenta y cinco años, creo yo, y llevaba un sombrero negro, al menos en esa oportunidad.

—Bueno no se preocupe, tal vez estamos hablando de dos personas diferentes. Bueno me voy para continuar, si no se le ofrece nada.

—No, gracias, todo está bien —dijo Alicia.

Alicia se quedó pensando en lo que el jardinero había dicho y no pudo evitar sentir unos escalofríos que le recorrieron la espalda. Estaba claro que desde el principio había habido una fuerza extraña llevándolos a esa casa, pero ¿qué era? Esa era la pregunta, porque no pensaba que descubrir todo lo que Emilia Walsh había sufrido, era todo. Tenía que haber algo más.

Terminó de limpiar y entró a la casa, ya se había ido el poco sol que abrigaba. Se fue a la cocina a preparar algo para que cuando Tom volviera pudieran comer, y mientras lavaba algo en el fregadero, vio afuera que un pájaro azul revoloteaba por entremedio de los arbustos. Alicia no pudo evitar la sensación de que ya lo había visto antes y recordó casi instantáneamente los hechos en su otra casa, con el pájaro azul que un día picoteó contra la ventana.

Alicia salió al patio para observarlo más de cerca y no solo vio uno sino dos. Sintió algo especial, una sensación que le causaba algo así como alegría, difícil de explicar qué era, pero ver esos arrendajos volando en su jardín le hizo sentir paz interior. Alicia sintió la necesidad de subir al ático e ir a contárselo a Emilia, porque así se refería a ella, como una persona real y más aún, presente.

—Emilia, ¿estás aquí? Espero me estés escuchando. ¿A que no sabes lo que he visto afuera? He visto dos arrendajos, de un azul precioso, ¡cómo quisiera que los pudieras ver! —dijo Alicia parada al lado de la ventana en el ático y mirando hacia el patio de atrás. —Esto nos dice que la primavera ha llegado y que pronto veremos las flores aparecer, ah, qué bello. Me encanta la primavera. ¿Sabes? Me gustan todas las estaciones, creo que la vida es como las estaciones del año. Cuando somos niños, es como la primavera, todo tierno e inocente, con un futuro por delante, luego crecemos y estamos listos para buscar aquello que será nuestra vida, así como el verano, lleno de energía, días largos y llenos de aventuras. Más adelante crecemos y buscamos tranquilidad y estabilidad, como el otoño, los días más cortos y grises, no mucha diferencia entre un día y otro, no más aventuras, más tiempo de reclusión y finalmente el invierno, donde todo muere como nosotros, al final de nuestra vida. ¿No crees que mi analogía es perfecta? —dijo Alicia.

De pronto escuchó un ruido, algo muy sutil que llevó su mirada a buscar detrás de unas cajas, detrás de uno de los muebles más grandes, unas que no había llegado a ver. Movió todo lo que pudo para llegar a ellas y descubrió algo increíble.

La caja contenía pinturas al aceite, eran lienzos sin enmarcar y para su sorpresa, lo que ahí estaba pintado, eran nada menos y nada más que hermosos pájaros azules. Era algo maravilloso lo que miraban sus ojos, a pesar de que las pinturas probablemente habían sido pintadas mucho, pero mucho tiempo atrás, la condición era excepcional. Por una de las pinturas pudo comprender que quien pintó, había estado usando ese lugar para pintar, puesto que una de ellas, retrataba la misma vista que tenía en ese momento mirando hacia el patio de atrás.

Un poco más tarde cuando le contó a Tom acerca de todo lo que había pasado ese día, Tom les echó un vistazo a las pinturas. Vio que había una inscripción en la parte de atrás difícil de leer, así que fue por una lupa para aumentar la escritura y hacerla más legible.

—Alicia, ven, mira lo que dice —dijo Tom.

—No lo puedo creer, ¿estoy leyendo bien?

—Sí, claro que sí.

La inscripción decía: "Para mí adorada hija Isabella" de Emilia Walsh.

Esa noche antes de dormirse, Alicia pensó en las tantas cosas que habían sucedido en poco más de medio año y que todo había cambiado, desde aquella primera cosa extraña que había experimentado, hasta todo lo demás. Lo único que podía concluir era que su vida había cambiado para mejor y que las experiencias por las que habían atravesado habían ayudado. Estaba claro que no dejaban de ser extrañas, pero eso no lo hacía malo, sino todo lo contrario. El abrir sus mentes, les había dado la posibilidad de creer. Creer en algo superior, en que la fuerza interna es poderosa y que el corazón de una madre o quizás de un padre, podrían ir mucho más allá de lo que las personas pudiesen comprender. Alicia se sentía feliz, feliz por tener a Tom a su lado y por haber tenido la oportunidad de conocer a Emilia, quien de alguna forma muy extraña le había enseñado a creer en la fuerza del amor.

Era martes a finales de mayo y Alicia se había sentido un tanto extraña esa mañana, pero de igual forma se fue a su trabajo. Durante la jornada notó que algo no andaba bien y se sintió mareada, por lo que al poco rato tuvo que irse donde la enfermera de la escuela para que le tomara la presión. Lo único que ella pensó fue que la presión podía haberle bajado.

Y estaba en lo correcto, la presión estaba baja y la enfermera le recomendó comer algo, descansar y por supuesto, que llamara para visitar a su doctor, cosa que hizo de inmediato. No quería caer enferma y que los niños no tuvieran profesora. Luego llamó a Tom para contarle. Tom se preocupó mucho, siempre que Alicia aparecía con algo, él se preocupaba más de la cuenta, por eso Alicia muchas veces decidía no contarle, sabiendo cómo se pondría. Pero, en fin, él le dijo que no fuera a conducir y que él iba por ella dentro de una hora para que vieran al doctor. No le quedó más que aceptar, porque la verdad era que se sentía muy extraña.

Tom llegó a recogerla y se fueron con dirección al centro médico, en el centro del pueblo. Ahí la recibió una de las enfermeras, muy amablemente, la que le tomó los datos y la hizo pasar a la habitación donde el doctor la veía. Tom no se despegó ni por un instante. Cuando el doctor vino a verla le hizo una serie de preguntas y luego le dijo que lo mejor sería hacer unos exámenes tanto de orina como de sangre, a modo de rutina, pero que, a parte de la presión baja, no veía nada más serio en su condición.

El doctor había revisado el archivo médico de Alicia y sabía que ella era infértil, o al menos eso decía en el papel, por lo que no dudó en pensar en otro motivo, ya que un embarazo no era posible.

El doctor mandó a Alicia a su casa con tres días de descanso y una dieta un poco más balanceada y bastante líquido, cosa que ella siguió al pie de la letra. Después de los tres días de licencia, llegó el fin de semana, pero Tom no quiso que ella hiciera nada fuera o dentro de la casa, así que lo pasaron muy relajados mirando televisión sin mayores preocupaciones.

El lunes Alicia volvió a la escuela. Su clase la esperaba con flores y tarjetas que los niños habían dibujado para ella. Se veía que la querían mucho y Alicia estaba feliz de estar de regreso, además se sentía mucho mejor. Estaba segura de que el cambio de dieta había ayudado, se sentía con más fuerza y energía.

A la hora de la cena, cuando estaban cenando, el teléfono de Tom sonó. Aunque ellos tenían como regla no contestar durante los periodos de comidas, ese día Tom saltó la regla.

— ¿Quién es? —preguntó Alicia, viendo que Tom se paraba a contestar en la otra habitación.

—Espera, ya vengo —dijo él.

Tom volvió a la mesa después de unos minutos y traía una expresión muy rara en el semblante.

— ¿Qué paso? ¿Algún imprevisto? —preguntó Alicia desde su silla.

—Alicia, era de la oficina del doctor.

—Ah, ¿y qué dijeron? —Alicia miraba a Tom para que le contara.

—Bueno, me ha tomado por sorpresa, es que…

—Tom, ya no te andes con rodeos. ¿Qué es?

—Alicia ¡estás embarazada! ¡Más bien, estamos embarazados! — Tom aún no podía comprenderlo claramente, pero la emoción que sentía se dejaba desbordar y las lágrimas afloraban sin poder contenerlas.

— ¿Qué estás diciendo? No es una buena broma, espero que lo sepas —dijo Alicia.

—Mi vida que no es una broma. ¡Tienes catorce semanas de embarazo! La prueba la revisaron doblemente porque el doctor conocía tu diagnóstico, pero sí, ¡sí estás! —dijo Tom, quien no podía esconder su felicidad.

Los ojos de Alicia se aguaron y pronto rompió en llanto. No sabía si gritar o reír, lo único que sentía era algo que la ahogaba por dentro y salía por sus ojos. Alicia, quien había aceptado humildemente que ya no tendría hijos, recibía la noticia más increíble que alguien le pudiera dar, que estaba embarazada.

La noticia corrió por todos lados y de la misma forma el tiempo avanzó. Alicia preparó la pieza del bebé con la ayuda de su esposo y de su amiga también, quien viajaba más seguido que nunca a verla y a pasar tiempo con ella. Pasó el verano disfrutando de su embarazo. Mientras cada mañana veía cómo los pájaros azules revoloteaban por todas partes y las mariposas adornaban los arbustos, ella subía al ático y desde ahí lo apreciaba todo, y de paso conversaba con Emilia.

Alicia no había perdido la razón o nada parecido, simplemente que ahora veía la vida de otra forma y la relación con Emilia no podía contársela a nadie, porque ni siquiera a su amiga había querido decírselo, por miedo a que no lo comprendiera.

En algún punto de estas vivencias, tanto Tom como Alicia habían concluido que todo esto los había llevado a un solo objetivo, de alguna forma un tanto inusual, la vida les había dado un regalo.

Un día a finales de octubre del mismo año, Tom recibía de manos del doctor a su hija, quien acababa de nacer. Tom la miró con profunda pasión por finalmente conocerla y se la puso en los brazos a Alicia. Tom besó en la frente a su pequeña hija y luego en los labios a su esposa.

Un rato más tarde, los amigos que esperaban afuera, entraron a darle la bienvenida a la pequeña recién llegada.

—Es preciosa —dijo Debbie.

—La verdad es que está muy lindo este bebé —agregó Peter.

— ¿Y qué nombre le pondrán? —preguntó Peter y Tom le respondió mirando a Alicia.

—Isabella, se llamará Isabella.

En casa, esperaban a la pequeña Isabella, una habitación hermosa llena de regalos y amor de sus padres, además, una cuna de bronce y unas cuantas pinturas colgadas en las paredes, las que mostraban hermosos pájaros azules y, en el cajón de la mesita de noche, un regalo muy especial: el diario de Emilia Walsh.

Fin